LE NEZ DE MAZARIN

Ce sont des gens très bien.

C'est un couple charmant. Et intelligent.

Claire et Jean sont heureux, en vacances, et roulent paisiblement la nuit sur une petite route de Camargue... Pourtant, un an plus tard, Claire a tué Jean et s'est murée définitivement dans le silence.

Que s'est-il passé ? Presque rien. A peine un incident. Une image fugitive. Une seconde... Tout peut-il basculer en une seconde ? Peut-on remettre sa vie en cause, et tuer, pour une unique seconde de défaillance ?

Sans doute...

Certainement.

Anny Duperey est comédienne de théâtre et de cinéma. Elle est également l'auteur de trois romans aux éditions du Seuil.

DU MÊME AUTEUR

L'Admiroir
roman
Seuil, 1976
et « Points », n° P438

Le Voile noir
Seuil, 1992
et « Points », n° P146

Je vous écris
Seuil, 1993
et « Points », n° P147

Lucien Legras, photographe inconnu
présentation de Patricia Legras
et Anny Duperey
Seuil, 1993

Les Chats de hasard
Seuil, 1999
et « Points », n° P853

Allons voir plus loin, veux-tu?
roman
Seuil, 2002
et « Points », n° P1136

Anny Duperey

LE NEZ
DE MAZARIN

ROMAN

Éditions du Seuil

TEXTE INTÉGRAL

ISBN 2-02-025312-7
(ISBN 2-02-009027-9, édition brochée
ISBN 2-02-009617-X, 1re publication poche)

© Éditions du Seuil, janvier 1986

1

Chère maman, cher papa,

J'ai honte ! Déjà le 15 août et voilà ma première lettre — je ne compte pas cette affreuse carte postale des Saintes-Maries qui a dû, je l'espère, beaucoup vous faire rire. La faute en est au temps. D'une part il est magnifique, d'autre part il a filé si vite, pendant ces quinze jours, que je n'ai touché ni au stylo ni au bloc. La faute en revient à Jean, aussi, qui fut pris ici d'une frénésie des randonnées. Tu le connais, cette agitation n'est pas de son style, mais, je ne sais pourquoi, ce pays l'électrise. Je ne vais pas m'en plaindre, moi qui trouve les chaises longues dépourvues d'attrait !

En parlant de chaises longues, papa est-il content de son séjour là-bas ? Sont-ils arrivés à lui rendre une mine potable ? Comme je sais que tu vas lui apporter cette lettre à ta prochaine visite, je n'écrirai pas ici tout ce que je pense, car je le vois déjà bondir et arpenter d'un pas furieux la terrasse pleine de ces foutues chaises longues — je ne sais pourquoi, j'y vois une terrasse ! vision très conventionnelle des maisons de repos, sans doute. Je ne veux pas réduire d'un seul coup à néant tous tes efforts pour le faire tenir en place ! Mais une chose au moins est certaine, je ne connais que les médecins pour se soigner si mal... Sont-ils décidément si peu convaincus des soins qu'ils s'acharnent à vouloir donner aux autres ?! Bon, j'arrête... Mais je ris toute seule à imaginer ses sourcils en bataille au-dessus d'un œil vindicatif.

Et toi ? Es-tu à peu près contente de ces vacances en « tranches de salami » ? Trois jours ici, deux jours là-bas, n'est-ce pas plus fatigant que tout ? C'est vrai que tu échappes ainsi pour une fois à la tyrannie constante de mon cher père — il a re-bondi, non ? — et que tu dois profiter un peu d'une grisante liberté ! C'est Germaine, aussi, qui doit être contente, elle qui se plaint de ne jamais t'avoir. Elle t'a. Mais, telle que je la connais, j'ai bien peur que tu ne sortes d'une tyrannie pour en accepter une autre, et que tu passes toutes tes vacances... à récurer sa maison de fond en comble, par exemple. Je me trompe ? Fais-lui une bise de ma part, et j'arrête de vous taquiner pour parler de nous.

Nous avons d'abord changé d'hôtel au bout de quatre jours, car les autres clients n'avaient manifestement pas le même concept des vacances que nous. Le leur consistait à faire le plus de bruit possible... Et puis ce faux mas construit à la va-vite — ha ! l'insonorisation ! —, avec des cornes de taureau sur tous les murs, des tomettes au sol si irrégulièrement posées, pour faire « authentique », que je m'étalai de tout mon long dès l'arrivée, les bougies dégoulinant abondamment dans tous les coins de façon à obtenir un clair très obscur — où est mon assiette ? ha ! merci... Et ce qui est dedans ? —, et surtout ces trois gitans payés au mois, avec leurs chemises couleur sang comme il se doit, gratouillant leurs guitares avec des doigts crochus, et qui beuglaient en nous regardant manger avec des yeux méchamment comptables... Nous n'en pouvions plus ! Nous nous sommes recroquevillés à l'écart pendant ces quatre jours, puis nous avons eu la chance de trouver une occasion de location impromptue. C'est ainsi que je t'écris dans une petite baraque perdue au milieu des vignes, qui a tout juste le confort indispensable, qui est pleine de moustiques le soir, mais grâce à laquelle nous avons trouvé le calme.

C'est seulement alors que nous avons commencé à entrevoir un pays qui nous était soigneusement caché aux Saintes. Au premier abord, je dois dire que nous avons été plutôt désarçonnés — pourquoi ne pas dire déçus ? —, et que tout cela nous sembla très... plat ! Des vignes, du sable, de l'eau plate, et un arbre de loin en loin. Nous avons erré à la recherche d'un endroit où l'on puisse se dire qu'il y ferait bon vivre, et rester. Nous ne le trouvions pas. Lorsque nous apercevions ce qui ressemblait à un bosquet, il était inaccessible au milieu d'un marais enclos, les habitants n'avaient pas cette chaleur dès l'abord que l'on trouve généralement dans le Midi, et tout ce pays semblait vivre une vie qui lui était jalousement propre. Et nous restions là, au bord d'une route écrasée de soleil, avec le sentiment de n'être pas du tout invités à la partager. Si bien-être il existait ici, il devait être tenu à l'écart des chemins estivaux, se cacher au fin fond des marais en des oasis où les touristes ne sont pas admis. C'est peut-être cette sensation qui nous aiguillonna et nous poussa à parcourir le pays à la recherche de son fameux charme. Sous ce prétexte, je soupçonnais Jean de plutôt rechercher fébrilement un coin ombragé où il pourrait tranquillement siroter son pastis à l'aise. En somme, nous étions en Camargue en train de courir après la Provence, c'était une grande erreur !

Mais, petit à petit, nous avons pris de plus en plus de plaisir à ces balades, arrêtant d'aspirer à ce que nous ne trouvions pas, pour apprécier enfin la lumière sur les rizières, les dunes interminables avec leurs herbes, leurs tamaris, les marais salants à perte de vue, et la mer qui, ici, a l'air encore plus plate qu'ailleurs. Et nous entrions dans l'eau en traînant les pieds pour faire fuir les vives enfouies dans le sable, sans chercher à nous en plaindre, non plus que des trois kilomètres à pied qu'il faut faire pour trouver enfin un endroit qui ressemble à une plage + deux autres dans l'eau pour qu'elle vous arrive enfin jusqu'au cou... Nous voilà enfin si heureux d'être ici que nous parlons déjà d'y revenir l'année prochaine. C'est en effet malgré, ou à cause de tout cela les meilleures vacances que nous ayons passées depuis longtemps, et nous sommes très, TRÈS heureux !

J'ai bronzé — au prix de quelles précautions ! —, j'ai grossi — Jean aussi —, et nous pensons revenir en pleine forme. Pour le moment, je ne vois rien de plus passionnant à te raconter, mais je compte bien ne pas laisser passer trop de temps avant ma prochaine lettre.

Nous vous embrassons donc très fort tous les deux.

CLAIRE

P.-S. : Avons sacrifié hier soir à quelques mondanités

7

— les seules ! — car nous avons retrouvé ici par hasard les Carpentier — ou plutôt, ILS nous ont retrouvés — que tu as vus un soir chez nous il y a quelques mois. Je ne sais si tu en as un souvenir précis, mais ils n'ont pas fait de progrès depuis... Nous avons donc roulé pendant quelque cent cinquante kilomètres aller et retour, pour nous extasier sur un mas où nous retrouvions tout ce que nous avions fui dans notre hôtel. Comique !

Je vous re-embrasse.

2

Ils se levèrent exactement ensemble, dans un bel élan de solidarité conjugale.

— Non, non, merci !

— Non, voyons… soixante-quinze kilomètres, ce n'est rien.

Ce n'était pas tant l'idée de passer une nuit dans le mas des Carpentier qui les faisait ainsi bondir de concert, mais le fait du petit déjeuner en commun qui s'y attachait obligatoirement. Et puis, après, la route sous un soleil déjà chaud, l'arrivée chez eux à une heure bâtarde, la journée mal démarrée, coupée en deux, une journée foutue, quoi. Non.

— Non, vraiment.

Et puisqu'ils étaient déjà debout, la retraite s'enchaîna d'elle-même, ponctuée de remerciements. L'on s'attarda dans le hall d'entrée. Jean, un peu gêné de la mine déconfite de ses hôtes, se fendit d'un « c'est joli, ça » devant une babiole typiquement camarguaise accrochée au mur à côté de la porte. Un rapide regard de Claire lui signifia que, après un refus qui leur avait échappé si spontanément, mieux valait faire sobre dans la fuite.

Ils disparurent dans l'ombre du jardin, vers leur voiture, bras dessus, bras dessous. Claire laissa échapper un grand soupir. Jean la morigéna à voix basse, car à quelques mètres derrière eux, debout dans l'encadrement de la porte, les Carpentier les regardaient partir. Ils se retournèrent, agitant la main en signe d'adieu, à tout hasard. La nuit était claire, en ce 14 août précédant la pleine lune, Carpentier les vit, et leur répondit. Sa femme était déjà rentrée, et cette silhouette dessinée à contre-jour par la lumière du hall, plantée là devant sa belle maison, leur sembla tout à coup d'une infinie tristesse. L'espace d'un instant. Puis deux portières claquèrent avec une insolence joyeuse.

Jean détestait conduire la nuit. Il ne maintenait son attention en éveil qu'au prix de grands efforts. Les fossés et les arbres qui semblaient régulièrement jetés vers lui dans la lumière des phares l'hypnotisaient doucement, en lui donnant la curieuse sensation d'assister sur place à leur fuite. C'est ainsi qu'il avait bêtement la tendance de conduire très vite le soir.

— Ralentis, Jean.

Il tourna la tête vers Claire et lui sourit.

— C'est interminable cette route, raconte-moi quelque chose. Notre soirée, tiens !

Elle éclata de rire en renversant la tête contre son dossier.

— Quelle horreur…

Elle resta quelques secondes ainsi appuyée, puis elle se redressa car la position lui semblait dangereuse. Elle aussi avait à lutter contre le sommeil — sommeil qui l'envahissait toujours d'ailleurs, de jour comme de nuit, dès qu'elle s'asseyait dans une voiture. Mais elle ne s'autorisait jamais à y succomber, car elle avait l'impression — une impression qui pour être vague et inexpliquée n'en était pas moins impérative — qu'il était important qu'elle reste éveillée, que sa conscience aidait à écarter les accidents possibles. En s'abandonnant, elle extrairait de l'intérieur de cette coque de métal un poids de vigilance qui maintenait l'équilibre ambiant, où Jean pouvait puiser en cas de distraction. Et ce n'était pas un réflexe de conductrice privée de volant, car il était depuis toujours tacitement convenu que Jean conduisait lorsqu'ils étaient ensemble, et jamais sa confiance ne s'était troublée d'une appréhension, ou même d'un énervement. Non… Elle ne s'expliquait pas cette impression. Ni pourquoi, d'ailleurs, il était acquis que Jean conduisait toujours. Faut-il tout expliquer ? L'important était que l'harmonie règne. C'était un mot qui revenait si souvent entre les lèvres de Jean. Harmonie… Le plus beau mot du monde. Un mot qui allait pour lui de pair avec amour. Pour elle aussi, bien sûr.

— Quelle idiote, cette femme !

Claire eut une moue d'indulgence.

— Elle est très jolie.

— Elle ne peut pas être jolie, elle est bête ! Et elle fait la cuisine comme un cochon en plus. Ça y est, je sens que je digère mal. Pauvre type, va...

— Si elle lui plaît, à lui, elle doit bien avoir quelque chose, quand même !

— Elle a vingt ans de moins que lui, c'est tout. Quelle tristesse...

Claire sourit. Elle adorait les fausses colères de Jean. Elle faisait tomber sur son front une petite mèche rebelle qui tressautait au rythme de son indignation, une mèche enfantine sur ce front d'homme sage et mûr, et qui faisait monter en Claire une bouffée de tendresse pour ce mari qui aimait vraiment les femmes. Grâce à lui, les petites rides apparues depuis la trentaine autour des yeux bleus de Claire ne lui faisaient pas peur. Elles leur appartenaient, à tous deux, au même titre que tout ce qui avait enrichi — joies et peines — ces neuf années de mariage heureux.

— Ça ne m'étonne pas qu'il ait tellement insisté pour nous attirer là-bas, il doit s'amuser, avec un engin pareil !

Elle l'avait si souvent entendu défendre avec foi la durabilité d'une union, l'entente acquise au cours des années, les expériences communes, les marques du temps qui passe acceptées sur le visage de l'autre, sur son corps, miroir et compagnon du sien, l'amour maintenu, voulu, avivé par la vigilance. Et la permanence. Rien ne lui semblait plus beau qu'un couple âgé qui a vécu ensemble toutes ses saisons. Et il était très sincèrement envahi de pitié lorsqu'il voyait nombre de connaissances ou de collègues de son âge s'éprendre de jeunes filles en brisant leur mariage. « Regarde-le, celui-là, disait-il, il croit avoir le beau rôle, il croit s'échapper. Il va s'époumoner quelque temps à la suivre, dépenser toute son énergie pour qu'elle ait l'impression qu'il la devance, même, faire la roue devant elle en déployant largement toutes ses qualités de vécu, d'expérience, pour lui cacher l'unique vérité à l'horizon : que le chemin qui lui reste, à lui, est beaucoup plus court que le sien, à elle. La trouille, Claire, la trouille et la lâcheté... » Alors qu'il exprimait sa croyance en un couple durable,

Claire avait parfois vu se poser sur elle des regards qui cherchaient à déceler si elle était dupe de ces belles paroles — des regards avertis de femmes qui avaient essuyé trahisons et blessures dues à leur âge, et qui lui disaient en clair : méfie-toi, ma vieille, dans quelques années... Claire souriait, l'œil limpide. Elle sentait, elle savait Jean profondément sincère et fidèle à ses certitudes. Et, lorsqu'elle l'entendait parler ainsi, tout son être se gonflait de confiance et de gratitude envers lui, comme s'il écartait d'elle une antique malédiction.

— Pourtant, ça mis à part, il n'est pas mal, ce type... Elle jeta un œil vers lui, s'attendant qu'il brode sur ce thème à propos de Carpentier. Rien ne vint et elle en fut surprise. Car si Jean n'avait sincèrement pas peur d'avancer en âge, il n'avait pas peur non plus, tout aussi sincèrement, de fréquemment se répéter.

La route défilait, sous les phares de la voiture. Claire sentait la torpeur habituelle l'envahir. Il eût été si bon de poser un instant sa tête sur le dossier, juste un instant. Mais non. Elle résistait, la nuque raidie. Les arbres, sur le côté de la route, se raréfiaient à mesure qu'ils approchaient de la côte.

— Il y a de l'aspirine, là-bas ?

— Oui, je crois, dit-elle.

— J'aimerais bien. Je vais avoir mal à la tête.

La main de Claire rangea la petite mèche rebelle et vint se poser sur son front.

— Pas tout de suite, demain. Je vais me réveiller avec la migraine demain, je sens ça. Il m'a cassé mon rythme, ce cochon ! Je vais en avoir pour deux jours à m'y remettre.

— Oh ! Je ne suis pas trop inquiète pour toi !

Elle connaissait sa phénoménale aptitude au repos. Pendant ses vacances, Jean ne faisait rien, voluptueusement, précautionneusement, il organisait sa paresse, pourrait-on dire, avec minutie, évitant avec soin tout ce qui pourrait rompre la belle harmonie oisive qui lui revenait de droit pendant un mois chaque année, et pendant deux jours toutes les semaines. Ce soir, il était tombé dans un piège et s'en remettait mal. Cette note discordante dans l'agréable mélodie champêtre qu'il s'orchestrait depuis quatorze jours lui faisait la mine tendue et une petite barre entre les sourcils. Et il avait été impossible de la refuser, cette invitation — Carpentier, connaissant le caractère casanier de Jean, lui avait prudemment laissé le choix de la date, pour lui «donner le temps de se retourner». Il savait que l'improviste le prenait toujours à contre-pied. Ce tempérament a toujours valu à Jean d'être mis en boîte, brusqué à plaisir par ses collègues et amis. «Il faut le secouer, ce Jean !» Il sourit, inébranlable, puis lorsqu'on le secoue un peu trop fort il se rebiffe, mi-fâché mi-rieur, sans sacrifier un pouce de sa tranquillité : «Vous êtes jaloux ! Vous vivez mal, et vous vous amusez mal. Évidemment, vous ne prenez pas le temps. Et vous croyez en gagner ? Vous le gaspillez, vous le dilapidez, vous courez après tout. Quel goût vous laisse cette fuite en avant ? D'ailleurs, vous ne goûtez rien, vous avalez. Et vous restez là les mains vides, le verre vide, la tête vide. Il ne vous reste plus qu'à courir ailleurs, ou à embêter ceux qui savent vivre, par jalousie. Vous croyez me plaindre ? Vous m'enviez !»

Claire riait toujours, complice, sachant bien que sous ces faux éclats se cachait la vérité de Jean. Elle jouait à le malmener aussi quelques instants, ravie de le voir s'échauffer un peu comiquement, puis cessait de l'agacer et se retrouvait à ses côtés, en accord profond avec sa fameuse harmonie. Il lui avait tant apporté ! Avant lui, la vie de Claire s'était fondue en une suite indistincte de jours vécus pêle-mêle, à la légère. Elle confondait les années, les étés, les visages. Elle avait glissé de l'un à l'autre sans bien les distinguer, sans savoir ce qui l'attachait, ce qui lui plaisait, même. Quel gâchis... Jean avait coloré son existence, lui avait donné sa définition. Par lui tout avait pris forme, poids, signification, durée. Par ses yeux, elle avait pris un corps, un visage. Elle se reconnaissait dans les miroirs, alors qu'avant sa propre image la gênait toujours. Et si l'on peut définir un pourquoi quelconque, c'est pour cette harmonie qu'il créait autour de lui qu'elle l'avait aimé.

— Qu'il fait doux... Tu n'as pas trop d'air ?

Elle avait baissé sa vitre afin que le vent frais la tînt éveillée.

— Non, non.

L'air était encore tiède de la chaleur de la journée. Une longue mèche lui battait la joue, agaçait le coin de sa bouche. Elle pencha la tête en avant et se frotta la nuque à deux mains.

Elle savait que Jean aimait beaucoup ses cheveux blonds dénoués. C'est ainsi que pour sortir, à l'inverse de ce que l'on fait généralement, elle se décoiffait — en se défendant d'un léger sentiment d'impudeur, car toutes ces boucles étalées lui semblaient provocantes, ainsi que le coup de tête pour les rejeter en arrière. Mais Jean trouvait qu'elle ressemblait ainsi à un « Botticelli sur pattes ». Qu'opposer à cela ? Ses cheveux, tyrannie de son enfance, avec leur panoplie de barrettes et de rubans, sans laquelle ils traînaient dans les encriers, les assiettes, s'enroulaient avec malignité autour des boutons. Vers vingt ans, elle les avait coupés « à la Jeanne d'Arc » sans le moindre remords. Elle les portait encore très court lorsqu'elle rencontra Jean quelques années plus tard. Elle les laissa repousser sur sa demande, et il s'émerveilla de leur exubérance, de leur éclat. Elle découvrit que ce qu'elle avait subi comme une fatalité pendant des années était en réalité sa plus belle parure. Sans ses cheveux longs, elle était dotée d'une beauté assez ordinaire, mais ils étaient réellement magnifiques et donnaient à Claire un caractère et un charme hors des modes. Ils affinaient son visage, mangeaient des joues un peu rondes, s'envolaient en frisons autour de son front et de ses tempes, mettant en valeur des yeux bleus au regard net, son cou paraissait plus long, noyé dans une masse bouclée qui glissait doucement sur la courbure des épaules.

Mais, présentement, elle cherchait dans le sac posé entre ses pieds sur le plancher de la voiture deux épingles pour juguler cette blondeur, car, pour son usage privé et commode, elle les ramassait bien tirés en arrière, en une petite crotte fixée à la pointe du crâne à la manière des danseuses. La cérémonie du dénouage des cheveux était réservée soit aux sorties, soit aux heures de grande inti-

14

mité. Et quand de temps en temps Jean enlevait une épingle d'une main espiègle en passant près d'elle, c'était un signal amoureux — et il était reçu comme tel.

— Qu'est-ce qu'on fait, demain ?

— Demain ! Ho ! demain, non, demain, vois-tu...

Elle voyait très bien. Demain, pas d'excursion, pas de courses au village, surtout pas de voiture, rien. Peut-être sur le tard, les ardeurs du soleil un peu calmées, arrivera-t-elle à le traîner sur la plage. Peut-être.

Jusque-là, ils avaient pourtant pas mal sillonné le pays, poussés d'abord, il est vrai, par l'envie de trouver un endroit plus tranquille que cet hôtel ridicule où ils avaient débarqué en toute ignorance. Mais, dans la foulée, ils avaient continué. Du moins pendant quelques jours, car depuis une semaine cette folie active s'était sensiblement ralentie... Elle le comprenait d'ailleurs fort bien et épousait du mieux qu'elle le pouvait son culte de l'inaction, sachant que tout le reste de l'année les jeunes délinquants lui menaient la vie dure, dans ce centre de rééducation où il enseignait, et dont il était depuis peu responsable — co-responsable plutôt, puisqu'il avait refusé d'en assumer la charge administrative. D'une part, les problèmes de gestion l'intéressaient peu et, d'autre part, il craignait qu'ils ne l'éloignent de sa véritable vocation de pédagogue. Il n'avait d'ailleurs accepté de poser sa candidature qu'à l'unique condition de pouvoir continuer à donner lui-même ses cours, afin de garder avec les garçons un contact étroit. Puis il avait immédiatement instauré un conseil bi-hebdomadaire où tous ses collègues étaient invités à débattre de leurs problèmes et à en discuter les solutions ; ainsi, bien que Jean assumât seul la responsabilité de son exécution, toute décision était prise en commun au sein de l'équipe. Ils étaient assez peu nombreux pour que ce système fonctionnât fort bien. Ils se connaissaient tous depuis des années, certains étaient ses amis, et il en retira une estime accrue de leur part. Il était en quelque sorte leur élu, puisqu'ils l'avaient poussé à remplir cette charge, à cause de ses qualités évidentes d'équilibre, de pondération, et pour cette tranquille chaleur humaine qu'il dispensait autour de lui. Pourtant, même avec leur aide, ce cumul professorat-direction n'était pas toujours facile et Claire le voyait parfois revenir le soir, gris de fatigue, les traits comme tirés de l'intérieur. Il s'asseyait dans son fauteuil préféré, Claire lui servait un scotch et, pendant une demi-heure, il restait silencieux, se vidant de ses tracas de la journée en regardant par les fenêtres du salon les arbres du bois de Vincennes, tout proches.

La contemplation de la nature a toujours procuré à Jean un apaisement auquel ni soucis ni fatigue ne résistent. Il avait préféré pour cette raison un appartement dans une proche banlieue, tout près d'un bois. Et Paris était à deux pas, puisqu'ils habitaient à la lisière — Claire disait la « frontière » — de Charenton. Pour sa part, elle aimait l'atmosphère presque villageoise qui y régnait, chez les commerçants notamment. L'après-midi, ils ouvraient leur porte vers quatre heures, quand ce n'était pas cinq, comme en province, sans doute en souvenir de l'époque révolue où même les commerçants faisaient la sieste.

A ce propos, celle de Jean, demain, risquait de se prolonger fort tard, pensait Claire... Elle avait bien un roman à finir, mais trente pages tout au plus ne l'occuperaient pas pendant une journée. Bien sûr, après avoir lu, elle pouvait toujours, si elle avait des fourmis dans les jambes, faire une grande balade dans les vignes — qui donnaient ce si joli vin gris, vin des sables, qu'ils buvaient le soir — jusqu'aux confins des marais salants, sa peau de blonde prudemment abritée sous un grand chapeau. Ou bien...

— Mon Dieu, mes parents !

— Quoi, tes parents ?

— Je ne leur ai pas encore écrit, c'est horrible ! Il faut absolument que je leur écrive demain.

— C'est une bonne idée, ça.

C'est épatant, l'écriture. Ça ne remue pas l'air, c'est calme, insonore. Ça ne trouble donc pas les siestes.

— Et mon pauvre père qui doit s'emmerder là-bas... Il faut que je leur ponde une longue lettre. Mais vraiment longue.

— Tu devrais, oui. Tu les embrasseras pour moi.

C'était impardonnable, vraiment. Avoir tant aimé écrire, quand elle était jeune, à noircir des pages et des pages, des cahiers entiers pour le plaisir simple de dessiner des mots, et ressentir à présent comme une corvée le fait de prendre un papier et un stylo pour donner de ses nouvelles à son père malade. Comme on change. Enfin, il était guéri, maintenant, tout danger était écarté, mais sa mère devait se morfondre en attendant une lettre qui ne venait pas. Elle avait été très éprouvée, ces derniers temps, elle allait penser que Claire l'avait oubliée. Non, elle ne lui ferait pas cette peine. Elle trouverait une excuse, une justification quelconque de son silence. Sans trop s'apesantir, bien sûr, car elle était fine mouche. Enfin, elle verrait ça demain.

La route, la route qui surgissait dans les phares, aussitôt avalée sous les roues. C'est vrai qu'elle n'en finissait pas. Et l'air qui circulait pourtant à l'intérieur de la voiture était moite, plus lourd que tout à l'heure, on dirait. Pourtant, aux approches de la mer, il aurait dû faire plus frais. Il ne devait pas y avoir un souffle de vent, dehors. D'ailleurs, les touffes de cannes et de joncs qui poussent en bordure de chemin sur ces terres sablonneuses et qui s'inclinent gracieusement au moindre souffle se découpaient, totalement immobiles sur le ciel très clair — fines ponctuations verticales sur ce pays horizontal, sous une lune rebondie qui dispensait une clarté presque diurne. Cette nuit avait la pureté d'une gravure japonaise. Un univers presque irréel, reposant.

— Si tu crois que je ne te vois pas sombrer. Tu peux dormir, tu sais, ça ne me gêne pas.

— Mais non, mais non.

— Tu vas voir ! Je ne te donne pas cinq minutes...

— J'appuie juste ma tête, mais je ne dors pas.

— Mais oui, fais donc ça, va.

Elle eut un petit rire et posa la main sur le genou de Jean, regardant le profil attentif découpé sur la nuit par le reflet des phares. Quelques cheveux blancs brillaient sur ses tempes. Elle aimait cela. Il était de ces hommes que les années n'abîment pas, au contraire. L'âge l'épanouissait, l'arrondissait comme les bons vins. La sieste serait bonne demain. Non, elle écrivait à ses parents d'abord, elle se l'était promis, et ensuite elle viendrait le rejoindre sur le lit, dans la petite pièce toute blanche, à l'abri de la chaleur. C'était si bon, un homme qui savait prendre son temps. Cela aussi elle l'avait découvert avec lui. Pas le plaisir, non, elle ne l'avait pas attendu pour cela, mais l'égalité dans le plaisir. Avant lui, elle se sentait toujours en état d'infériorité amoureuse. Il en avait été ainsi avec les cinq ou six amants qu'elle avait eus — assez tardivement d'ailleurs — avant son mariage. Elle avait toujours eu honte d'être celle qui réclame plus d'attention, plus de temps. Le vieux complexe féminin face à l'infaillibilité du plaisir des hommes. Et si cela se passait « bien » quelquefois, elle simulait le plus souvent son contentement. Elle préférait mentir plutôt que d'avouer son impuissance — par lâcheté, par pudeur, par gentillesse aussi parfois —, car si ses amants étaient de toute évidence des artisans de sa jouissance, il ne lui serait pas venu à l'esprit de leur attribuer une part de l'échec. Elle partageait le plaisir avec eux, mais surtout pas l'absence de plaisir. C'est en cela qu'elle se sentait inférieure. Ce ne pouvait être que sa faute, et la faute aussi de ce corps paresseux qui tardait à réagir. Mais elle se serait fait tuer plutôt que d'en parler — la pudeur, toujours — et s'accoutumait peu à peu à cet état de fait, refoulant au plus profond d'elle-même un regret inavoué. Ce devait être ainsi, ma foi, que les choses se passaient. Cela ne se passa pas différemment d'ailleurs avec Jean quand ils se rencontrèrent et, avec lui aussi, elle « mentit », persuadée déjà qu'il ne pourrait en être autrement, sinon par hasard. Jean ne s'en aperçut pas, au début, car elle simulait le plaisir avec une grande économie de moyens. Plus importante et plus sensible est la raison du mensonge, plus on s'applique à le parfaire — Claire soupirait donc prudemment avec modération, et Jean s'y laissa prendre pendant quelque temps. Puis, peu à peu, il comprit. Il comprit aussi que Claire avait peur des mots et que parler ne servirait qu'à l'enfermer davantage. De son côté, après quelques nuits avec lui, Claire souffrit de s'être enferrée ainsi comme à son habitude. Cet homme-là était différent, plus tendre, plus patient que ceux qu'elle avait connus. Et elle aurait aimé être différente aussi, avec lui — mais comment revenir en arrière, les premiers soupirs lâchement émis ?

D'autres couples, peut-être, se trouvent le jour où le silence est rompu et la barrière des mots franchie, Claire et Jean se trouvèrent en silence et par le silence. Ce fut en silence que Jean fit comprendre à Claire qu'il l'avait devinée, il l'amena petit à petit à se rendre compte que l'attention qu'il devait lui consacrer n'avait rien d'ennuyeux pour lui et qu'il s'y épanouissait au contraire autant qu'elle. Et ce fut par le silence que Claire fit son aveu à Jean : elle ne·soupira plus pour rien. Ils tuèrent ainsi ensemble le vieux complexe et, depuis dix ans, leur fidélité allait de soi. Ils se complétaient si bien... Car Claire avait été aussi une révélation pour Jean. Elle n'avait certainement pas soupçonné, au début, quel bouleversement elle représentait pour lui. Elle avait pensé n'être qu'une conquête parmi les autres, car les amis qui lui avaient présenté Jean s'étaient chargés de la prévenir, avec des yeux rigolards, qu'elle avait affaire à un « joyeux cavaleur ». Un joyeux cavaleur... Jean en avait levé les yeux et les bras au ciel, beaucoup plus tard, quand elle lui avait raconté cela. Il ne pouvait imaginer une expression lui allant si mal, lui qui ne « cavalait » pas, et en tout cas pas si joyeusement. Par contre, il était exact qu'on lui tombait abondamment dans les bras, sans qu'il ait le moins du monde à cavaler pour cela, ni même à faire un pas. Cette capacité de séduction — très réelle, il en avait fréquemment des preuves tangibles et bien féminines étalées dans son lit — le laissait lui-même perplexe. Et Jean subissait avec un certain plaisir, mais aussi beaucoup de fatigue, cette réputation d'« homme à femmes » qu'on lui construisait un peu complaisamment et en quelque sorte malgré lui.

Puis un jour, son plus cher ami d'alors, Jean-Philippe, professeur comme lui et avec qui il passait les nuits qui lui restaient à discuter, eut une petite phrase qui le frappa profondément. Cet ami ne se douta jamais, d'ailleurs, à quel point ces quelques mots bouleversèrent radicalement l'horizon amoureux de Jean. Ils discutaient déjà depuis des heures, de tout, de leurs aspirations, de la vie, de l'avenir, de tout sauf de l'amour justement, quand Jean-Philippe lâcha à brûle-pourpoint :

— C'est incroyable ce que tu peux chercher ta femme...

— Ma femme? dit Jean les yeux écarquillés, tout à fait en porte à faux puisque, pour une fois, ils ne parlaient pas des femmes.

— Ta femme, oui... une femme pour toi, une femme pour vivre avec, TA femme, quoi. Tu ne cherches que cela. C'est évident dans tout ce que tu dis, dans tout ce que tu crois...

Jean-Philippe avait lâché cette réflexion légèrement, sans y attacher d'importance et sans se rendre compte combien elle avait troublé son ami. Le temps passa et Jean la garda ancrée en lui comme une vérité essentielle, décisive, et quand ses amis l'appelaient encore « un homme à femmes », il ne s'en défendait pas, il laissait dire en souriant, mais il enlevait secrètement le *s* de « femmes »... Il attendait, tout simplement, en vivant comme avant, et ces mêmes amis, un soir, la lui amenèrent. ELLE.

Il faut dire qu'il ne la reconnut pas tout de suite. Il n'eut pas la tentation, en voyant arriver cette blonde volubile et un peu fade, de s'écrier « ciel, ma femme ». De son côté, Claire fit mentalement la moue devant celui qu'on lui avait annoncé comme le séducteur de la bande. Et après cette première soirée, elle le jugea carrément ennuyeux. Le métier d'infirmière, que Claire exerçait depuis quelques mois seulement, semblait laisser Jean de marbre. Elle se tut donc assez rapidement dès le début du dîner, et, au dessert, elle en avait quant à elle par-dessus la tête des problèmes de pédagogie. Il fallut quatre ou cinq rencontres pour qu'ils se décident à passer la nuit ensemble, cinq ou six nuits pour qu'ils sentent qu'il s'éveillait quelque chose d'étrange, et autant de mois pour qu'ils décident de ne plus se quitter. Et s'ils laissèrent passer plus d'un an avant de se marier, c'est que cette manière de tomber amoureux — pour le moins échelonnée dans le temps — les laissait tous deux perplexes et incrédules. Ils se choisissaient, jour après jour, se mariaient au sens le plus profond du terme. C'est ainsi. Ils regrettèrent un peu au début que leur rencontre ait été si sage, puis ils en profitèrent plus tard pour faire rire leurs amis. « Nous sommes partis ensemble sur les chapeaux de roue à vingt à l'heure. »

— Attention!

Jean freina en catastrophe et évita de justesse un beau lapin de garenne qui traversait la route, affolé. Son petit derrière, pris un instant dans les phares, disparut dans l'ombre du bas-côté tandis que Jean redressait sa direction. Il rabattit son bras, qu'il étendait toujours instinctivement malgré la ceinture de sécurité, pour protéger Claire.

— Excuse-moi, j'ai bien cru qu'on se le faisait. Je ne supporte pas d'écraser une bête.

Claire passait sa main sur son front, l'œil hagard et le cœur battant.

— Je le savais, dit-elle. Je savais bien qu'il ne fallait pas que je m'endorme, il se passe toujours quelque chose. Je le sais, je le sens.

— Calme-toi, tout va bien.

— Oui, mais ça m'énerve de me laisser avoir.

— Tu as dormi deux minutes.

— La preuve ! Deux minutes suffisent...

Elle s'ébrouait, cherchait en vain une cigarette dans son sac. Eux qui fumaient si peu avaient grillé plus de cigarettes chez les Carpentier en une soirée que pendant deux semaines de vacances. L'énervement... Qu'est-ce qu'ils avaient été foutre là-bas, vraiment ! Tout naturellement ils reparlèrent de leurs hôtes et, l'ennui de la longueur du trajet aidant, ils leur tombèrent dessus d'un commun accord, à bras raccourcis. Ces malheureux Carpentier auraient au moins eu le mérite de les tenir éveillés plus facilement pendant dix minutes. Jean s'acharnait surtout sur l'idiote, le mollusque, l'échassier peinturluré qui tenait lieu de femme à son ancien ami. A tel point que Claire, après avoir ri, le regardait avec surprise.

— Mais qu'est-ce qu'elle t'a fait, cette pauvre femme ?

Rien. Elle ne lui avait rien fait. Mais il connaissait le style. Il avait connu, plutôt..., précisa-t-il avec un petit sourire de connivence. Un véritable danger pour qui se penche sur ces abîmes ambulants en croyant qu'il y a un fond. Il avait même, quand il était jeune, donné un surnom général à ces filles-là : « *E pericoloso sporgersi.* » Et il partit d'un grand couplet sur les femmes oisives entièrement préoccupées d'elles-mêmes.

Claire le laissa dire et se tut un moment, songeuse.

— Moi aussi, je suis une femme oisive, dit-elle après un long silence.

Jean éclata de rire. Ça n'avait rien à voir, vraiment. Tellement rien à voir qu'il repartit d'un grand rire franc tant lui paraissait incongrue la comparaison du mollusque et de sa femme !

Elle l'observa un moment, mais ses propres mérites devaient être si évidents qu'ils n'attirèrent pas plus amples commentaires de la part de Jean. Il s'était concentré de nouveau sur sa conduite, le profil serein, un vague sourire aux lèvres.

Claire se cala de nouveau confortablement sur son dossier et regarda la route la tête un peu en arrière, les yeux mi-clos, oubliant que la position était dangereuse. Plus de deux ans maintenant qu'elle n'exerçait plus son métier ni aucun autre d'ailleurs, et sans en ressentir la moindre frustration. A cette époque-là, on avait proposé à Jean de quitter temporairement son centre pour aller s'occuper pendant huit mois d'un stage de formation complémentaire d'enseignants destinés aux établissements spécialisés, dans la région de Biarritz. Il y aurait un coup de main à donner, aussi, pour réorganiser l'établissement où on l'envoyait, et il réunissait à lui seul toutes les qualités requises pour ces missions confondues — tant de qualités apparemment, qu'on lui fit cette proposition avec une insistance qui ne laissait pratiquement pas de refus possible. Par ailleurs, ce serait passionnant.

Jean garda cette grande et lourde nouvelle pour lui pendant quelques jours, puis un soir, après dîner, il se décida à la faire éclater au milieu du salon. Claire resta muette un long moment, le visage impassible. Jean la regardait, à l'affût de sa réaction. Elle n'en avait aucune. Il s'inquiéta de ne rien pouvoir lire sur ce visage qui lui livrait habituellement ses émotions si facilement. Ce devait être pire qu'il ne l'avait craint... Très vite, de peur qu'elle ne lui oppose des arguments pour contrecarrer la décision qu'il avait déjà prise, il lui exposa tout ce qu'il y avait de passionnant et d'enrichissant pour lui dans cette expérience. Il en retirerait certainement un grand bénéfice pour son travail personnel. Il n'oublia pas non plus de mentionner qu'une prime assez confortable allait de pair avec la proposition — il l'appelait, lui, en amoureux de la nature : une « prime de déracinement » — et qu'elle dédommagerait certainement largement le... leur... enfin, les inconvénients.

Les inconvénients. Claire le regardait, l'écoutait en hochant parfois la tête et ne disait toujours rien. Il s'inquiéta encore plus. Puis elle dit tout doucement :

— Tu ne penses pas que ce soit possible de se quitter pendant tout ce temps ?

— Ah, non ! fit Jean avec la plus parfaite sincérité.

— Non, bien sûr, il me semblait bien que ce n'était pas possible.

Elle le laissa mariner encore un moment dans son incertitude et ajouta :

— Tu vois une solution ?

Jean ouvrit les bras, les referma, soupira fortement, tourna sur lui-même, à la torture. Il était si mal à l'aise qu'il mit un long, très long moment à comprendre que Claire se moquait de lui et qu'elle l'avait vu venir, avec la solution toute prête, depuis le début de la discussion. Il eut honte, ensuite, d'avoir cherché à contourner le problème un peu malhonnêtement, et le lui dit. Mais sa position était épouvantable car il lui imposait un sacrifice, et, ça, il ne le voulait à aucun prix. Bien sûr, l'idéal serait qu'elle le suive, mais surtout pas à contrecœur. Lui-même ne le supporterait pas. Et si elle sentait que son travail lui était indispensable, qu'elle le garde et qu'elle reste ici. Huit mois n'étaient pas une éternité, ni Biarritz le bout du monde. Qu'elle réfléchisse et qu'elle fasse ce qu'elle jugerait le meilleur pour son équilibre. Ce qui serait bon pour elle serait le mieux pour eux.

Claire réfléchit, pesa, retourna la question pendant plusieurs jours. A vrai dire, elle n'eut pas besoin de tout ce temps pour prendre sa décision. Quitter l'hôpital, les malades, les gardes de nuit ? Finalement, elle ne le regrettait guère et elle ressentait même à cette idée une sensation d'école buissonnière, un allégement. Cette parenthèse dans sa vie professionnelle pourrait être délicieuse. Car, après tout, elle pourrait toujours, si l'inaction s'avérait pesante, rechercher un emploi au retour.

Ils partirent donc tous deux le cœur léger, louèrent une maison au bord de la mer, et Claire ne s'ennuya pas du tout. Elle s'ennuya si peu qu'au retour elle avait pris goût à cette vie sans obligations et ne chercha pas de travail. Elle avait craint un peu, au début, que Jean ne se lasse d'une femme qui avait à présent si peu de chose à lui raconter le soir, mais il la rassura chaudement. Il en profita pour lui dire ce qu'il n'avait jamais osé lui avouer : les histoires de médecins de service, de pansements et de transfusions lui sortaient par les yeux.

Claire continua donc à savourer cette vie nouvelle sans se poser de problèmes puisqu'ils en étaient satisfaits tous les deux. Les mois passaient paisiblement. Et si Claire était parfois songeuse, comme elle l'était un moment ce soir-là tandis que Jean conduisait, c'est simplement parce qu'elle se demandait s'il était bien normal d'être si heureuse à ne rien faire.

— Détends-toi, je t'en prie.

— Comment ? dit Claire en redressant la tête, interrompue dans ses pensées.

— Je te vois là, tendue comme un arc sur ton dossier. Détends-toi. On arrive bientôt, je te réveillerai. Je ne vais pas nous envoyer dans le fossé, je te promets.

— Mum…, fit Claire en reposant la tête un peu inclinée sur son épaule, vers la vitre de la portière.

Les yeux mi-clos, elle regardait défiler le bas-côté de la route, terre et ajoncs, presque sans herbe, ou quelques rares touffes brûlées par le soleil. Plus loin, derrière le trou d'ombre du fossé, elle distinguait les larges craquelures qui striaient le marais, et entre ces rides profondes la terre dure et grise, presque bleue sous la clarté lunaire. Une clarté incroyable qui allongeait les ombres des clôtures, à perte de vue, jusqu'à l'horizon. Pourquoi clôturer des terres apparemment inutilisables ? Quel curieux pays… Elle pensa que son père l'aimerait certainement. Elle ne savait pas s'il était jamais venu par ici. Il devrait être à l'aise dans cette aridité, y trouver une parenté profonde. Il faudra qu'elle lui en parle. Sa mère, au contraire, en pure Normande, devrait être effrayée par toute cette sécheresse. Mais de toute manière, elle, sortie de sa cuisine ! Tous les couples n'ont pas la chance d'avoir les mêmes goûts. Quelle chance, oui, quelle chance d'être à l'unisson.

Claire se sentait bien, si bien qu'elle n'avait plus hâte d'être au bout du trajet et qu'elle se serait laissé conduire ainsi des heures, toute la nuit, sa vie entière. L'étrange lumière de cette presque pleine lune annulait le temps, les distances aussi. Et Claire, bouche ouverte, tête en arrière, voyait entre ses cils la route à perte de vue, qui filait à présent toute droite vers la mer, droite et nue, et qui les menait au repos entre des draps frais. Quel bonheur de se laisser aller en confiance ! Au loin, tout là-bas, il y avait une tache claire sur le côté de la route. Un papier peut-être, ou un tas de cailloux blancs qui débordait sur la chaussée. Que ça allait être bon de s'endormir enfin vraiment.

La voiture mangeait la route avec un doux vrombissement régulier, et la tache claire se rapprochait, posée incongrûment au bord de cette ligne de fuite très pure. Un animal peut-être. Un animal couché là. Curieux... Ou alors elle rêvait déjà, lourde et tiède, à demi inconsciente, filtrant la réalité entre ses cils.

Claire s'abandonna et ferma les yeux un instant, puis elle les rouvrit. Elle les rouvrit une seconde. Juste une seconde et elle aperçut l'homme inerte sur le bord de la route, la bicyclette jetée dans le fossé. Fraction de seconde fulgurante et Claire referma les yeux. Cœur battant. Froid aux tempes. Bruit toujours régulier du moteur et silence de la nuit. La voiture était passée sans ralentir. Leur voiture continuait sa route. Et le silence. Le silence lourd comme une pierre.

Quelques instants plus tard, Jean posa doucement la main sur le genou de sa femme apparemment endormie. Une main très douce et très tendre. Et rassurante...

3

PALAIS DE JUSTICE
Un an après

Crime? Ou accident?

Accident! affirmait l'avocat. Car rien ne prouvait de manière irréfutable que cette femme avait réellement voulu tuer son mari. Bien d'autres couples se jettent divers objets à la tête sans être pour autant des assassins. L'acharnement qu'elle y avait mis, certes, était rare. Mais, sous l'emprise de la colère, on pouvait supposer... on pouvait supposer...

Son discours s'effilocha pendant quelques phrases encore, puis il se tut. Qu'est-ce qui lui avait pris, de prononcer le mot «colère». Il n'en savait rien, si elle avait été en colère! Cela aurait été logique, évidemment, mais tout ce que l'on avait relevé à l'enquête venait justement contredire toute logique. C'en était diabolique. Il ne s'était rien passé, apparemment, ce soir-là, rien du tout. RIEN.

Me Bertin commençait à entrevoir que tout cela n'allait pas être aussi simple qu'il l'avait cru.

Quand la mère de l'accusée l'avait contacté — brave femme, d'ailleurs, la mère, effondrée mais digne, veuve depuis peu d'un mari médecin, bonne famille donc —, il avait été le lendemain rendre visite à sa fille à la garde à vue, et il avait été touché. Oui, touché par ce fin visage tout pâle sous ses cheveux courts, presque coupés à ras. Cela mettait en valeur son cou, la grâce de ses épaules menues, et son regard s'était posé sur lui, longuement. Il en avait été surpris. Un regard droit, net, ouvert, où il n'avait décelé aucune gêne, aucune honte, rien de cette fausseté ou de cette fuite intérieure qu'il lisait généralement dans les yeux des autres accusés. Rien d'implorant, non plus. Un regard tout à fait limpide. Cela l'avait accroché. Elle n'avait pas parlé, ce jour-là, mais il s'était dit qu'il vaincrait aisément cette peur, ou cette pudeur, et, pensant que cela s'arrangerait à sa prochaine visite, il avait accepté de la défendre.

Ça ne s'était pas arrangé. Pas du tout.

À présent elle était là, assise derrière lui, toute droite dans son petit manteau bleu marine qu'elle n'avait pas quitté, impassible, le regard toujours aussi limpide. Et totalement, résolument muette.

Il s'apercevait maintenant qu'il allait avoir du fil à retordre. Il est vraiment difficile de plaider quand votre discours n'est étayé que par un grand vide... Heureusement, pour le moment, son embarras passait quasi inaperçu.

Par chance, le journal intime de sa cliente avait été retrouvé lors de l'enquête à son domicile, et versé au dossier. Car si cette femme ne parlait pas, elle avait beaucoup écrit ! Grâce à cela, il avait été facile d'obtenir la non-préméditation. Il avait écarté de lui-même la possibilité de plaider l'irresponsabilité, car si ces écrits témoignaient d'un état dépressif, ils indiquaient aussi qu'elle était saine d'esprit, et même d'une intelligence légèrement supérieure à la moyenne au dire du psychologue et du graphologue réunis.

Il développa alors une thèse soutenant que Claire, murée dans un silence qu'elle était incapable de rompre — même face à un professionnel ; témoin l'échec du Dr Jouvain, psychothérapeute d'honorable réputation qu'elle avait consulté quelque temps —, se trouvait dans un état tout à fait propice à des projets de suicide. Projet non mentionné dans ce journal, quoique sous-entendu dans les dernières pages, mais dont il s'était longuement entretenu avec elle. Cela étant parfaitement faux, Claire n'ayant jamais desserré les dents, que ce soit sur ce sujet ou sur n'importe quel autre. Désarçonné au début par le mutisme obstiné de sa cliente, il s'était fait une raison en se disant qu'il avait ainsi toute latitude pour la défendre avec des arguments de son choix, puisqu'elle ne viendrait pas le contredire.

D'après lui, donc, les nerfs à vif, décidée à briser par un geste désespéré la situation morale insoutenable où elle

27

se trouvait, elle aurait dans un moment d'inconscience — et l'instinct de conservation aidant — détourné ce geste de sa propre personne pour le diriger sur quelqu'un d'autre, en l'occurrence son mari. C'était la seule explication possible à cet assassinat — ou plutôt, pardon, à cet homicide involontaire —, puisque l'accusée elle-même ne pouvait répondre aux questions concernant les raisons de son geste que par le silence. A ce moment, Me Bertin sentit ce que cet argument avait de précaire, et enchaîna très vite. Ils n'allaient pas tarder à s'apercevoir, tous autant qu'ils étaient, que le silence était la seule réponse de Claire, non seulement à cette question-là, mais à toutes les autres.

C'était donc dans un instant d'égarement, pratiquement par hasard, qu'elle aurait saisi cette copie en bronze d'un buste de Mazarin sur socle — en bronze lui aussi — et en aurait sauvagement frappé son époux à la tête et à la nuque. Les experts précisèrent même que le nez proéminent que l'on connaît à ce personnage historique, encore exagéré par l'artiste sur cette statuette, était cause de la rupture si nette et si profonde de la troisième cervicale — rupture qui avait entraîné la mort immédiate.

L'accusation s'éleva alors et déclara que, en plus des méfaits qu'on avait attribués à Mazarin en des temps plus lointains, voilà qu'on entendait à présent le rendre responsable de celui-là, et même, pourquoi pas, en accuser sa mère, qui l'avait doté d'un appendice si meurtrier! On stoppa cette envolée et, après quelques ricanements, le silence retomba, une fois de plus.

Il régnait dans ce tribunal une sorte de malaise général dû à la présence de l'accusée elle-même. Qu'est-ce qui se cachait derrière ce visage sans aucune expression? Un pauvre être brisé par le désespoir et le remords, et qui n'a plus la force de réagir? Un monstre d'indifférence capable de commettre un crime, puis d'en subir les conséquences avec une égale froideur? Elle semblait tour à tour l'un ou l'autre, et chacune de ces possibilités avait uniquement le poids que l'on mettait à la démontrer.

On s'acharna ainsi quelque temps à blanchir l'image de Claire pour la noircir à nouveau, et inversement. Et chaque affirmation lancée au hasard semblait contenir sa propre négation, et retombait à vide, inutile. Cet homicide était-il volontaire, ou involontaire ? Mystère... Mais qu'on s'épuise à la défendre ou à l'accuser, avec une égale conviction, la principale intéressée assistait à ces efforts sans rien approuver ni rien démentir, avec un regard absent, apparemment complètement étrangère à ce qui se jouait ici.

Il commença à flotter dans l'air un certain agacement. Chacun sentait qu'il s'égarait, et cette affaire assez banale, qui aurait dû être expédiée rapidement, traînait en longueur au fil de suppositions oiseuses. On n'en sortait pas.

— Encore une fois, que s'était-il passé entre votre mari et vous avant que vous le frappiez ?

Silence.

— Qu'a-t-il dit, ou fait, qui ait pu provoquer ce geste ? Vous étiez-vous disputés ? Ou battus ?

C'était improbable. On n'avait relevé aucune trace de lutte dans le salon — pas plus que dans d'autres pièces —, et les coups avaient certainement surpris Jean assis dans ce fauteuil de velours vert où on l'avait retrouvé. Et ce verre, qui était sans doute tombé de ses mains au moment du meurtre, attestait qu'il devait être alors parfaitement détendu, en train de boire un pastis dont le reste avait inondé la moquette quand le premier choc le lui avait fait lâcher. Non, cet homme ne devait pas être à ce moment dans un état violent. Et même si elle seule avait été en colère, il était improbable qu'il eût subi tranquillement ses assauts, confortablement installé avec un apéritif, et qu'il n'ait pas au moins tourné la tête vers elle pour l'écouter, ou lui répondre. L'attaque avait dû le surprendre en pleine confiance, par-derrière.

Tout cela était incompréhensible. Car même si elle était dans une phase dépressive, leur couple semblait harmonieux et, au dire de leurs amis, leurs rapports parfaitement calmes et équilibrés. Jean n'avait-il pas confié à l'un de ses collègues, le matin même du drame, combien il était heureux de bientôt partir en vacances avec elle ? Ils allaient retourner en Camargue, où ils avaient déjà séjourné l'été précédent, et où ils avaient été si merveilleusement bien, disait-il... Combien il était heureux, aussi, de sentir qu'elle allait mieux, après ces mois difficiles. Cet homme l'aimait, cela ne faisait de doute pour personne. Alors ? Et à quoi rimait ce fait étrange, morbide, cette chevelure blonde saccagée à grands coups de ciseaux et répandue sur le corps ?

Tous la regardaient et, oubliant leurs rôles respectifs et bien établis, ils exprimaient la même attention tendue, scrutant ce petit visage pour y surprendre une réaction, attendant un mot d'elle, une révélation, qui ne venait pas.

Voyons, était-ce son mari lui-même qui lui avait coupé les cheveux de force ?

Non... On le voyait mal s'asseoir ensuite pour prendre un verre, recevoir calmement les boucles qu'elle lui aurait jetées à la tête, et attendre patiemment, dans la même position, qu'elle vienne dans son dos pour le frapper. C'était totalement stupide. D'ailleurs, tous leurs amis, leurs parents, savaient que Jean adorait les cheveux de sa femme — il trahissait même à cet égard une légère tendance fétichiste. S'il avait voulu la punir de quelque chose de cette manière — de quoi ? —, il se serait en fait puni lui-même. Cette possibilité était à écarter une fois pour toutes.

Elle s'était donc elle-même infligé cela, et sur le lieu du crime puisque l'on avait retrouvé quelques cheveux blonds coincés dans la charnière des grands ciseaux à papier qui se trouvaient sur le bureau, juste à côté du fameux buste de Mazarin — cheveux arrachés, plutôt que coupés, ce qui indiquait des mouvements rageurs, désordonnés, que prouvait aussi l'estafilade qu'elle en gardait à la tempe. Si elle avait fait cela avant, Jean aurait certainement réagi, aurait tenté de l'empêcher peut-être, en tout cas on ne l'aurait pas retrouvé assis, son verre à la main. Donc, elle n'avait pu le faire qu'après l'avoir frappé. APRÈS, et non pas avant. Mais qu'est-ce que cela représentait pour elle ? Une autopunition, certainement.

Tous étaient attentifs, et Me Bertin eut la tentation d'élargir son propos avec quelques généralités. Ça ne ferait de mal à personne et lui permettrait de gagner du temps. Il affermit sa voix.

Chacun sait que nous avons tous présent en nous, même d'une manière latente, le symbole de force qu'est censée représenter la chevelure, auquel s'ajoute pour les femmes les symboles de charme et de sensualité. Était-ce là qu'il fallait chercher le sens de cette mutilation ? C'est fort possible. Quoique, au dire des témoins intimes, Claire n'ait jamais eu l'air de prêter grande attention à cette partie d'elle-même. Selon eux, ces cheveux longs et abondants l'auraient encombrée, plutôt, et elle les eût volontiers sacrifiés si Jean n'y avait pas attaché tant d'importance. Sacrifiés... SACRIFICE — voilà le mot juste. Et voilà sans doute pourquoi elle les avait jetés sur le cadavre de son mari. Ultime défi ? Ou peut-être au contraire les avait-elle déposés sur lui tendrement. Dernier geste d'amour... Comme si, atterrée par ce qu'elle venait de faire, elle avait voulu tuer, en même temps que lui, une partie de sa féminité et lui en faire offrande, en une sorte d'hommage posthume et désespéré, né de son remords. Et...

Quelqu'un toussota, quelque part sur les bancs de la salle, et l'avocat se tut. Décidément, cette femme de marbre, avec son visage de Jeanne d'Arc muette, avait le don de le pousser à se couvrir de ridicule... Tantôt il discourait sur des suppositions idiotes avec un luxe de détails « popotes », tantôt il se lançait imprudemment dans une emphase douteuse. Il fallait qu'il se surveille, ou cette emmerdeuse allait ternir sa réputation. Dans le fond, il avait eu tort d'accepter cette affaire. Mais comment aurait-il pu deviner la somme d'obstination et de mauvaise volonté qui se cachait derrière ce beau visage et cette silhouette émouvante ! Une femme fragile — c'étaient les pires. La preuve. Jamais personne ne lui avait gâché le travail comme elle.

— Allons, madame, soyez raisonnable, rien de tout cela ne nous explique pourquoi vous avez frappé votre mari... Pourquoi ?

Et cet imbécile qui s'obstinait à l'interroger. Il commençait à la connaître, maintenant. Ils pouvaient tous suer sang et eau, crever sur place, qu'elle n'ouvrirait pas la bouche. Au moins l'audition du Dr Jouvain allait-elle lui donner quelques instants de répit. Qu'allait-il leur apporter de nouveau, celui-là ? Rien, il était en train de le déclarer lui-même. C'en devenait comique.

Oui, elle était venue le consulter quelque temps, à peine

trois semaines, et avait rapidement espacé ses visites. Il l'avait vue trois ou quatre fois, tout au plus, et n'avait rien pu tirer d'elle.

— Ha! Vous non plus!

Cette petite boutade jaillie du côté de la défense fit rire. Un peu. D'un geste modeste, Mᵉ Bertin s'excusait d'avoir interrompu le docteur, qui, lui, n'avait pas esquissé un sourire.

De toute manière, l'aurait-il vue plus souvent, cela n'aurait rien changé, car elle n'était pas venue chez lui de son plein gré.

L'avait-on forcée?

Non, bien sûr. Ce n'était pas ce qu'il voulait dire. Mais on l'avait influencée, poussée à consulter quelqu'un. C'était donc totalement inopérant. Tout le monde sait qu'une thérapie n'est efficace que si elle est voulue, réellement consentie par le malade, s'il en a ressenti lui-même la nécessité intérieure. Tout le monde sait ça, répéta-t-il en regardant autour de lui, ayant l'air de se demander pourquoi, ici, on ne le savait pas. D'ailleurs, lors de ses visites, elle ne lui avait raconté que des choses sans importance, comme le fait, par exemple, qu'elle se tourmentait parce qu'elle ne retrouvait pas de travail. Des bêtises, quoi.

— Des bêtises, vraiment!?

Oui, bien sûr. Parce que ça n'était pas vrai. Rien n'était vrai. Elle cherchait simplement à meubler l'heure qu'elle avait à passer en lui disant n'importe quoi — et surtout rien qui eût pu être important pour elle. Elle lui mentait sans arrêt, il le savait très bien. Il aurait dû lui dire quoi? Qu'il savait qu'elle lui mentait?

Le Dʳ Jouvain émit un curieux gloussement, aussitôt étranglé, puis il se plia légèrement sur lui-même, les épaules agitées en cadence pendant un long moment, sans produire d'autres sons. Ce devait être sa manière à lui de se tordre de rire.

— Et vous ne l'avez pas dirigée vers un autre spécialiste? insista la partie civile.

Mais non, pourquoi? Cela aurait donné le même résultat. C'était totalement inutile.

— Ainsi donc, il vous passe une criminelle en puissance

entre les mains, et vous la laissez repartir dans la nature, en affirmant qu'elle ne nécessitait aucun soin?

Pour toute réponse, le Dr Jouvain se tourna lentement vers l'accusation, très digne, et laissa passer un long silence avant de répondre à l'avocat général.

— Monsieur, vous ne tuerez pas aujourd'hui, puisque vous êtes ici, mais personne ne peut affirmer, même pas vous-même, que vous ne tuerez pas dans un mois, une semaine, ou demain.

Me Bertin se cala confortablement dans sa chaise. Il commençait à s'amuser. Il était épatant, le docteur. Épatant.

— Et quand, dites-vous, a commencé cette dépression de l'accusée? Janvier?

— Non, pas du tout. Elle est venue me voir en janvier. Mais quand cela avait-il commencé, personne ne pourrait le dire. Un mois avant? deux mois? un an? Qui peut le savoir, à part elle?

Instinctivement, tous les regards se portèrent sur Claire. Elle n'avait pas bougé d'un cil. Puis son visage si pâle se tourna lentement, très lentement vers eux, et elle posa un instant son regard sur le docteur. Son regard si limpide, et si totalement hermétique. Un instant, et elle baissa la tête, s'abîmant dans la contemplation de ses mains, sagement posées sur ses genoux.

Qui pouvait le savoir, à part elle?

4

Claire souhaita partir de Camargue trois jours plus tôt que prévu. Non pas pour rentrer directement à Paris, se hâta-t-elle de préciser devant l'œil catastrophé de Jean, mais pour remonter en folâtrant par les petites routes, découvrir des villages, s'arrêter dans des auberges de campagne, faire enfin cette aimable balade au hasard dont ils avaient si souvent parlé, sans jamais en prendre le temps. C'était le moment ou jamais.

Jean fit grise mine. Elle avait beau se faire convaincante, un point restait immuable : qu'il se fasse long ou court, aimablement folâtre ou direct, un retour était un retour. C'était la fin, dût-elle mettre trois jours pour finir vraiment. Faire les valises, c'était la fin : prendre la voiture, c'était la fin — la fin de ses vacances, de son repos, une longue année à l'horizon, là-haut, loin du soleil.

— Je ferai toutes les valises, je chargerai la voiture quand tu auras le dos tourné, tu ne t'apercevras de rien.

— Non, écoute...

— Tiens, va donc prendre un pastis dans les vignes et...

— Non.

C'était parti sec, péremptoire.

— Non. C'est moi qui travaille, pas toi.

Il y eut un froid silence et Claire baissa la tête, frappée.

— Excuse-moi, ajouta-t-il doucement.

Jamais cet argument ne pesait dans leurs rapports, et il répugnait à s'en servir. Mais dans ce cas, ce cas dès vacances si précieuses pour lui, il était tout simplement vrai, évident.

— Tu as raison. Tout à fait. C'est moi qui suis idiote. Et égoïste.

Il l'assura que non, elle l'assura que si, mais non, et si, bises, tendresses. Et, le silence retombant malgré tout entre eux, l'on décida de faire un tour, pour penser à autre

34

chose et oublier ce petit froid. Mais ils eurent beau se baigner agréablement dans la fin de l'après-midi, si belle, prendre l'apéritif sur la place du village, si animée, dîner dans une petite gargote et rentrer dans la nuit tiède environnée du chant des cigales, le petit froid resta. C'était fini.

Jean résista une demi-journée, pendant laquelle il ne se prononça pas beaucoup de mots, puis il se rendit à l'évidence : elle avait tué ses derniers jours de vacances. Le seul fait d'avoir parlé de retour, de l'avoir mentionné seulement, suffisait à décolorer le paysage, ou plutôt à le changer. Il avait devant les yeux le philtre de la nostalgie du départ. Rien n'était plus pareil, sans résonance insouciante. Bien sûr, il savait bien que les vacances ne sont pas éternelles, mais, par une heureuse disposition de son caractère, il se trouve qu'il parvenait parfaitement à l'oublier jusqu'au dernier moment, à condition toutefois que l'on n'en PARLE pas. Le moindre mot au sujet du retour était meurtrier pour cette bienheureuse perte de mémoire. On le ramenait sur terre avec tout ce que cela comportait de chiffres, de dates, d'échéances. Il se mettait à compter les jours.

En cette matinée du 27 août, il se surprit à compter les heures, presque les minutes. Alors il attrapa les valises, les posa sur le lit, et se mit à les remplir sans un mot, sous l'œil de Claire, qui se mordait les lèvres dans un coin de la chambre. Il ne la regarda pas, car elle devait avoir cet air suprêmement émouvant auquel il ne pouvait pas résister — cette mine contrite, les yeux tout ronds, prêts à se mouiller, avec la lippe un peu tremblante des enfants qui ont fait une bévue dont les conséquences les dépassent et qui ne savent pas comment réparer. Et avec cette bouille chiffonnée, elle se mettait à bouger et à agir comme une grande personne, pour donner le change. C'était irrésistible, Jean fondait. Il ne la regarda donc surtout pas lorsqu'elle vint l'aider, avec dans les mains une maladresse révélatrice de ses sentiments.

En silence aussi, on chargea la voiture, et on ferma la porte du cabanon. La location ayant été réglée d'avance pour le mois, il n'y avait plus qu'un détour à faire pour déposer la clé. La portière claqua, toujours dans le silence.

C'était parti. Jean roula un bon moment vers l'intérieur des terres, vers «là-haut», dos à la mer, un peu rageusement, histoire de se détendre les nerfs. Puis il arrêta brusquement la voiture sur le bas-côté de la route, attrapa une carte, et la jeta sur les genoux de Claire.

— Allez, vas-y, folâtre ! Je me laisse conduire. Par où commence-t-on ?

Elle eut beaucoup de chance. Elle tomba sur des endroits charmants, par un itinéraire très agréable. Heureusement... L'Ardèche acheva de les réconcilier, merveilleuse, sauvage. Jean se détendit, et admit le soir même qu'elle avait eu raison. Le temps passé ainsi lui paraissait plus long que s'ils étaient restés sur place. Un peu comme si, contrairement à sa première réaction, il avait bénéficié d'un supplément de vacances. Jean avait vraiment un très, très bon caractère.

Claire, elle, respirait. Elle ne l'avait pas dit à Jean, qui, lui, se plaisait tant en Camargue, mais ce qu'elle avait voulu avant tout, c'était partir de là-bas. La balade au hasard, les découvertes des petites routes, elle s'en moquait complètement. Prétexte. Elle avait eu l'irrésistible envie de fuir ce paysage — qu'elle avait du mal d'ailleurs à nommer «paysage». C'était une étendue, un horizon, une lumière. Et ce qu'il y avait de nu, d'implacable dans le pays l'avait étouffée, à la longue. Elle n'avait pas cherché à se l'expliquer, mais simplement subi cette impression pesante. La dernière semaine, surtout. Elle se réveillait fatiguée, les membres lourds, la tête brouillée comme après une insomnie, alors qu'elle dormait comme une bûche. Et elle se retrouvait, dans le soleil, face à cet horizon, avec une sorte de malaise. Étrange...

A quoi bon expliquer cela à Jean. Elle avait envie de partir, de bouger, c'est tout. De retrouver aussi des arbres, de l'ombre, une nature avec des endroits pour se nicher, des creux protecteurs, apaisants, le contraire d'un désert où l'on se sentait sans refuge, nu comme un enfant. Sans doute, après un mois passé dans ce dénuement torride, tous ses ancêtres des bocages d'Ile-de-France s'étaient-ils réveillés en elle, révoltés.

Ce qui était vrai, par contre, c'est qu'elle n'avait aucune

envie de rentrer à Paris. Ces trois jours de promenade, proposés au hasard comme prétexte de départ, se révélaient délicieux. C'était exactement ce dont elle avait envie, besoin même. Elle aurait bien continué à parcourir la France ainsi pendant des semaines, des mois peut-être, tant elle se sentait emplie d'un désir de mouvement, de changement. Une excitation la poussait en avant, les nerfs tendus. Jean avait tout simplement raison — c'est qu'elle ne travaillait pas, voilà tout. Et un mois de vacances sans rien faire, absolument rien d'autre que se reposer, sans même avoir une véritable maison à s'occuper, c'est beaucoup trop pour quelqu'un qui ne travaille pas. Et pourtant, elle n'avait pas envie de rentrer.

C'est dans la chambre d'une auberge de campagne, le dernier soir avant de remonter définitivement à Paris, que lui vint l'idée lumineuse qui allait lui permettre de dépenser ce trop-plein d'énergie accumulé pendant ces quatre longues semaines d'inactivité. Elle était allongée sur le lit, avant le dîner, et contemplait rêveusement les rideaux qui encadraient la fenêtre, tandis que Jean se prélassait dans un bain — son dernier bain d'homme en vacances. C'était joli, ces fleurs bleues sur un fond vert, d'une même tonalité fondue. Une harmonie de couleurs inhabituelle, fraîche. Chez eux, à Paris, ils avaient trop sacrifié à leur goût des couleurs chaudes, terriennes. Tous ces ocres, ces beiges, ces rouilles, c'était chaleureux, intime, mais cela manquait de...

Jean chantonnait dans la salle de bains, accompagné d'un doux clapotis d'eau. Il n'en était pas sorti que la décision était prise : elle allait refaire l'appartement. L'idée lui sembla d'emblée si bonne qu'elle la poussa à sauter du lit, et elle s'habilla prestement pour dîner. Elle allait le faire. Oui, elle allait le faire dès son retour ! Ils pouvaient rentrer à Paris, maintenant, elle en avait même une hâte fébrile. Neuf ans qu'ils vivaient dans le même décor, immuable, défraîchi maintenant. Ce ne serait pas un luxe de changer tout ça.

— J'ai faim ! claironna-t-elle, on y va ?

Jean sortait de l'eau en s'épongeant, innocent, encore ignorant de la catastrophe qui allait incessamment lui fondre sur les épaules : la maison en chantier pendant des semaines en pleine reprise de son travail. Une horreur !

Il resta ignorant jusqu'au retour, plus quelques jours de sursis que Claire lui accorda, par prudence. Mais elle avait commencé, en douce, à parcourir les magasins, comparant les prix, récoltant des échantillons, et accumulant dans un coin discret les revues de décoration.

La bombe explosa un soir, à peine une semaine après leur retour, et Jean subit le choc de la nouvelle en se révoltant à peine — il connaissait Claire et savait que rien ne l'arrêterait, surtout sur un chemin où elle était déjà lancée. Il est vrai aussi que son imagination dans ce domaine était un peu réduite par le manque d'expérience, et qu'il ne soupçonnait pas l'ampleur du futur chantier. Le travail au centre n'était pas encore trop dur, la rentrée effective n'ayant lieu que le quinze du mois. Jusque-là, il s'agissait surtout de régler des questions administratives, et d'organiser le planning des cours de l'année à venir. Il s'occupait aussi des quelques garçons sans famille qui résidaient en permanence au centre. Ceux-là, isolés des autres pendant quelque temps, étaient plutôt calmes, et la corrida ne recommencerait que lorsque le gros de la troupe — ceux récupérés, bon gré mal gré, par leur famille — serait rentré. Un vent de panique soufflerait sur le centre pendant de longues semaines, et les plus calmes se transformeraient alors en bêtes enragées, comme pour se venger tout à coup de cet encasernement forcé et resserrer leurs liens avec ceux qui avaient humé le vent de la liberté. C'était couru, habituel, inéluctable. Beaucoup récidivaient, pendant cette période — quoique les délits ne soient généralement pas graves, comme si, près d'être apprivoisés, une certaine nostalgie de l'état sauvage leur revenait avec la belle saison, et qu'ils tentaient par une ou deux escapades d'en retrouver le goût ; juste de quoi ne pas le perdre. Dans le fond, c'était plutôt bon signe, et Jean se méfiait au contraire comme de la peste des garçons qui baissaient les bras d'un seul coup, totalement, jusqu'à ressembler à s'y méprendre à de gentils moutons. Ceux-là pouvaient devenir vraiment dangereux, un jour… Pour ce qui était des autres, le plus ennuyeux, en ce qui les concernait, était ces interminables démarches qu'il fallait faire en début d'année auprès de juges, commissaires de quartier et autres. Il avait souvent l'impression de ne pas parler la même langue. C'était si dur de leur expliquer patiemment (et poliment) qu'un vol de blue-jeans ou quelques dents cassées dans un bal n'avaient strictement aucune importance, qu'au contraire cela était parfaitement salutaire, et qu'il était même ravi parfois que cela arrive — comme on peut être rassuré du bon fonctionnement d'une soupape de sûreté. Il se surprit un jour à expliquer longuement et passionnément à un commissaire le principe de la cocotte-minute. Et devant ces yeux ronds, obtus, qui le fixaient, inhumains à force de bête incompréhension, il s'était senti, lui aussi, une agressivité extrêmement démangeante.

Il ne s'avisa donc pas, pendant ce début de septembre encore calme, que la mise en route des projets de Claire, et le chambardement effectif qu'elle produirait, coïncideraient exactement avec cette période difficile.

Or il arriva que le débarquement des hommes de l'Art dans la maison procura plutôt à Jean un certain soulagement, car ce fut Claire la plus fatigante. Il s'était à peine débarrassé de son imper en rentrant le soir, la tête pleine de ses soucis de la journée, qu'elle bourdonnait autour de lui, agaçante, dès la porte d'entrée. Elle le suivait ensuite pas à pas dans tous ses déplacements, réclamant des avis sur ceci, sur cela, le forçant à faire une ronde d'inspection des échantillons épinglés aux rideaux, aux fauteuils, les changeant de place afin qu'il en juge les contrastes. Il avait beau résister en lui répétant qu'ayant déjà bien du mal à se remettre au rythme de Paris, il aimerait se délasser le soir dans une maison qu'il reconnaisse comme sienne, et non pas dans l'appartement d'un décorateur en plein inventaire de son stock, elle ne se lassait pas, excitée, exténuante.

Il craqua un jour que, installé confortablement et calmement aux toilettes, elle en entrouvrit la porte pour lui passer un nuancier de peinture, «afin qu'il y réfléchisse pendant qu'il était là». Il n'y avait donc plus aucun refuge sacré ! Il claqua la porte en sortant, et explosa. Il n'avait aucune idée sur ces questions, il fallait que ce soit clair et net une fois pour toutes. A chacun son affaire, on ne peut pas avoir tous les dons. Il était compétent dans son travail, il en était certain, comme il était certain par ailleurs de n'avoir aucun sens des couleurs. Alors pourquoi lui demandait-elle de se prononcer entre les fleurettes et les petits carreaux? Il faut modestement reconnaître ses limites, et les accepter. D'ailleurs, poursuivit-il sur sa lancée, c'était le drame de cette société dans laquelle ils vivaient. Tout le monde voulait être capable de tout faire, l'éclectisme faisait office de valeur, et quelqu'un qui faisait bien ce qu'il savait faire et qui simplement s'y tenait faisait figure d'imbécile. Non! On ne peut pas tout faire Et il avouait sans honte ne pas savoir la différence entre la percale et la toile de lin. Fallait-il vraiment, absolument, qu'il s'y mette?

Il continua quelque temps son monologue en arpentant le salon — d'abord parce qu'il était toujours gêné qu'un mouvement d'humeur lui ait échappé et qu'il essayait, après quelques mots sincèrement vifs, de maquiller ses sentiments, de transformer sa nervosité en « numéro ». Il réussissait presque toujours à faire rire Claire, quand il s'échauffait faussement ainsi, et sa première impulsion de colère était rapidement oubliée. Cette fois, en l'occurrence, élargissant le débat à la société tout entière, il espérait aussi détourner la conversation de ces chiffons qui l'ennuyaient tant.

Mais, cette fois, il ne parvint pas à faire rire Claire. A peine sourit-elle, par habitude, et, restant ancrée dans son idée fixe, elle ajouta d'une petite voix que « si ce qu'il advenait de sa maison ne l'intéressait pas... ».

Il vit que le sourire tremblait un peu, et que ses joues se gonflaient, boudeuses. Ce qu'il y avait d'enfantin dans le visage de Claire l'avait toujours ému. Ses joues veloutées, un peu rondes envers et contre tous les régimes, ses cils qui battaient une mesure désordonnée, les grandes inspirations saccadées qu'elle prenait pour juguler ses émotions l'attendrissaient davantage au fur et à mesure que Claire avançait en âge. Mais là.... Non, là, vraiment, c'était trop ! Il la savait émotive, mais toujours pour une raison valable, jamais pour une broutille comme celle-ci. Elle ne manquait ni d'intelligence ni surtout d'humour, et s'il pensait souvent qu'elle restait très « jeune » de caractère, il n'avait tout de même pas épousé une gamine attardée. Qu'est-ce que c'était que ça ? Tout à sa surprise de la voir prendre les choses ainsi, il abandonna son numéro et se mit instinctivement à lui parler d'un ton mesuré, paternel.

Bien sûr, la maison l'intéressait. Mais que les rideaux soient bleus ou verts lui était entièrement indifférent, il l'avouait. L'important était qu'ils lui plaisent à elle. Et s'il se sentait bien ici, c'est que ce qui les entourait était choisi par elle, arrangé par elle. Si elle avait envie de changer, il savait à l'avance que ce serait pour le mieux. Mais était-ce bien nécessaire ?

Enfin, avec ou sans son aide, Claire vint à bout des choix, et la suite fut menée rondement. Jean fit contre mauvaise fortune bon cœur — les envahisseurs travaillant à peu près aux mêmes heures que lui, il n'avait à subir le soir que les traces de leur passage. Il s'isola dans la chambre quand le salon était en chantier, et vice versa.

Un mois plus tard, Claire était venue à bout des travaux — et de leurs économies, ou presque —, le calme pouvait revenir. Jean soupira de soulagement, et réintégra son fauteuil favori, lequel était devenu entre-temps vert mousse. C'était fini. Du moins il le crut. Car Claire rôdait d'une pièce à l'autre, les sourcils froncés, et parfois, au cours de la conversation, il voyait son œil, rêveur et inquiet, se poser sur les fameux rideaux.

Elle n'avait fait que des erreurs, elle en était certaine. Elle avait trop feuilleté de magazines spécialisés au lieu de se fier à son instinct, et à présent le style « Nos belles demeures de France » de tout ça ne lui échappait pas. C'était horrible.

Au bout de quelques jours de remords, exprimés ou non, Jean lui déclara tout net qu'il s'en foutait éperdument, et qu'elle ferait mieux de le regarder, lui, même s'il ne changeait pas de couleur. L'incident fut ainsi clos, et si Claire conservait des regrets, ils restèrent intérieurs, et ne se manifestèrent ni en paroles ni en mimiques.

Après une semaine d'accalmie, Jean crut avoir récupéré sa tranquillité, l'ordre, et la femme qu'il aimait. C'est alors qu'elle s'attaqua aux placards.

Il ne s'en aperçut pas tout d'abord, car Claire, tel un bon petit termite, œuvrait de l'intérieur dans la journée, et les portes fermées le soir dissimulaient à Jean la catastrophe latente. Elle se déclara un beau jour sous la forme d'une coulée de vêtements — tous démodés, tous immettables, bien entendu — qui s'étendait sur la moquette jusqu'au pied du lit, comme un mur jusque-là impeccable qui aurait soudain cédé, rongé de l'intérieur jusqu'à ce qu'écroulement s'ensuive.

La résorption du mal dura deux semaines. Deux semaines de transformations diverses, telles que l'élargissement de coutures, teintures, coupes d'ourlet, que Jean supporta sans peine, car la révolution, et ses conséquences, jouxtait son propre placard sans le menacer. Le soir, il avait droit à la présentation desdites transformations, ce dont il ne se plaignait pas pour plusieurs raisons : c'était silencieux (Claire attendait, l'œil interrogateur et charmant, l'approbation qu'il ne manquait pas de lui donner), c'était propre (pas de clous, de marteaux, de pots de colle qui traînent), et il avait le plaisir de voir sa femme évoluer devant lui, et ce dans le but de chercher à lui plaire. Cette dernière raison suffisait d'ailleurs à l'attendrir et à lui faire voir d'un œil flatté toute cette effervescence. Et il ne pensait pas, dans son orgueil masculin et conjugalement amoureux, que Claire se tournait et se retournait devant lui comme devant un miroir, attendant qu'il réfléchisse une image d'elle qui la rassure, et qu'enfin elle cherchait à se plaire à elle-même. Mais malgré les paroles, les regards, et les tendres attentions de Jean qui auraient dû suffire à l'assurer de son charme, la fin d'octobre trouva Claire aussi désemparée. Quelque chose clochait. Mais si ce n'était ni dans la maison, ni dans les placards, ni sur elle-même, qu'était-ce donc ? Un malaise diffus l'envahissait. Elle se sentait à la fois fatiguée et les nerfs tendus. Après des nuits apparemment bonnes, où elle sombrait dans un sommeil lourd, sans rêves, elle se réveillait avec l'impression d'avoir reposé une heure à peine, la bouche amère, et les traits tirés par un mal de tête sournois. Elle prenait un cachet en récapitulant ce qu'elle avait mangé la veille, et accusa à tour de rôle un couscous, des ravioli, des œufs durs oubliés dans le réfrigérateur et ingurgités imprudemment... Elle avait ainsi le matin une heure difficile, après le départ de Jean, pendant laquelle elle restait prostrée devant sa tasse du petit déjeuner. Puis cet abattement faisait soudainement place à une excitation fébrile qui la poussait à bouger, bouger, entreprendre de nouveaux menus travaux qui la laissaient curieusement insatisfaite, démunie. Alors elle repartait de plus belle dans une autre direction. Elle se mit à prendre un soin maniaque de sa toilette. Elle s'arrangeait pendant des heures devant sa glace, mettait une robe, en prenait une autre. Elle était certaine que cette fatigue souterraine et inexpliquée se voyait. Elle en était sûre. Et il ne fallait surtout pas qu'elle se voie, elle ne s'expliquait pas pourquoi. Peut-être tout simplement parce que, étant sans raison, elle en avait une sorte de honte. Elle acheta des produits de beauté nouveaux, et se maquilla beaucoup.

Mais, arrivée à ce point, il ne lui vint pas à l'idée — par une crainte instinctive et ô combien justifiée ! — de passer, comme elle l'avait fait pour les murs de son appartement, de l'aspect extérieur à l'intérieur. Quoique, sans l'en aviser, son esprit eût déjà commencé à œuvrer sournoisement, en bon petit termite, lui aussi.

La façade tenait bon. Claire était apparemment en pleine forme. Une forme telle que Jean, entre-temps abusé par le calme propre aux travaux de couture, craignit une nouvelle attaque envers sa tranquillité, et reposa sur son épouse des regards inquiets.

Ce ne fut pas sans raison, car Claire s'avisa tout à coup qu'ils ne sortaient plus. Depuis combien de temps n'étaient-ils pas allés au cinéma, au théâtre ?

Jean lui rétorqua qu'entre le salon du bricolage et la mise au point de sa collection d'hiver elle ne s'était pas préoccupée de la question outre mesure. D'où venait donc cette urgence ?

Claire avait honte — Jean en ouvrit des yeux comme des soucoupes —, honte d'être enfermée ainsi dans son confort bourgeois. Des gens créaient, partout des choses belles et importante se passaient, et ils n'étaient au courant de rien, ne voyaient rien. Elle fut si convaincante que Jean faillit bien avoir honte à son tour.

Ils sortirent et écumèrent donc, régulièrement trois fois par semaine et parfaitement au hasard, les théâtres des deux rives et les cinémas, sans distinction de genre aucune, ce qui les amena à passer de très bonnes soirées et à en terminer d'autres dans un état de sombre déconfiture. Mais Claire ne se lassait pas, et continuait d'éplucher les programmes régulièrement et consciencieusement.

Jean l'observait, perplexe. Car il avait bien remarqué que, si elle partait à la rencontre de la culture avec un grand allant, elle témoignait d'une curieuse inattention à ce qui se passait devant elle une fois arrivée sur place. Il voyait dans la pénombre son profil absent, ses yeux errer sur les fauteuils des rangs précédents, et si quelque chose de drôle se passait, elle oubliait parfois de rire.

Alors il commença à s'inquiéter vaguement — aussi vaguement peut-être que l'on s'inquiète d'un lointain grondement, sans se douter qu'il pourrait être annonciateur d'un tremblement de terre qui détruirait tout ce qui avait été si patiemment construit en vue du bonheur.

5

17 octobre.

Je ne sais pas ce qui m'a poussée à acheter ce cahier.
Je me trouve un peu ridicule, et je ne peux m'empêcher
d'être en même temps émue de me remettre à la plume.
« Me remettre à la plume »... ça commence bien, ce style !
Il va falloir que je me souvienne avoir été — il y a si longtemps que je préfère ne pas compter — la reine en rédac-
tions, dissertations et autres !

Je ne sais vraiment pas de quoi vont être faites les pages
qui vont suivre. J'ai envie d'écrire, c'est tout. Toutes ne
seront pas roses... Aurais-je donc tant de doutes et d'incertitudes sur moi-même ? Qu'importe.

J'ai trente-quatre ans, on me trouve belle, je me trouve
agréable, je suis en bonne santé, je ne me suis cassé aucun
os et j'espère ne jamais m'en casser, ma vue est parfaite,
mes muscles sont souples, mes cheveux brillants et doci-
les, mes parents, qui m'ont élevée dans l'abondance avec
intelligence et tendresse, sont toujours en vie. Il me semble ne pas être trop bête et avoir tendance à aimer les animaux et les humains. J'ai d'ailleurs trouvé l'amour en la
personne d'un homme qui est un compagnon merveilleux,
et je dors et vis dans sa chaleur. Chez nous, il y a plein
de plantes qui poussent, un réfrigérateur qui ronronne,
de la musique ou du silence, du soleil sur les murs de la
cuisine, sous les lampes, et dans nos yeux quand nous
parlons.

Malgré toutes mes incertitudes et mon manque d'action,
j'ai toujours trouvé mon bonheur, fidèle, comme s'il était
marqué sur mon front : « celle-là doit être heureuse ».
Pourquoi ? Je n'ai fait aucun pas. Il m'a été épargné la
laideur, la pauvreté, l'infirmité, la maladie, la solitude.
Pourquoi ? Je ne crois donc pas qu'il y ait une justice, car

je n'ai aucun mérite dans cette affaire. Je ne crois pas non plus que le bonheur et la chance se paient et qu'il existe une loi qui veuille que l'« addition » me soit présentée un jour. Il m'a été épargné l'inconfort de croire cela, aussi. Si malheur il m'arrive, ce sera donc une erreur, sans doute...

Je suis heureuse.

Tant de pages suivront où je sens que je vais pourtant remettre en cause tout ce qui m'entoure et ceux qui font ma vie. En ai-je seulement le droit ? Qu'est-ce que toutes ces bêtises si je regarde ma chance ? Pourquoi ai-je acheté ce cahier ? Pour ne pas m'enliser dans ma condition de « privilégiée » peut-être, démolir pour reconstruire, douter pour croire plus fort, bousculer pour ne pas s'installer. Aurais-je peur de m'endormir ?

Dès à présent, j'affirme que tout ce qui suivra ne pourra être que futilités de femme oisive.

Je suis heureuse.

Et ainsi soit-il, toujours.

21 octobre.

Me suis réveillée avec la peur.

Le ciel est gris, l'air humide, la maison chaotique. J'ai peur. J'ai froid. J'ai envie de me cacher. Qu'est-ce qui m'arrive ? Et le temps passe, et je m'agite, et je vois des gens qui me font peur, eux aussi. Les soirées se font longues, trop longues...

J'ai froid.

Je voudrais qu'on m'emmène, mais je ne sais pas où, qu'on me console, je ne sais pas de quoi. Je voudrais qu'on m'abrite de la peur.

Journée idiote. Autant aller chez le coiffeur.

23 octobre.

Après le départ de Jean, ce matin, je vaquais dans la maison à mes occupations habituelles, et j'ai été envahie par la curieuse impression de ne pas reconnaître ce que j'étais en train de faire. Ou plutôt de ne pas me reconnaître en le faisant. Et m'est venue en même temps la pensée déroutante que j'étais étrangère à moi-même. Oui, envahie par quelqu'un d'autre qui me regarde bouger, vivre, qui s'est immiscé insensiblement en moi, dont les humeurs, les pensées me sont inconnues, et qui petit à petit gagne du terrain sur ma véritable personnalité à moi, Claire, que je connais bien depuis trente-quatre ans. Elle est là, l'étrangère, elle fait sa place, me rend malade pour mieux m'investir. Je déteste celle qui est en train de s'infiltrer en moi.

Mais je vis au vingtième siècle, je suis une femme moderne, normalement évoluée, et je ne crois pas que l'on m'ait jeté un sort. Je ne crois pas non plus aux fantômes, ni qu'une personnalité errante dans le néant cherche ainsi à revivre par mon intermédiaire, dans ma peau — dans ce cas, j'aurais pu hériter d'une âme plus gaie... Quelle triste personnalité ! Je ne crois pas à tout cela. Dommage. J'aurais cherché par là une explication pratique.

Mais là, qu'est-ce qui m'arrive ? D'où me vient cette sensation si pénible à vivre ? Qui, ou quoi, me rend malade ainsi ? Ou bien quelle part inconnue de moi-même se fait jour ? Question de mots, tout ça. Qu'importe. La seule chose importante est de chasser cette intruse, car je sens que je ne pourrai pas vivre avec elle. Elle va m'étouffer, m'anéantir. C'est elle ou moi. Elle me rend malheureuse, c'est une raison suffisante pour la tuer. Mais comment ? Je me trouve si démunie devant l'ennemi.

Je fabule, peut-être. Je me raconte des idioties. Et pourtant je tourne et je retourne avec ce malaise bien présent, bien tangible. Je n'ai jamais pleuré pour rien, comme ça, tous les jours. Je ne me reconnais plus. Et bientôt, les autres ne me reconnaîtront plus non plus. Je serai définitivement perdue. Je ne peux pas m'abandonner ainsi ! Il faut que je me reprenne en main, que je retrouve mon intégrité en chassant...

Mais qu'est-ce qui me prend ? Je me suis considérée jusqu'à présent comme une grande personne assez saine d'esprit, alors qu'est-ce que c'est que ces idées d'emprunt de personnalité, d'« étrangère » qui s'infiltre. Ça ne va vraiment pas. Claire, ma petite Claire ! Reviens à toi ! On n'écrit pas des bêtises pareilles, à ton âge ! Va faire un tour, va, ça vaudra mieux !

6

Un soir, tous les nuages diffus éparpillés sur leur horizon se regroupèrent pour former un vrai orage. Il éclata soudainement, brutalement, et il ne leur fut plus possible d'ignorer que cela allait vraiment mal.

Jean était rentré en début de soirée d'humeur assez orageuse lui-même. Il en avait marre. Marre d'avoir à quitter son travail en courant sans pouvoir prendre le temps de discuter avec ses collègues des problèmes de la journée, marre de subir les embouteillages l'œil sur sa montre de crainte d'être en retard au lieu d'utiliser ce temps à penser à ses cours du lendemain, marre de grimper chez lui pour se changer en catastrophe sans pouvoir siroter à l'aise le scotch qui amorçait sa détente du soir. Plus de scotch, plus le temps de s'asseoir, il fallait encore courir, s'habiller à la hâte — sans omettre bien sûr de donner son approbation sur la robe et la coiffure de Claire —, reprendre la voiture et repartir dans les embouteillages avec la hantise de ne pas trouver de place à proximité du théâtre dont ils entendaient de loin, en courant sur le trottoir, la sonnerie nasillarde et exaspérante annonçant le début de la représentation. Trois fois. Trois fois depuis le début de la semaine que ce cirque recommençait ! Claire continuait obstinément à louer des places n'importe où et pour n'importe quoi, sans le consulter, sans lui laisser au moins quelques jours d'intervalle pour souffler au calme. De plus, elle dépensait un argent fou, depuis quelque temps. La réfection de l'appartement, les sorties à répétition, tout cela était largement au-dessus de leurs moyens. Elle avait sacrifié en quelques semaines l'acquis de plusieurs années. D'où lui venait cette soudaine folie qui lui ressemblait si peu ? Il ne savait même pas vers quoi elle l'entraînait ce soir-là. Drame ? Comédie ? Le meilleur ou le pire ? Aucune importance. Il fallait sortir à tout prix. Il en avait marre.

Par-dessus la tête. Il allait enrayer la catastrophe avant que ses nerfs à lui ne craquent vraiment, et lui faire comprendre une fois pour toutes qu'elle l'entraînerait dans son sillage une, deux fois par semaine au maximum et que, passé ce cap, il s'accrocherait désespérément à son fauteuil vert mousse et qu'elle ne l'en délogerait sous aucun prétexte.

Animé par ces résolutions, il monta chez lui quatre à quatre et ouvrit la porte fermement. Il allait lui parler tout de suite, mettre les choses au point avant même de se lancer dans la cohue, et... Il s'arrêta net dans l'entrée. Il y avait un bruit de voix. Claire parlait à quelqu'un. A cette heure-ci et pressés comme ils l'étaient — et pour cause —, c'était étonnant qu'elle ait une visite. Il entra dans le salon. Personne. Il s'immobilisa un instant, à l'écoute. Il n'entendait pas précisément ce qu'elle disait car elle parlait assez bas, mais sur un ton pressant, comme si elle cherchait à convaincre quelqu'un, et suffisamment absorbée dans cette discussion pour ne pas l'avoir entendu rentrer. Bizarre. D'autant plus bizarre que cette discussion sourde et forte à la fois venait — oui, il n'y avait personne dans la cuisine non plus —, venait de la salle de bains. Avec qui pouvait-elle bien argumenter de cette manière dans la...

Claire apparut à la porte, une brosse à cheveux à la main. Elle allait passer droit devant lui tout en se coiffant quand elle sursauta violemment à sa vue.

— Ha! tu m'as fait peur! Je ne t'ai pas entendu rentrer.

— Je sais.

— Ne me fais pas des coups comme ça, ça me...

Elle s'appuyait au mur, un peu pliée en deux, les cheveux sur le visage et répétait «ça me...», en mimant l'étouffement du coup au cœur, moitié rieuse.

— Tu parlais à quelqu'un?

— Comment?

Elle s'était immobilisée, toujours ramassée sur elle-même, une main sur la poitrine, et le regardait, ses yeux bleus bien fixés sur lui à travers les mèches de ses cheveux.

— Tu parlais à quelqu'un, là.

Le regard ne bougeait pas, droit dans le sien.

— Non... à personne.

— Il n'y a personne avec toi ?

— Non. Pourquoi ?

— Mais... il me semblait t'avoir entendue parler à...

Elle releva brusquement ses cheveux d'un coup de tête, ses yeux toujours fixés dans les siens sans vacillement.

— Tu rêves, mon vieux !

Elle se décollait du mur et d'un lent mouvement tournait autour de lui, glissait vers la porte, lui échappait.

— Je chantais peut-être. Tu n'aimes pas que je chante ? lui cria-t-elle de loin avant de disparaître dans la cuisine.

Il restait debout, le regard stupidement fixé sur cette porte derrière laquelle s'était éclipsée une femme aux yeux clairs qui lui assurait ne parler à personne alors qu'il venait de l'entendre discuter ardemment pendant au moins deux minutes. Il eut un réflexe idiot. Il fit machinalement trois pas et entra dans la salle de bains. Il n'y avait personne. Bien sûr, puisqu'elle le lui avait dit. Elle chantait. Jean n'avait jamais entendu une chanson qui ressemble à ça.

— Tu veux un thé, j'allais en faire un ?

Il se secoua, en proie à une étrange sensation de malaise.

— Oui... oui, je veux bien.

Elle parlait seule, bon, et alors ? Cela arrive à tout le monde. Ce n'était pas ça qui était étrange, c'était son visage, son regard, cette manière de contrer l'évidence avec le calme de ce visage-là. Cela ne ressemblait en rien à la Claire bafouilleuse et rougissante qu'il connaissait. Il entra dans la cuisine et la regarda s'affairer, accroupie devant un placard, ses cheveux épars sur les épaules. Elle portait une robe bleue, toute droite, de ce bleu que l'on dit « touareg » — il savait cela depuis l'épisode des carnets d'échantillons de tissu disséminés dans la maison —, une jolie robe toute simple qu'il ne lui connaissait pas, boutonnée tout le long du dos, et qu'elle avait laissée ouverte jusqu'à la taille attendant probablement son aide pour fermer les derniers boutons.

Elle remuait les marmites jusqu'au fin fond du placard avec beaucoup de bruit, pour chercher la toute petite casserole qu'ils utilisaient pour l'eau chaude et qu'il voyait là, posée bien en évidence sur la cuisinière, juste à côté de sa tête.

— Elle est là, dit-il simplement.

Elle se retourna à demi vers lui, ses mèches toujours dans les yeux, semblant ne pas comprendre.

— Là, répéta-t-il en pointant le doigt vers la cuisinière, et le thé, là, et le sucre juste au-dessus.

Elle se releva assez brusquement, fixant la petite casserole. Il voyait son profil tendu, les traits tirés, fatigués. Puis elle le regarda un moment, incertaine, et lui dit d'un ton un peu attaquant :

— Qu'est-ce que tu fais avec ce manteau sur le dos ? Tu devrais te changer, on va être en retard.

— Et toi, tu ferais mieux de te coiffer parce que, telle que je te connais, ça risque de prendre plus de temps que je n'en mettrai pour me changer.

Avant de passer la porte, il ajouta, rageur :

— Puisqu'il FAUT sortir.

Il avait récupéré d'un seul coup sa colère d'homme tranquille bousculé dans ses habitudes. Il se dirigea d'un pas nerveux vers la chambre et commença à se déshabiller en pestant tout bas. Il attaquerait le problème plus tard, plus calmement. Il n'aimait pas parler sur un coup de nerfs. Il exposerait ses rancœurs, ferme et mesuré, dès qu'ils seraient montés en voiture. Ou quand ils rentreraient de ce foutu spectacle. D'ailleurs il était certain, avec la mine qu'elle avait, qu'elle n'avait pas plus envie de sortir que lui. Elle était fatiguée elle aussi, ça se voyait. Fatiguée par quoi, il se le demandait bien puisqu'elle ne foutait presque rien, mais elle l'était. Il se changea néanmoins, consciencieusement, des pieds à la tête, mit le costume gris — le costume « de sortie » qui lui devenait à présent aussi familier que son costume de travail —, attrapa une cravate au hasard — qu'elle dise donc un mot, tiens, un seul, à propos de la couleur de sa cravate ! — et s'en fut prendre son thé qui l'attendait, fumant et sucré à point, sur la table de la cuisine. Il le but d'un trait, se brûla un peu, et le trouva mauvais. Puis il alla se planter à l'entrée de la salle de bains.

Debout devant la glace du lavabo, elle s'escrimait à échafauder un chignon en hauteur à l'aide de brosses, peignes et épingles de toutes tailles, sans s'occuper de lui. Une mèche retomba d'un côté, puis une autre, elle releva le tout, attrapa une épingle de l'autre main tandis que la moitié gauche du chignon en profitait pour s'écrouler. A chaque fois qu'elle baissait un bras, les épaulettes de sa robe ouverte dans le dos glissaient et elle était obligée de les redresser pour continuer ses mouvements. Ça risquait de durer longtemps. Il soupira bruyamment, s'interdisant de prononcer un mot, et s'en fut se verser, par bravade, un énorme scotch — il le boirait coûte que coûte, bien carré dans son fauteuil, aussi longtemps que cela prenne. Et merde pour le reste !

Il eut tout le temps de le siroter à toutes petites gorgées, jusqu'au bout. Tout le temps aussi de contempler son verre vide, car plus d'une demi-heure plus tard Claire n'était toujours pas sortie de la salle de bains. Au début il s'était retenu de bondir là-bas pour lui demander si elle se foutait de lui, à présent c'était la stupéfaction qui le clouait à son fauteuil — ça, il n'avait encore jamais vu. Il fut tenté d'attendre plus longtemps sans bouger, pour voir jusqu'où elle pouvait faire aller les choses, mais quand il vit en consultant sa montre qu'il leur restait à peine une demi-heure pour traverser Paris et trouver une place, il jugea cette curiosité malsaine et inutile. Il se leva, décidé à poser un ultimatum de trois minutes pour qu'elle sorte de cette salle de bains.

Elle était toujours à la même place, les cheveux à présent roulés sur la nuque, pâle, les lèvres serrées, deux plaques rouges sur le haut des joues. Il n'eut pas besoin de dire un mot.

— Je n'y arrive pas, dit-elle les dents serrées, dès qu'elle l'aperçut dans la glace.

Elle laissa tomber ses bras, et les cheveux suivirent le mouvement.

— Je n'y arrive pas... Je n'y arrive pas... répétait-elle obstinément, les deux mains crispées sur le bord du lavabo.

— Il n'y a pas de quoi en faire un drame. D'ailleurs, tu sais que je te préfère les cheveux dénoués. Tu es très bien comme ça, ajouta-t-il conciliant.

— Non, je ne suis pas bien comme ça, ça ne me va pas en ce moment, j'ai l'air d'une folle.

— Alors je te conseille de faire quelque chose d'efficace dans les deux minutes parce que sinon ce n'est plus la peine de sortir.

Il estima avoir été suffisamment ferme et froid, la planta là, tête baissée, toujours appuyée au lavabo, et retourna s'asseoir dans son fauteuil. Vingt minutes plus tard, il y était toujours, glacé, écrasé par le ridicule de la situation. Elle était encore là-bas, muette, et il entendait des petits bruits dérisoires de brosses posées et reprises, de peignes et d'épingles qui tombent, le « psschittt » d'une bombe de laque ponctuant le tout à intervalles réguliers. Il était 20 h 18 exactement...

Je suis en train de devenir fou, se disait-il, je rêve, je fais un très mauvais rêve. Claire ne lui avait jamais fait un coup pareil. Elle se montrait parfois un peu puérile, certes, mais pas à ce point d'infantilisme obstiné. A vrai dire, il ne voyait aucune raison pour que ce cauchemar ne dure pas encore une demi-heure, une heure et plus, jusqu'à ce que mort ou sommeil s'ensuive. Il fallait faire quelque chose, elle n'était pas dans son état normal...

Il s'approcha doucement de la salle de bains dans le but de la raisonner posément et amorça :

— Claire, écoute...

Il reçut sa crise comme une gifle en pleine figure, un coup de poing qui le laisserait commotionné. A peine avait-il ouvert la bouche qu'elle hurlait, lançant la brosse à toute volée dans la pièce. Elle pulvérisa le grand miroir qui s'écroula dans la baignoire avec un fracas épouvantable, couvrant un instant le hurlement de Claire qui sanglotait à présent à moitié couchée par terre, les deux mains agrippées au bord du lavabo.

Il resta appuyé au chambranle de la porte, tremblant des pieds à la tête, étourdi par la violence du choc. Elle restait là, écroulée, hoquetante, tandis qu'il reprenait son souffle. Il ne l'aurait jamais crue capable d'une telle violence. Il s'approcha doucement et lui toucha l'épaule. Elle se recroquevilla à son contact avec un gémissement, roulée en boule à ses pieds. Maladroitement, il la prit à bras-le-corps sous les aisselles pour la remettre debout. Ça lui faisait mal de la voir dans cet état, il ne supportait pas de la laisser ainsi par terre, mais elle résistait, se faisait lourde, et il dut se mettre à genoux pour la redresser à demi avec des mots apaisants — de ces petits mots idiots et doux qu'on dit aux enfants pour les calmer.

Elle se calma enfin, au bout de longues minutes, et ils restèrent silencieux, lui toujours à genoux, elle assise sur le carrelage, tandis qu'elle reprenait souffle, les cheveux collés sur les joues.

— Ça va mieux, dit-elle enfin, ça va mieux, excuse-moi.

— Je t'en prie, dit-il bêtement d'une voix blanche.

Elle eut encore un petit sanglot désolé et se cacha les yeux d'une main.

Il respira un grand coup et dit d'une voix affermie :

— Tu sais ce qu'on va faire ? On va rester là, au calme, on va se déshabiller, on va prendre un bain tous les deux, et on va parler.

Elle secouait la tête, la main toujours sur les yeux.

— Si, si, je t'assure, c'est ce qu'il y a de mieux à faire. Ne t'inquiète pas, je retirerai les débris de verre de la baignoire avant de faire couler le bain, ajouta-t-il avec un rire méritoire dans le but de dédramatiser l'atmosphère.

Elle secouait toujours la tête, obstinément négative.

— Non, non, je veux y aller. Il faut y aller.

— Mais enfin, ma petite Claire...

— Non ! il faut y aller. J'ai les billets, là, j'ai passé deux heures cet après-midi pour aller les acheter là-bas, on ne peut pas ne pas y aller.

Elle se relevait, défroissait sa robe, les mains à plat sur les hanches, ramassait ses cheveux tant bien que mal, tout en continuant à monologuer.

— Tant pis, on loupera le début, ce n'est pas grave. Je ne peux pas, c'est trop bête. On se mettra dans le fond et on récupérera nos places à l'entracte.

Il resta un moment à genoux, ahuri, puis se releva lentement, le visage tendu. En moins de trois minutes, elle avait à peu près réparé les dégâts et il la regardait mettre son manteau en catastrophe sans oser lui dire qu'une trace de Rimmel lui balafrait encore la joue. De toute manière, il était incapable de dire un mot, il était dépassé, envahi de nouveau par cet étrange malaise qui l'avait saisi tout à l'heure, avant la crise, quand il l'avait entendue parler seule. Il la suivit en silence et dégringola l'escalier à sa suite, les jambes molles.

Arrivée sur le trottoir, elle s'arrêta brusquement.

— Mes boutons !

— Quoi, tes boutons ?

— Mes boutons dans le dos... Ma robe n'est pas fermée.

Ils rentrèrent de nouveau dans le hall de l'immeuble, elle retira le haut de son manteau, lui offrit son dos, nuque ployée. Il boutonna, rajusta le manteau qui pendait sur ses avant-bras et ils ressortirent.

Quand ils arrivèrent au théâtre, la pièce était commencée depuis plus de trois quarts d'heure et un homme au regard désapprobateur leur apprit, sur un ton néanmoins poli, que pour ne pas nuire à la qualité du spectacle les portes de la salle étaient fermées dès le début de la représentation et ne se rouvriraient qu'à l'entracte. Puis il leur désigna la sortie en précisant qu'il y avait un café très correct juste à côté, s'ils désiraient attendre jusque-là.

Ils y passèrent un très long moment, assis côte à côte, en silence, leurs manteaux serrés autour d'eux car la terrasse de ce café était glaciale malgré les vitres, mais ni l'un ni l'autre ne pensa ou n'osa proposer de rentrer à l'intérieur. Ils regardaient le boulevard vivre sa vie nocturne devant eux. De temps en temps, il tournait la tête vers elle et voyait son profil fermé, obstinément braqué sur les passants. Elle ne voyait pas, ou ne voulait pas voir qu'il la regardait, qu'il attendait un mot, un signe. Elle le niait de toute la force de son immobilité.

Encore plus tard, ils virent une certaine animation devant le théâtre. Des gens sortaient, restaient là en bavardant. L'entracte. Claire ne bougeait toujours pas. Quelques minutes plus tard la sonnerie retentit, invitant les gens à rentrer de nouveau. Elle ne semblait pas l'entendre, très pâle, la tête baissée à présent, fixant son verre vide. Les derniers spectateurs disparurent par petits groupes, avec des visages de fête, absorbés par la chaude lumière du hall illuminé, et la grêle petite sonnerie s'arrêta tout à coup. Deux places resteraient vides. Elle avait baissé la tête un peu plus et le néon de la terrasse la pâlissait davantage, bleuissait ses lèvres serrées. Il voyait la trace de Rimmel sur sa joue, tout contre son oreille, et il ressentit un instant une véritable pitié pour elle. Elle devait se sentir lamentable.

C'était fini, consommé. Ils touchaient à l'aboutissement de cette soirée pitoyable. Pourtant il ne se décidait pas à rompre cette attente ridicule parce que sans but à présent. Il prenait son temps. Il faisait masse à son tour, sans plus être atterré ou révolté. En fait il ne pensait à rien, il s'était habitué au froid de cette terrasse, au mouvement incessant du boulevard, à cette rumeur floue qui l'anesthésiait. A peine prenait-il un léger plaisir à la laisser mariner dans sa honte. Il laissa passer un long moment, tout le temps qu'il voulait, puis il décida que c'était assez et se leva brusquement en disant « Bon ! » Elle le suivit immédiatement, docilement, et il ramena chez eux sa femme frissonnante, le manteau bien fermé autour de sa robe bleu touareg.

Plus tard, couchés dos à dos dans le noir, les yeux grands ouverts sur leurs pensées, ils prirent sans le savoir la même décision. En silence.

Jean ne se laisserait jamais plus avoir par les états d'âme de Claire. Il s'était laissé entraîner à vivre des heures ridicules, des heures inutiles et stériles pendant lesquelles son bon sens et son équilibre d'homme adulte et sain s'étaient trouvés paralysés — il ne savait comment d'ailleurs. Elle l'avait amené à être aussi puéril qu'elle, simplement en l'engluant dans son malaise. Un malaise qu'il ressentait encore et qui le dégoûtait et l'effrayait. Il ne s'y laisserait pas prendre une seconde fois. Il était furieux, beaucoup plus contre lui-même que contre elle, d'ailleurs. Elle allait mal, ça ne faisait aucun doute et il allait l'aider bien sûr, il le fallait, mais il aurait besoin pour cela de toute sa logique et de sa santé intacte. On n'épousait pas quelqu'un pour tomber malade à l'unisson. Il venait de vivre des heures qui ne lui appartenaient pas, qui ne faisaient pas partie de sa vie et qu'il rejetait de tout son être. C'était inutile, malsain et dangereux. Oui, il était dangereux de se laisser contaminer par l'angoisse de l'autre, il en était certain, et il s'en méfierait désormais.

De son côté, encore malade de honte, Claire se jurait de ne plus jamais se découvrir ainsi devant Jean. Elle ne lui ferait plus subir le spectacle de son désarroi, jamais. Elle sauverait la face coûte que coûte. D'abord par pudeur, et ensuite — mais cela, elle se l'avoua à peine — parce que Jean était la dernière personne à qui elle voudrait se confier. Elle ne comprenait pas pourquoi, mais elle s'était enferrée dans son attitude stupide à partir du moment où il lui avait proposé de parler. Elle avait refusé sa main tendue. Et pourtant, qui pourrait l'aider mieux que Jean ? Mais que lui dire, de toute manière ? Elle ne savait rien, rien du tout. Elle s'en sortirait bien toute seule. Le mieux serait de suivre son instinct, et son instinct lui commandait de ne se laisser prendre en aucun cas en flagrant délit d'angoisse et d'offrir à Jean, tous les soirs et tous les matins, le visage de la femme qu'il connaissait. Elle s'arrangerait seule avec l'autre.

Et ainsi, sans un mot, dans la chaleur du même lit, leurs chemins divergèrent irrémédiablement, et naquit entre eux le véritable silence.

Les jours suivants furent calmes, apaisés, comme si cette soirée catastrophique avait marqué le début d'une trêve dans l'angoisse de Claire. Jean l'observait sans le laisser paraître et ressentait un immense soulagement à la voir vivre comme avant. Au bout d'une semaine où il la vit détendue, presque sereine, il réussit à se rassurer totalement. Claire elle-même crut que la mauvaise passe qu'elle avait traversée était terminée et elle n'eut pas à maquiller ses sourires tant elle se sentait surprise et joyeuse de retrouver le calme, et aussi le plaisir dans les bras de Jean.

Dix jours passèrent ainsi, puis, un matin, elle se réveilla avec une crispation au creux du ventre, et les larmes revinrent sans prévenir. Elles devinrent rapidement, et plus que jamais, l'ordinaire de Claire. Et aussi les idées noires, qui l'assaillaient traîtreusement jusque dans son sommeil. Elle en était désespérée, désespérée de ne pas comprendre. Elle reprit son journal, qu'elle avait failli jeter pendant la semaine bénie de l'accalmie, elle y jeta au hasard ses peurs, ses révoltes, ramassant toute son énergie à mettre en pratique ce qu'elle s'était juré : ne rien laisser deviner à Jean, sous aucun prétexte. Elle en eut un peu de peine au début, puis s'habitua très vite. Combien de temps avait-elle à tricher ? Une heure le matin, trois ou quatre le soir — sur vingt-quatre heures, ça n'était pas grand-chose. Elle devint rapidement une experte du maniement des compresses de lotion de bleuet pour dégonfler les yeux à temps. Elle acquit aussi très vite une sorte de technique de désensibilisation, de blocage de ses sentiments quand Jean, ou des personnes étrangères, était à ses côtés, sans se rendre compte du pernicieux danger qu'il y avait à s'accoutumer à cet état somnambulique face aux autres et surtout face à l'homme avec lequel elle était censée tout partager, le meilleur et le pire. Sa vie, tout doucement, se scindait en deux, et elle s'en apercevait à peine. Elle parlait, écoutait, souriait, voyait les amis de Jean et se cognait aux murs dans la journée, emmurée dans sa solitude.

10 novembre.

Je hais ces larmes qui continuent à couler de moi comme une incontinence. C'est tellement stupide, les larmes, ça ne sert à rien, qu'à provoquer de fausses réactions chez les autres. Ça fait tellement peur. Dès que quelqu'un pleure, c'est le drame. On se précipite sur lui pour le consoler, on lui tapote l'épaule d'un air protecteur et indulgent, ou bien on le fuit. Tout ça revient au même : on a peur, on est embarrassé, alors que ça s'arrête, par n'importe quel moyen. On embrasse, on minimise, ou on s'absente. Quelle idiotie. C'est avant que c'était grave ! Avant, qu'il fallait comprendre, rassurer, embrasser ! Mais une fois qu'elles sont apparues, les premières larmes, il n'y a plus aucune chance d'être aidé — elles forment un mur.

Je voudrais vomir d'un coup toutes les larmes de ma vie, les voir couler de moi — allez-vous-en, salopes ! — et regarder cette flaque, soulagée, en espérant qu'il me resterait alors la parole, l'action, la souffrance aussi peut-

59

être, mais plus cette lâcheté dégoulinante qui vous enferme et fait fuir les autres.

Ah ! quelle saleté !

11 novembre.

Mélancolie... Un si joli mot, si doux, un mot couleur pastel, à mi-chemin entre tiédeur et frisson, à chantonner à mi-voix. Quand je pense « mélancolie », je vois une fenêtre, et des rideaux, aussi, dans lesquels la lumière hésite entre gris et bleu, et ne se décide pas à devenir pénombre. Et une pendule au tic-tac pudique, et des minutes qui s'étirent pour ne pas finir l'heure. Couleurs de regrets teintées d'espoir, moins cinq avant l'heure, moins quelques jours avant l'automne, moins quelques années avant quarante ans... Tristesse qui ne veut pas dire son nom.

J'ai toujours ignoré la mélancolie. Étrangère charmante et lointaine, que j'apercevais parfois dans les yeux des autres, elle m'a toujours laissée en paix. Pourquoi s'est-elle si doucement abattue sur moi, comme une neige, et pourquoi maintenant ?

— Tu es mélancolique.

— Mais non, mais non.

— Si, ça se voit.

— Non, je me sens très bien.

— Peut-être, mais tu es mélancolique.

— Ha !

Et je souffre, et j'ai honte. Je n'ai pas réussi à cacher... A cacher je ne sais quoi, ma faiblesse, ce qui pèse à présent sur mes épaules. Plomb dans l'aile... J'ai peur. Et je me tends, je me force à sourire, je me tortille sur ma chaise, ou je marche plus vite. Je suis très gaie, je vous assure ! J'ai l'air, comme ça... Mais je suis aussi vivante que vous. Je peux rire, moi aussi, et m'amuser. Je n'ai pas peur. Ça passe, ça passe. Je vous en prie, ne dites rien, laissez-moi croire que je suis parmi vous. Aidez-moi à me sentir jeune, en croyant à mes sourires !

Pourtant je me maquille de couleurs gaies, m'habille de décontraction, je fais briller mes cheveux et mes yeux, mais il se trouve maintenant presque toujours un ami, ou un inconnu, pour lancer la petite phrase fatidique

— Vous êtes triste ?

Et voilà. Un mot, et la soirée est terminée. Malheureux ! Vous lancez une flèche qui tue mon plaisir, mon rire, qui éteint ma joie. Je n'ai plus qu'à me coucher, inquiète, remplie de l'ombre que vous avez fait renaître en moi, qui tentais de l'oublier.

— Non, je vous jure, je ne suis pas mélancolique.

— Ce n'est pas terrible.

Pour moi, si. C'est une condamnation. Ce mot que je trouve si joli, et dont j'écris qu'il est de tiédeur et de frisson, de bleu et de gris doux, il me fait peur, et j'en ai honte. Car si la mélancolie est douceur et tendresse, elle est aussi regret, silence, et immobilité. Elle n'est pas sortable. C'est un charme à usage personnel, praticable dans l'intimité, à certaines heures, de préférence à la campagne, lorsqu'on n'a rien de mieux à faire que regarder les feuilles tomber en songeant qu'elles renaîtront, pour se consoler. Mais ici ? Avec Jean, mes amis ?... D'accord, je n'ai pas de passion pour un métier ou une œuvre quelconque, pas de foi aveugle en quoi que ce soit, pas de talent particulier, pas de beauté époustouflante, pas de soucis matériels, alors qu'au moins j'aie de la santé ! ! Si je ne suis pas très intéressante, je pourrai au moins m'intéresser aux autres, à ce qu'ils font, si moi je ne fais rien.

— C'est charmant, la mélancolie, cela sied bien aux blondes.

Oui. Mais il faut qu'elle soit équilibrée par des heures de passion, des couleurs fortes. On ne met pas du gris sur du gris. Et moi qui ne suis rien, qu'est-ce qui me reste, si je ne suis pas au moins vivante à vos yeux, qu'est-ce qui excuse mon existence, si ce n'est d'être charmante et gaie ?

— Qu'est-ce que vous avez ?

Et me voilà démasquée. Je n'ai pas réussi à donner le change. Cela se voit donc. Je ne peux plus l'arracher de moi, la mélancolie, elle décolore mes mots, mes gestes, mes rires. C'est donc vrai que je n'arrive plus à être aussi vivante qu'avant. Et je me tais, je me terre profond en moi, témoin de la santé des autres — cette santé qui fut la mienne.

Que la soirée se termine vite ! Vous m'en avez déjà exclue puisqu'en trois mots vous m'avez renvoyée à mon impuissance. Ne me faites plus mal avec votre force et votre aptitude à vivre ensemble. Tout cela est si nouveau pour moi... J'ai peur, je veux fuir, m'endormir en espérant que l'ombre se dissipera, et que je me retrouverai demain aussi vivante que vous. Vous seriez bien surpris, si je disais ce que vous réveillez en quelques mots innocents. Vous ne pensiez pas me blesser. Mais ces mots, je les redoute, car ils me cueillent toujours en plein oubli de mes peurs — comme si sourires et aisance mettaient mieux en valeur la petite mort que je porte en moi.

Le mot est lâché.

Comprenez-vous avec quel abîme vous me laissez, au détour de cette petite phrase sans importance ? Vous dites les mots, et je prononce la sentence.

Ce soir, je sors. Attention à la casse... Un bon dîner, des gens charmants, un mari qui m'a eu l'air d'être gai au téléphone, tout à l'heure, mes angoisses envolées depuis quelques jours, un visage en beauté, pas de fatigue souterraine. Je ne vois aucune ombre à l'horizon.

Quel est donc le salopard qui irait la dénicher en moi ?

7

Depuis qu'elle allait mal, pour des raisons qui lui restaient mystérieuses, Jean s'arrangeait pour téléphoner à Claire au cours de la journée, chose qu'il faisait auparavant très rarement. La vie du centre et celle qu'il avait chez lui étaient si distinctes que l'idée ne lui en venait pas. Il avait toujours eu cette faculté de plonger totalement dans une ambiance, à un moment donné, et aussi cette autre faculté jumelle d'en sortir, de faire le vide pour se retrouver entièrement disponible pour les instants différents qu'il allait vivre après. Et comme il n'avait jamais ressenti que Claire eût besoin qu'il l'appelle, il avait même évité de le faire — comme si la voix de sa femme, et, partant, tout ce qui s'attachait à cette voix, maison, détente, vie personnelle, créait une sorte d'interférence dans son travail. Ce n'était pas un raisonnement, même pas une décision, juste un instinct de séparer les choses pour mieux s'y consacrer. Mais à présent qu'il se sentait tracassé en permanence par le moral de Claire, il se débrouillait pour lui passer un coup de fil une fois par jour entre deux cours, ou de préférence à l'heure du déjeuner. Cela le libérait d'une crainte floue, qui restait logée dans un coin de sa tête comme un insecte indésirable, grignotant sa concentration, le gênant dans son travail. Il en ressentait souvent, sans se l'avouer, plus d'agacement que de réelle sollicitude envers elle.

Il entendait sa voix, qu'il sentait volontairement affermie pour lui répondre, et sous le ton enjoué ou simplement naturel qu'elle prenait il devinait une fragilité, un tremblement, qui l'émouvaient. Bon sang ! de quel désarroi sortait-elle à ces moments-là ? Qu'est-ce qui leur arrivait ? Il pensait « leur », car ce qui affectait Claire rejaillissait immanquablement sur lui, et sur son travail. Jamais, jamais elle n'avait été ainsi. Il ne la reconnaissait plus. Son visage, même, était transformé, et sa manière de faire les choses. Tout prenait à la maison un poids, une lourdeur inhabituels. Et ce silence chargé de... Il ne savait pas. Il ne comprenait pas. Ce qui le surprenait le plus, c'était que Claire ne lui demandât aucune aide. Pas en paroles bien sûr ; mais par ses regards, son attitude, il aurait dû ressentir un appel. Ce n'était pas du tout le cas. Au contraire, elle semblait volontairement le tenir à distance, et cela était nouveau, tout à fait étranger aux rapports qu'ils avaient toujours eus. Que faire, alors ? Que faire d'autre que suivre son attitude, comme une injonction ? N'a-t-elle pas l'air de lui dire « va, continue comme si de rien n'était, parle, bouge, ne t'occupe surtout pas de moi, cela va passer » ? Après tout, d'elle est venu le malaise, d'elle aussi, sans doute, viendra la guérison, et elle emploierait pour cela le meilleur chemin. Cela allait passer tout seul, certainement. Il avait une totale confiance en elle. Claire avait toujours eu un équilibre à toute épreuve, un moral d'acier, une santé de cheval, et avec ça une gaieté naturelle quasi permanente. Il l'avait vue parfois triste, bien sûr, mais toujours pour une raison précise, sainement. Elle avait alors de ces chagrins d'enfant, avec de grandes crises de larmes, des hoquets. Elle clamait sa peine à tous les échos jusqu'à ce qu'elle l'ait chassée d'elle sous forme sonore et liquide. On avait envie de la moucher et de lui donner un bonbon, c'était charmant. Fatigant, mais charmant. Quelques-uns de leurs amis avaient d'ailleurs fait remarquer à Jean qu'il affichait une attitude légèrement condescendante vis-à-vis des états d'âme de Claire. Il s'en était toujours défendu violemment, répliquant qu'il comprenait très bien sa femme, et compatissait au « fond » de ses chagrins, le seul problème étant la « forme » avec laquelle elle les exprimait. Si elle choisissait de se laisser aller d'une manière presque enfantine, comment, en face, ne pas adopter une attitude un rien paternaliste ? C'était tout à fait naturel. Et puis, si intelligente qu'elle soit, elle restait par rapport à lui un peu... un peu immature, voilà. Et ce n'était pas à cause de leurs onze années de différence d'âge. Non, elle était ainsi, très jeune d'esprit, très impulsive. Mais cette fois...

Vraiment, cette fois, il ne comprenait pas. Il ne savait pas par où prendre ce malaise diffus. Et Claire ne lui offrait aucun moyen de le désamorcer. C'était cela, peut-être, le plus terrible : l'impuissance où il se trouvait. Tous les mots, tous les gestes habituels, lui semblaient inadéquats devant cette inconnue. Comment la ramener à elle — et à lui ?

Au téléphone, il lui disait quelques mots sans importance. Elle laissait un silence, puis répondait, elle aussi, des choses anodines. Il entendait sa voix tendue, qui se perchait un peu pour jouer le quotidien. Cette voix était comme une porte fermée dont il n'aurait pas eu la clé. Bon sang ! il était si facile de l'apaiser, avant ! En cas de détresse, son premier mouvement était de se jeter vers lui, les yeux et le cœur grands ouverts. C'était si simple alors de la réchauffer, de lui parler. Lorsqu'elle était un peu calmée, il l'appelait « sa claire et limpide » — ça la faisait presque toujours sourire, c'était fini. Cette fois, d'instinct, il ne s'y serait pas risqué... Il parlait de ses cours, du repas du soir, la questionnait, toutefois prudemment, sur sa journée. Puis « tu vas bien ? », petit silence, « très bien, oui »... Après tout, bien sûr, il n'était pas question de s'étendre au téléphone, c'était simplement un petit signe au cours de la journée, une manière de dire « je suis là », comme une main sur l'épaule, pas plus. Mais le soir non plus elle ne parlait pas. Allons, qu'importe, si elle désirait se taire, c'est que cela lui convenait, et il n'y avait aucune raison de violer son silence. Une femme d'une telle santé morale et physique ne pouvait faire que ce qui était au mieux pour elle. Cela passerait tout seul, car elle était incapable de rester longtemps renfermée, ce n'était pas du tout dans sa nature, pas du tout.

— A ce soir... hein ?

— Mais oui, à ce soir.

Elle laissait retomber un petit silence, mais ne raccrochait pas. Jean se sentait gêné, maladroit.

— Je t'embrasse.

— Oui, moi aussi je t'embrasse.

C'est lui qui provoquait toujours le déclic final. Puis il s'asseyait une minute, seul, avant d'aller reprendre ses activités. Il en avait besoin. Il ne se sentait pas bien. Mais, très vite, l'inconfort que lui avait procuré ce coup de téléphone faisait place à une sorte de soulagement — le sentiment d'avoir fait ce qu'il devait faire. Il ne cherchait pas à analyser, mais, il n'y avait aucun doute, il se sentait mieux après l'avoir donné qu'avant. Oh! c'était peu de chose, deux ou trois phrases sans importance, mais elles suffisaient à le laver un peu de son souci et à lui rendre l'esprit plus libre pour l'après-midi. Après tout, cela n'allait peut-être pas si mal que ça, et peut-être son imagination amplifiait-elle un malaise passager. Et pourtant, ces silences qu'elle laissait tomber entre les mots, comme des pierres!

Si ça ne se passait pas tout seul, il se déciderait à parler à André. Cela ne lui souriait guère, évidemment! Mais il se sentait si étrangement démuni qu'il s'y résoudrait. Il pouvait imaginer à l'avance la lueur goguenarde qu'il verrait briller dans les yeux de son collègue — avoir tant vitupéré Freud et ses semblables, et venir lui livrer le cas de sa propre femme... Enfin, rien ne pressait. Il attendrait quelques jours encore, quelques semaines, peut-être, et, d'ici là, tout serait rentré dans l'ordre. Physiquement, déjà, elle était en parfaite santé, et les origines paysannes de Jean avaient laissé profondément ancré en lui que c'était là le principal. Le reste suivrait, naturellement.

A propos de santé, il pensa tout à coup qu'il avait faim, et qu'il y avait des tomates farcies à midi ce jour-là. Il ne devait pas trop tarder, car les garçons étaient voraces. Quoiqu'on lui en aurait certainement sauvegardé une part au chaud, dans un petit plat individuel — privilège du directeur. Néanmoins, il pressa le pas, dans le couloir qui menait à son bureau, afin de passer très vite son coup de fil journalier à Claire.

A la cinquième sonnerie, elle n'avait toujours pas répondu. C'était curieux. D'habitude, à cette heure-là... Il regarda machinalement sa montre, et laissa sonner, surpris. Elle avait dû sortir. Tant mieux, elle prend l'air, c'est bon signe! pensa-t-il. Il rappellerait tout à l'heure. S'il avait le temps.

Il se défendit d'être heureux d'avoir évité aujourd'hui

ce coup de téléphone pesant. Si un soupir de soulagement lui avait échappé, c'est que la matinée avait été particulièrement dure, et que l'heure de détente du déjeuner était la bienvenue. C'était humain.

Et il se dirigea d'un pas assez léger vers le réfectoire, où il délaissait souvent la table des professeurs pour se mêler aux élèves.

C'était plus sympa.

Claire était assise depuis vingt minutes devant les œufs au jambon qu'elle n'avait pas terminés et, quand le téléphone sonna, elle sut immédiatement qu'aujourd'hui elle ne répondrait pas. Pas une pensée, pas une décision, juste une certitude sous forme de plomb dans ses bras, dans ses jambes, qui la collait à sa chaise. Elle ne bougerait pas. Elle fixait un coin du carrelage qui entourait l'évier, et les sonneries s'égrenaient, stupidement obstinées, dans la pièce voisine. Une goutte d'eau tombait régulièrement du robinet d'eau chaude. Il faudrait faire changer le joint. A peine si elle imaginait Jean à l'autre bout du fil. Cette sonnerie était idiote, impersonnelle — aussi idiote et impersonnelle que leur conversation. Assez ! Assez de banalités ! Elle lui dirait. Elle lui dirait n'importe quoi, ce soir. Ça suffirait. Ça n'avait aucune importance...

D'abord ses sentiments ne regardaient qu'elle, et Jean était incapable de l'aider. La preuve en était ces affligeants coups de téléphone où il ne lui disait que des bêtises. Bien entendu il ne pouvait pas, au centre, se pencher longuement sur ces problèmes personnels, mais, le soir, il ne lui revenait ni plus ouvert ni plus attentif. Il paraissait se contenter parfaitement du simulacre de vie commune qu'elle lui donnait. Le dîner était prêt, sa femme présente — du moins physiquement —, il n'en demandait apparemment pas plus.

Depuis quelque temps, lassée de tourner en vain autour de craintes et d'angoisses floues, par instinct de conservation aussi et pour s'épargner elle-même le plus longtemps possible, Claire avait trouvé un objectif précis auquel s'attaquer — le plus proche, le plus évident : Jean.

Jusqu'à présent, elle avait vécu leur couple « de l'intérieur », sans se poser de questions, mais, depuis qu'elle s'était mise à observer Jean, il se développait en elle des pensées amères. Elle faisait le bilan de ce qu'ils s'étaient apporté, pour arriver à la conclusion que, une simple question de traits particuliers d'un visage mis à part, Jean aurait très bien pu vivre avec quelqu'un d'autre exactement de la même manière. Elle le regardait aller et venir, parler, la regarder à peine pendant tous les actes quotidiens, et se disait qu'une autre femme aurait très bien pu remplir son rôle sans que la vie de Jean en soit très perturbée. Il s'adapterait vite. Il avait une incroyable malléabilité pour épouser la personnalité d'un nouvel interlocuteur — pour l'excellente raison qu'il ne l'écoutait pas, ou qu'il lui prêtait attention sans dévier d'un pouce de ses propres opinions, ou de sa manière d'agir. Changer de compagne le gênerait moins qu'un déménagement forcé, par exemple. Elle en était certaine. Jean était un homme à territoire et à habitudes, comme les chats. Et tout se passerait bien si l'on ne bousculait pas trop l'ordonnance et le contour des choses qui l'environnaient. La preuve en était que ses réels mouvements d'humeur avaient toujours été causés par la perte d'un objet familier, ou quand Claire déplaçait quelque chose à son insu. Il avait alors une réaction violente, aussitôt réprimée, mais qui était jaillie de lui spontanément. Il s'écriait : « Mais où as-tu donc mis ça ? ! » avec sa petite mèche sur le front qui tressautait, l'œil incisif, direct. Il n'avait pas la même voix, pas le même visage quand, au cours d'une conversation, il lui disait : « mais pourquoi dis-tu ça ? » mèche bien rangée, œil calme, voix posée. Claire ne se rappelait pas l'avoir jamais vu en colère à propos de ses défauts ou de certains traits de son caractère qui ne plaisaient pas à Jean. Il s'accommodait de ses erreurs, de ses maladresses. Il les lui avait bien sûr reprochées, mais avec une mesure, une indulgence jamais prises en défaut, d'homme qui fait la part des choses. Claire avait toujours appelé cela « leur merveilleuse entente ». Mensonge. Il ne lui parlait pas. Pas à elle. Et c'est pour cela qu'à présent elle ne pouvait pas lui parler non plus.

Et puis il y avait maintenant un tel fossé ! Comment montrer à cet homme — à qui que ce soit, d'ailleurs — le dédale de chemins entremêlés où elle s'enlisait, de plus en plus loin de la route dégagée qu'il poursuivait sans elle. Il croyait peut-être marcher avec une femme, il n'avait à ses côtés qu'un fantôme englué, accroché à toutes les ronces de ses souvenirs. Le croyant impuissant à l'aider, à ralentir son chemin pour venir la secourir, elle ne l'appelait même pas. Elle avait simplement délégué près de lui une forme de femme qu'elle regardait évoluer comme par le passé du fond de son bourbier. Jean ne viendrait jamais y plonger les mains et s'y égratigner.

Peut-être aussi sentait-elle confusément qu'elle résisterait, qu'au lieu de se laisser ramener vers lui elle l'attirerait dans ses pensées en broussaille jusqu'à ce qu'il s'y déchire à son tour. Car où pourrait-il l'entraîner, si ce n'est sur la même route, dont elle avait dévié ? La contraindre à faire les mêmes gestes, à vivre la même vie qu'avant. Si c'était pour cela, son double, son apparence de femme s'acquittait parfaitement de ces gestes et de cette vie. Mieux qu'avant, peut-être, avec moins de maladresse. Son absence profonde lui donnait une légèreté, une aisance, qu'elle n'avait jamais eues, et elle était certaine que Jean, sous l'inquiétude qu'il manifestait parfois, y trouvait son compte. Jamais elle n'avait mieux cuisiné, jamais la maison n'avait été si bien rangée. Mais elle sentait passer dans tous ces gestes automatiques une sorte de fluide qui ressemblait à de la haine, une haine froide. Elle la sentait se distiller autour d'elle par tous les pores de sa peau, s'écouler de ses doigts. Et elle regardait Jean manger, marcher dans l'appartement, en se révoltant intérieurement de ce qu'il ne sentait rien de cela. Il aurait dû soudain trouver les plats amers, assaisonnés de cette chose autant que de sel ou de sucre. Il aurait dû voir sur la moquette la haine répandue en flaques gluantes et s'y coller les pieds jusqu'à ce qu'il ne puisse plus marcher et qu'il se retourne enfin vers elle, tout droit, net, et qu'il lui dise enfin : « Qu'est-ce qui se passe, Claire ? »

Mais non. Il mangeait, il buvait, il bougeait, et, autant qu'elle se souvienne, il n'avait jamais posé de question sans y apporter en même temps la réponse — et même le plus souvent posait-il les réponses en omettant les questions. Au début, elle se sentait mal à cause du temps, de l'automne qui approchait, puis à cause du manque d'amis, puis de sa sensibilité qui, que... Puis enfin, c'était ce mal moderne, si courant, qui semble se poser sur les têtes au hasard et à tour de rôle pendant une semaine, un mois, une année : la dépression. Mot fluide, mal fantôme lui aussi, qui se nourrit de trop de choses indéfinissables pour qu'on cherche à le définir. Il englobe toutes les angoisses, toutes les inquiétudes avec un petit accent péremptoire, il chapeaute à lui seul toutes les questions, tous les vides, comme s'il était une réponse. Il est si pratique.

— Elle fait une petite dépression.

Autant dire un rhume. D'ailleurs, Jean lui avait proposé tant d'aspirine !

Non. Il ne lui serait d'aucune aide, elle le sentait bien. Il était entièrement axé sur lui-même et sur son travail, et il ne ferait pas un pas vers elle. Tant pis, elle se débrouillerait seule. Elle aurait voulu que cette pensée l'attriste, et elle ne ressentait qu'une sourde colère qu'elle attisait en ignorant avec une sèche mauvaise foi les efforts maladroits qu'il pouvait faire pour la comprendre, la toucher. Elle ne se rendait pas compte à quel point elle s'enfermait elle-même, se rétractant dès qu'une possibilité de contact se présentait. Jean n'avait aucune chance de l'approcher. Et toute seule, s'acharnant sur eux, elle reniait en bloc tout ce qu'elle avait pensé du couple auparavant.

Lorsqu'on vit ensemble, on devine si bien ce que l'autre pense et sent que rien de ses malaises ne peut vous échapper. Elle l'avait sincèrement cru jusqu'à présent, car elle avait elle-même l'impression si forte d'épouser toutes les humeurs de Jean. A tel point qu'au début de leur mariage ce « branchement » perpétuel la surprenait. Elle s'étonnait d'avoir précisément envie de dormir au moment où il en avait également envie, de se sentir énervée avant même qu'il s'énerve lui-même, d'avoir envers leurs amis et connaissances les mêmes sympathies et les mêmes aversions. Elle n'avait nul besoin de regarder Jean ou de le questionner pour savoir ce qu'il ressentait. Il n'y avait

70

aucun décalage — elle le devançait même parfois. Comme deux danseurs de tango si parfaitement accolés dans leurs évolutions qu'il devient impossible de discerner qui mène la danse et qui s'adapte aux pas de l'autre, il y avait entre elle et Jean une telle osmose de tous les instants qu'il devenait tout aussi impossible de savoir si l'un se calquait sur l'autre, ou s'ils éprouvaient réellement les mêmes sentiments. A vrai dire, la question ne se posait même pas. La surprise des premiers mois passée, Claire avait constaté cet accord, et l'avait vécu avec ravissement, remplie de cette assurance délicieuse d'échapper ainsi à la solitude — peut-être pour toujours. Elle avait à ses côtés son double, son miroir, sa moitié, et Jean l'avait en elle. C'était magnifique. Et ils voyaient autour d'eux des couples où le mari et la femme se heurtaient constamment, sur des sujets importants comme sur des brouilles, s'épuisant à maintenir un équilibre sans cesse menacé, jetant désespérément dans les plateaux de leur balance un peu trop de hargne, puis trop de bonne volonté, un gramme de colère, contrebalancé par l'amour, mais apparemment toujours trop léger pour ne pas être enlevé à son tour par une rancœur sournoise. Claire et Jean les regardaient avec compréhension, pitié, ou indulgence, puis se souriaient, complices. D'un regard, d'une pression de main, ils s'assuraient de leur chance, et ils jouissaient de ce doux isolement, de cette béatitude des gens bien au chaud qui regardent passer les autres dans la tourmente, très loin. Dans cet état, à quoi rime de se demander qui suit et qui entraîne ? A quel degré, à quel niveau, à quelle frontière, se délimitent les goûts de l'un et l'acceptation de l'autre, sa persuasion ou son abandon ? Claire, à l'écoute incessante de tout ce qui était Jean, n'avait jamais pensé à peser ce qui lui revenait individuellement. Elle était si fière de ce miraculeux accord. Elle n'avait jamais songé que Jean pût ne pas éprouver la même chose, et se laisser « détecter » tranquillement.

Dans son désarroi actuel, elle avait l'impression que ses yeux s'ouvraient sur une triste vérité tout à son désavantage. Elle plongeait alors dans l'opposé de ce qui avait été leur accord, et observait Jean froidement, fuyant tout véritable contact avec lui, sans songer, dans ses contradictions, que c'était là ce qu'elle lui reprochait, et qu'elle-même créait entre eux une distance de plus en plus grande. Elle le regardait se mouvoir autour d'elle sans entraves, et elle ressentait une immense déception, l'impression d'avoir été flouée, trahie, d'avoir tout investi dans une association à deux où l'autre se sauvegardait précieusement à l'écart du risque. Bien sûr, il s'inquiétait d'elle, il se faisait du souci, comme on dit, mais elle sentait bien que cette préoccupation restait superficiellement « intellectuelle » et le laissait intact. Cela n'empêchait pas Jean de vivre à son rythme, bien à l'abri dans une peau tout à fait imperméable. Il n'était pas profondément touché par le fait qu'elle aille mal, elle en était persuadée — ou, pire encore, elle se disait que s'il pouvait l'être, ce serait surtout par ce que sa dépression risquait de lui enlever de son propre confort. Si elle en arrivait au point de ne plus pouvoir jouer son rôle près de lui, si elle lui ôtait l'image de cette ombre rassurante à ses côtés, peut-être alors serait-il affecté, dans le sens le plus égoïste qui soit.

Pour le moment, elle sentait s'éteindre ses forces et ses élans, et cela n'empêchait pas Jean de vaquer tranquillement à ses occupations habituelles, de marcher, rêver, se nourrir comme à l'ordinaire. Elle se sentait perdue, malade, Jean avait bon œil, bonne mine. Et alors qu'elle avait peine à avaler une bouchée, elle le voyait reprendre gaillardement trois fois du même plat.

Elle avait elle-même si peu mangé quand Jean avait été très malade, voilà quelques années. Il lui avait fallu se forcer à prendre quelque chose deux fois par jour pour ne pas dépérir également. Et, se rappelant cela, elle n'avait pas trop tendance à romantiser ce souvenir, à le prendre pour la manifestation d'une passion déchirante qui aurait fait d'elle une Iseut des temps modernes. Non, elle savait bien qu'elle ne se serait pas laissée mourir d'inanition. Ce n'avait pas été dramatique, ni même douloureux. Elle n'avait pas eu faim, c'est tout. Une part de ses envies et de sa vitalité s'en était tout naturellement allée dès que Jean s'était senti mal, et sachant que cela reviendrait dès sa guérison, dès qu'ils pourraient à nouveau éprouver les mêmes besoins et les mêmes joies, elle avait vécu « au ralenti » toute cette période, en subissant cet état comme une conséquence normale du lien qui les unissait. En un mot, elle avait été affectée physiquement par la maladie de Jean. A présent qu'à son tour elle se sentait si mal, si pauvre, si profondément atteinte, il se développait en elle une terrible rancœur à voir Jean vivre à ses côtés sans que son allant et son appétit en soient altérés le moins du monde.

« Je me suis donnée, il s'est prêté… », pensait-elle sans avoir peur des grands mots. Et elle ne cherchait en aucune manière à modérer cette réflexion. Au contraire, elle l'observait avec une attention glacée, elle écoutait à plaisir le petit bruit énervant de la baguette bien tendre craquer sous ses dents, et à l'autre bout de la table, raide, elle le regardait se nourrir avec application, mastiquer longuement, consciencieusement, avec ce regard tourné vers l'intérieur qu'ont les gens entièrement concentrés sur une tâche importante et laborieuse. Elle ne tournait pas la tête, elle épiait au contraire chacun de ses gestes, les laissait renforcer sa déception, accumulant de nouvelles preuves de l'indifférence de Jean. Parfois, même, elle tirait de cette observation méticuleuse une volupté amère et désabusée. Et cette petite phrase : « tiens, moi je prendrais bien un petit dessert », que Jean prononçait rituellement à la fin de chaque repas, avait en elle une résonance à la fois douloureuse et insupportablement comique.

Un soir, surtout, Jean offrit à Claire l'occasion de toucher le point culminant du doute envers lui. Il le fit en toute innocence, détendu, entièrement concentré sur l'exposé qu'il était en train de faire subir à quelques amis réunis chez eux, sans soupçonner une seconde qu'il allumait une bombe dans l'esprit de sa femme.

Il était en train d'affirmer posément sa conviction qu'on ne change pas après quatorze ou quinze ans — du moins pas profondément. Bien sûr on pouvait évoluer, cultiver ou détruire notablement ses dons et ses chances, mais il ne pensait sincèrement pas que les lignes du caractère de chacun puissent être modifiées passé le cap de l'adolescence. Les choix étaient faits.

Après l'avoir écouté assez distraitement, Claire se sentit tout à coup moralement giflée. Ces mots lui semblaient terribles et l'atteignaient de plein fouet, elle ne savait pourquoi.

Jean continuait à discourir calmement, nuançant sa pensée, tempérant son raisonnement — Claire n'entendait plus rien. Le chaud aux joues, l'estomac noué, elle était entièrement axée sur cette petite phrase fichée dans sa tête : On ne change pas... On ne change plus... Elle ne cherchait pas à comprendre pourquoi ce que ces mots contenaient de paisible condamnation l'atteignait personnellement si fort. C'est une blessure qu'elle n'était pas encore prête à recevoir, occupée qu'elle était à ajourner la mise en cause d'elle-même en attaquant Jean.

Un peu plus tard, couchée à ses côtés, elle s'acharna sur lui une bonne partie de la nuit. Comment pouvait-il penser une chose pareille avec le métier qu'il exerçait ? Conseiller et orienter des jeunes en difficulté tout en étant persuadé qu'ils ne changeraient pas ? Elle l'avait toujours cru profondément rempli de la foi en son travail, et cela lui semblait monstrueusement en désaccord avec sa « mission ». Il prétendait les aider à s'insérer dans une société qu'ils refusent ou qui les refuse en ayant vis-à-vis d'eux la même attitude que cette société, dubitative et cynique. Pourtant, lui, il les aimait ces jeunes — du moins en apparence, pensait-elle à cette heure —, il en parlait avec chaleur et tendresse, et Claire voyait bien quel réconfort ils pouvaient trouver dans son regard amical. Comment ils pouvaient en être abusés, aussi... A quoi sert de les aimer et de les comprendre si cela ne débouche pas sur une révolte ? Cela peut l'empêcher au contraire, la réduire, l'endormir. Ils ne changeront pas, mais on peut les amadouer. Et si c'était là, véritablement, le rôle de Jean ?

Elle n'avait jamais vu les choses sous cet angle et Claire était effrayée d'être amenée à piétiner ce qu'elle avait toujours pensé le plus beau et le plus estimable en lui. Elle l'avait cru jusqu'à présent engagé dans une lutte active alors qu'il pouvait fort bien la pratiquer en apparence, l'esprit bien à l'abri des tourments et des révoltes. Elle se demanda même si le côtoiement quotidien de l'angoisse des autres ne lui permettait pas de mieux savourer son confort et son équilibre personnels. On sent si bien la chaleur et la sécurité de sa maison quand on regarde les gens passer dans la pluie et le froid. Les hommes sont ainsi faits, dirait sans doute Jean sans en être autrement ébranlé, passent les saisons, à chacun son sort et on ne change rien à rien.

Avant de s'endormir enfin, au milieu de la nuit, elle avait épousé un monstre.

Le lendemain matin pourtant, après quelques heures de sommeil difficile, il ne restait pas grand-chose de ces déchirements nocturnes. Jean était terriblement familier, ainsi que le thé et les tartines. Il allait travailler, comme d'habitude. Elle lui sourit, l'embrassa, et il partit. Comme d'habitude.

Seule, Claire ne sut plus que faire de ses durs jugements envers lui. Elle n'était même plus très certaine d'avoir réellement pensé tout cela. Il lui restait simplement quelques mots qui tournaient dans sa tête : « On ne change pas... Les choix sont faits... »

Jean n'était certainement pas un monstre, non, et il n'avait pas voulu la blesser. Mais il lui avait bel et bien offert une arme qu'elle n'était pas encore prête à utiliser contre elle-même. Elle la tournait, la retournait, incertaine : « Les choix sont faits. »

Elle n'allait pas tarder à s'en servir.

Et les jours passaient, séparés en deux périodes bien distinctes — le soir, où elle se composait du mieux qu'elle le pouvait un visage et une attitude destinés à cacher son trouble à Jean, et la journée, interminable, où elle tournait ou retournait dans sa maison, se débattant dans toutes les causes possibles de sa détresse.

Elle se plongeait elle-même dans des abîmes d'incertitude. Elle croyait enfin être arrivée à saisir un fil dans ses sentiments, à l'avoir suivi en dépassant l'insupportable, l'analysant, arrivant à un semblant de résolution, puis un nouvel élément jailli elle ne savait d'où — mais pas de sa raison —, rêve, pensée incongrue, émotion subite, venait détruire toute la logique à laquelle elle s'était accrochée. Elle se rendait compte alors qu'elle avait joué avec elle-même, que l'insupportable qu'elle avait cru dépasser était plus loin, ailleurs, et qu'elle s'était simplement cabrée devant l'obstacle. Mais quel obstacle ? Elle se retrouvait comme une enfant devant les restes saccagés d'un édifice patiemment construit, aussi démunie, avec une stupeur et un désespoir aussi complets que l'enfant devant la vague qui détruit son premier château de sable. Plus rien, plus de mots, et de l'intérieur monte une autre vague de cris et de pleurs. Elle s'écroulait dans un coin de la maison, subissant, impuissante, la tourmente qui la ravageait. Puis, dès qu'un calme relatif revenait en elle, elle se précipitait sur son journal, à moins que la crise n'eût été assez forte pour la laisser prostrée, lavée de toute pensée, à tel point que parfois un sommeil irrésistible la surprenait d'un coup, sur place, là où elle avait échoué.

Toutefois, il y avait curieusement une règle au déclenchement de ces crises. Jamais elles ne la surprirent le soir, ou juste avant que Jean ne rentre. Elles lui laissaient toujours juste le temps nécessaire pour se calmer, cacher ses yeux rougis, et lui présenter un visage apaisé. Elle n'avait pas assez de recul sur elle-même pour s'étonner de la suspecte organisation de ces manifestations de désespoir.

Mais son esprit en déroute ne pouvant pas toujours divaguer au hasard, il s'accrochait quelquefois à une pensée précise, la creusait, la retournait, s'en repaissait pendant quelques jours jusqu'à ce qu'elle disparaisse comme elle était venue, anéantie dans un flot de larmes. Elle croyait rechercher ardemment une solution à son désarroi, vivre le plus fort de sa crise, pour s'apercevoir qu'elle avait poursuivi un mirage, échappé à l'essentiel, et que pendant ce temps elle s'était, en quelque sorte, reposée. C'est ainsi que, dans cette période où elle s'attaquait plus précisément à Jean, une idée incongrue la surprit — une idée folle qui la désarçonna assez profondément pour l'occuper quelques jours...

Cela lui vint un soir qu'elle regardait Jean manger, comme d'habitude. Il venait de lâcher une de ces phrases agaçantes qui ponctuaient son repas : « Et si je reprenais un peu de rôti ? » Claire, presque en écho, pensa : « Et si je quittais Jean ? »...

Petite pesée abrupte, froide. Elle aurait bien voulu s'en effrayer, mais l'idée n'était pas plus émouvante que si elle avait pensé prendre elle aussi du rôti, qu'elle avait une course à faire, ou n'importe quoi d'autre. Anodin. Possible, en fait. Un mur d'indifférence l'éloignait de la véritable signification de cette phrase, et tout en continuant à suivre des yeux les gestes quotidiens de Jean elle jouait avec cette pensée, avec l'inconscience qui fait manier un objet dangereux sans penser aux conséquences — détachée.

Et si je quittais Jean ?...

Il était en train de lui raconter sa journée, les quelques anecdotes qui avaient peuplé les heures de classe. A quelques variantes près, c'était presque toujours les mêmes, du fait de deux ou trois fortes têtes dont il s'occupait, toujours les mêmes elles aussi. Elle pouvait donc, tout en faisant çà et là quelques commentaires évasifs, ou hochant une tête apparemment attentive, laisser vagabonder librement son esprit autour de cette pensée surprenante. Si je quittais Jean... Tout s'enchaînait facilement, légèrement, comme si elle voyait s'ouvrir tout à coup devant elle une porte sur laquelle elle s'était épuisée à frapper. Sans l'avoir décidé, elle avait par inadvertance appuyé sur la clenche, et le champ était libre, ouvert. Intérieurement, elle restait arrêtée, sur place, comme elle l'aurait été devant cette porte miraculeusement débloquée, clouée par la surprise. C'était si simple.

Ils avaient fini de dîner, et Jean l'aidait à débarrasser la table en continuant à bavarder. Passant près d'elle, il l'embrassa dans le cou. Elle sourit, pencha la tête et lui rendit son baiser, grisée par une duplicité qu'elle ne se connaissait pas. Entre-temps, ses pensées avaient été de l'avant, légères, et commençaient à régler tous les détails pratiques de leur divorce — un divorce de rêve, sans déchirement, sans heurts.

Quand ils passèrent au salon pour regarder les dernières informations à la télévision, elle avait déjà déménagé — Jean gardant leur appartement actuel, ce territoire où

77

il était si à l'aise. Tous les matins, elle descendrait dans le café le plus proche de l'immeuble où elle aurait loué un studio modeste, adapté à un nouveau départ dans la vie. Ayant enfilé à la hâte un vieux pull et un vieux pantalon, elle y prendrait son petit déjeuner — suivant une ancienne habitude de jeune fille retrouvée — tout en feuilletant les journaux. Grignotant un croissant, elle éplucherait les petites annonces à la recherche d'un travail. Car évidemment, dans ces circonstances, elle serait bien obligée de retravailler, et, la nécessité aidant, cette décision prendrait tout son sens, sa justification. Elle n'aurait plus à se poser de questions à ce sujet. Si simple.

— Tiens, je prendrais bien une infusion, et toi?... Claire?

— Moi? Non merci.

— Ne bouge pas, je vais me la faire.

Elle le regarda marcher vers la cuisine, alerte, en balançant un peu les épaules. Et Claire songeait sans émotion que Jean ne resterait pas longtemps sans se remarier. L'état de mariage lui était aussi nécessaire que l'eau aux poissons, et il était si facile à vivre.

Elle, elle prendrait peut-être un chat. Ou plutôt non, elle adopterait un chien, dont le caractère et la manière d'agir lui rappelleraient moins Jean.

Il chantonnait dans la cuisine, inconscient. Elle était totalement immobile sur le canapé, les mains sagement posées sur les coussins, de part et d'autre de son corps, regardant fixement les images sur l'écran de télévision, le visage détendu, presque un sourire aux lèvres. Elle était fascinée par ses propres pensées. Tout cela était si simple. Et il est certain que, construisant le film de leur séparation, elle devait offrir à Jean l'image d'une femme plus tranquille qu'à l'ordinaire. C'est qu'elle n'imaginait pas le choc terrible qu'il pourrait ressentir, elle ne prévoyait aucune de ses réactions, car, en fait, elle n'envisageait pas réellement de prononcer les mots nécessaires et horribles, pas encore, non... C'était comme un rêve, une fantaisie surprenante de son esprit avec laquelle elle s'amusait.

Elle la tint éveillée tard dans la nuit, les yeux grands ouverts dans le noir. Et la pénombre qui effaçait le décor familier aidant, elle pouvait presque déjà se sentir étrangère à cette maison. Et le sommeil la cueillit sans qu'elle s'en aperçoive, doucement.

Quand elle se réveilla, une heure plus tard qu'à l'ordinaire, Jean avait déjà pris son petit déjeuner ; prêt à partir. Elle débarqua dans la cuisine à peine sortie du sommeil, comme on revient d'un pays lointain. Jean la plaisanta sur cette nuit extraordinaire, heureux qu'elle se soit si bien reposée, l'embrassa, et s'en fut.

Tout en se préparant un café, il lui revenait des bribes de ses pensées de la veille au soir, et elle en reprit le fil aussi légèrement. Elles l'occupèrent quelques jours, sans qu'elle ressente le moins du monde la nécessité de précipiter les événements pour rendre ses rêves tangibles, ni qu'elle amorce dans la réalité une décision quelconque. Tout cela restait irréel, lointain. Et, paradoxalement, l'idée de se séparer de Jean endormait tous les griefs qu'elle avait pu accumuler envers lui. Elle ne trouvait plus rien à lui reprocher, et son comportement quotidien, ses manies ne l'agaçaient plus. Elle pensait même à lui avec amitié et tendresse, et en ressentait un apaisement profond. Il fut malheureusement de courte durée.

Aussi brusquement qu'elle s'était installée en elle, cette plage de tranquillité disparut. Des images surgies des tréfonds de sa mémoire, des fantasmes vinrent régulièrement rompre ses douces rêveries, et la replonger dans le chaos.

C'était parfois un souvenir très ancien qui remontait en elle, une faute qu'elle avait commise un jour, une petite lâcheté, ou bien une authentique méchanceté d'enfant, une de ces petites noirceurs tout à fait ordinaires qui se cachent dans le tréfonds de chacun, qu'elle avait cru se pardonner, mais qui resurgissait à présent, intacte, en faisant sourdre avec elle une honte douloureuse, bien plus forte et plus douloureuse que celle qu'elle avait pu éprouver sur le moment. Le jour où elle avait sauvagement battu cette petite fille, par exemple... Cela la cueillit un après-midi qu'elle errait dans l'appartement silencieux, tournant en rond en échafaudant ses vagues projets de liberté. Elle faisait étape de fauteuil en canapé, se préparant à se détacher de cette maison et de la vie qu'elle y avait menée depuis des années. Elle pensait ce jour-là être enfin arrivée à un état d'acceptation, de lucidité, quand elle se revit soudain, à l'âge de huit ou neuf ans, dans cette colonie de vacances où ses parents l'avaient envoyée. Apparemment, ce souvenir resurgissait sans aucune raison, incongru. Pourtant elle se revit, à l'heure de la sieste obligatoire, dans cette petite chambre à deux lits qu'on leur avait attribuée, au lieu du grand dortoir, à elle et à cette petite fille que personne n'aimait. Régnait-il dans la pièce un silence qui lui rappelait cet autre silence qu'on leur imposait ? Ou était-ce cette heure vacante de l'après-midi, qui s'écoule sans activité alors que tous les sens sont en éveil, comme une heure qui ne compte pas ? Ce souvenir lui était rendu net, précis, avec ses couleurs, ses sons et ses odeurs. Les volets à demi fermés, elles étaient couchées sur leurs petits lits respectifs, à peine séparées par une étroite allée, et, face à face, elles se regardaient. Elles devaient chaque jour rester allongées ainsi une heure après le déjeuner, qu'elles dorment ou ne dorment pas. Elles entendaient marcher dans le couloir, devant le grand dortoir, une monitrice chargée de faire respecter un calme mortel, et dont les pas ponctuaient les minutes, les quarts d'heure. Les deux ou trois chambres plus petites étaient oubliées dans la ronde, car il y avait par là moins de danger de chahut. C'était l'heure la plus chaude. Des mouches volaient... Cette petite fille avait une bouille chiffonnée sous un front trop large, un petit visage un peu maniéré, un peu mou, avec une bouche comme on en dessinait aux femmes sur d'anciennes gravures, trop rouge, une bouche à manger des sucreries du bout des lèvres. Cette fossette profonde au menton, aussi. Et par malheur, comme pour accentuer encore ces traits démodés, il fleurissait sur sa tête une tignasse aux boucles bien rangées, mièvres, obstinément domptées par une permanente que les mères, à l'époque, faisaient souvent subir aux petites filles — elles leur ressemblaient ainsi à l'avance, et l'on pouvait deviner, en regardant l'enfant, son futur visage de femme, puis de vieille dame... Un bras recroquevillé sous elle, une joue ronde appuyée sur sa main, elle regardait Claire dans les yeux, et Claire la regardait. Elles restèrent ainsi longtemps à se fixer, dans la chaleur et le silence, et, tout d'un coup, Claire la frappa. D'un coup bref et violent, à poing fermé, qui atteignit la petite à la tempe. Elle se rappelait l'éclair de stupeur dans ses yeux bleus, et le deuxième coup qui cherchait à faire plus mal. L'autre gardait son regard rivé à celui de Claire, et elle ne criait pas, ne pleurait pas. Recroquevillée sur elle-même, dans son petit short bleu, elle attendait, tremblante, très rouge, dans le silence lourd et moite — comme si ce moment de violence était trop parfaitement vrai pour le briser communément en appelant, ou en se sauvant. Elle aurait pu lâcher soudain un de ces stridents «Mademoi-selle ! » en tirant indéfiniment sur le « sèèèèle » d'un ton plaintif, comme le faisaient les gamines à tout propos. Elle ne l'avait pas fait. Claire se rappelait ce terrible accord tacite entre elle et sa petite victime. Et sa férocité redou-blée entre chaque coup, qu'elle appliquait avec de plus en plus de soin et de précision. La petite s'était défendue, bien sûr, elle avait bien essayé maladroitement de lui rendre quelques gifles, mais son propre acharnement, sa volonté calculée de faire de plus en plus mal, l'avaient emporté, jusqu'à ce que l'autre ne soit plus qu'une boule coincée entre le lit et l'angle du mur, ses pleurs étouffés par l'oreil-ler avec lequel elle cherchait à se protéger. Puis Claire s'était réinstallée sur son lit, satisfaite, dans le silence à peine troublé par quelques gémissements. Et ce silence, aussi, qu'elles avaient gardé l'une et l'autre jusqu'à la fin du séjour. Quand elle rencontrait le regard de Claire, la petite baissait simplement la tête, comme si c'était elle la fautive...

Claire s'était pliée sur le canapé, appuyée sur ses genoux, l'estomac noué, et de longues gouttes de sueur coulaient de ses aisselles, venaient tacher sa blouse à la hauteur des coudes. Cette petite horreur resurgie de son enfance lui apparaissait avec une cruauté nue, impitoyable. Avec le temps, s'estompait tout ce qui entourait cet événement de peu d'importance — le reste heureux des vacances, son entente avec les autres enfants, la petite fille tendre qu'elle était en dehors de ce moment exceptionnel —, et il venait se détacher exagérément, comme un objet seul éclairé dans une pièce sombre où l'on ne distingue rien d'autre. Elle l'encadrait d'un flou qui en faisait ressortir crûment tous les détails. Elle s'enlisait dans sa honte, et sanglotait, à présent, le visage grimaçant, avec moins de retenue encore qu'une petite fille de huit ans. Tout était par terre.

Il ne restait rien de la femme adulte qui, tout à l'heure, envisageait lucidement son avenir indépendant, avec le choix douloureux que cela comportait. La souffrance balayait en elle toute logique, tout raisonnement. Comme un déferlement de vagues vous projette en avant, puis vous aspire en arrière sans que l'on puisse retrouver son équilibre sur un sol qui se dérobe sous les pieds, les tempêtes internes de Claire la laissaient échouée dans un coin de la maison, épuisée, incapable d'ordonner de nouveau ses pensées. Elle oubliait même le souvenir qui avait causé son désarroi — il s'estompait, comme un provocateur s'éclipserait au plus fort de la bagarre qu'il a déclenchée.

Comment avait-elle pu penser construire une vie nouvelle, affronter la solitude, alors qu'un simple souvenir suffisait à la plonger dans cet état. Rien, elle ne pourrait rien faire. Elle s'écroulerait dès qu'elle aurait fait ses valises, ou dès qu'elle aurait passé le coin de la rue, avant même de s'être installée quelque part. Elle était bien trop faible, trop perdue pour se permettre d'abandonner ainsi son seul carré de terre ferme, son refuge...

Elle parcourait la maison en sanglotant, et disait tout haut : « Je ne peux pas... Non, je ne pourrais pas ! » — elle s'expliquait, se justifiait, se mettait en colère même, à haute voix, et, ce faisant, elle touchait les murs, les meubles, marchait de long en large. Elle avait ce mouvement incessant des bêtes en cage, rendues folles par leur captivité. Et pourtant, qu'on leur ouvre la porte, et certaines ne sortiront pas, se terreront même au plus profond de leur prison, car ces barreaux qui font leur désespoir sont aussi leur unique protection contre un milieu plus hostile que le vide auquel elles sont habituées — la crainte de l'inconnu, de la liberté... C'est ainsi que Claire ne se décidait pas à franchir une porte pourtant ouverte, et que, si elle laissait son imagination aller trop avant, la peur et l'angoisse la clouaient aussitôt sur place, se servant de souvenirs, d'images, comme autant de moyens détournés.

Parfois, c'était Jean lui-même qui lui servait de garde-fou.

Elle se croyait prête à parler à Jean de son départ et, pour aider sa décision, ressassait la monotonie de leur vie, celles de ses manies qui l'agaçaient le plus, revoyant dix fois, vingt fois, un geste de lui, une manière d'être qui l'agaçait, comme on gratte une plaie pour l'empêcher de se refermer, pour en aviver la sensibilité — et soudain, d'une façon aussi rapide et surprenante que dans un cauchemar, Jean se transformait totalement, lui offrant un visage inconnu, effrayant.

Par exemple, elle imaginait qu'elle était en train de le regarder manger, lentement et en soupirant d'aise, comme il en avait l'habitude, la serviette bien posée sur les genoux. Il s'essuyait posément la bouche, levait son verre pour boire une gorgée et, en un éclair, jetait violemment son contenu à la tête de Claire. Quand ce qu'elle était en train de revivre d'une scène habituelle déviait ainsi, elle en ressentait physiquement le choc, sursautait comme elle l'aurait fait si cela s'était réellement passé. Et la suite se déroulait malgré elle, transformant ce premier choc en une peur terrible de ce Jean à l'œil glacé, à la voix dure, qu'elle ne connaissait pas. Il l'insultait, très calme : « Alors ? pauvre conne... » Terrorisée, elle le voyait se lever, se diriger vers elle, méconnaissable. Il la faisait lever en l'attrapant méchamment par les cheveux, puis la poussait vers la porte en lui assenant de petites tapes brutales et répétées. « Allez, tire-toi, salope, tire-toi de là. » Quoi de plus effrayant qu'un être familier dont on croit tout connaître se transformant en un monstre de froideur et de cruauté ? Passe encore la peur des abîmes, de ce qui peut surgir de la nuit, des éléments déchaînés, la peur des autres, ou même de ce qui se cache en soi. Mais la peur surgissant au cœur même de ce qu'on connaît de plus rassurant, qui vous cueille en pleine confiance, en plein abandon — la peur chez soi ? Claire la connaissait bien, à présent, cette sensation de chaud et froid, du sang qui se retire tout à coup et vous laisse la tête bruissante, la nuque curieusement lourde, qui fourmille au bout des doigts devenus insensibles et qui vous coupe les jambes. Elle l'éprouvait réellement dans sa chair, sans aucune distance, à chaque fois que ce visage inconnu de Jean surgissait dans ses pensées. Cela la surprenait toujours aussi subitement, et d'autant plus fort qu'elle se sentait calme et prête à s'éloigner de lui. Et toujours ici, chez eux, dans ce milieu chaud et intime, au cours d'une scène quotidienne. Si elle avait revécu calmement le moment du repas — moment où elle puisait le plus d'observations qui la détachaient de Jean, où elle arrivait même à éprouver une franche aversion pour lui —, cela se passait devant la télévision, sur ce canapé posé contre un mur du salon, et où ils s'asseyaient immuablement tous les soirs avant de se mettre au lit. Jean s'y était enfoncé avec un nouveau soupir, les yeux à demi fermés comme ceux d'un chat prêt à attaquer une bonne séance de ronronnement, ses talons commodément posés sur la table basse. Il repoussait la petite mèche qui glissait toujours sur son front en passant ses doigts dans ses cheveux, puis sa main s'élevait, suivant une courbe familière, pour venir s'appuyer sur les épaules de Claire. C'est alors que l'horreur la surprenait à nouveau, en une seconde, comme un grand fracas intérieur. La main de Jean n'avait pas achevé sa trajectoire habituelle, à mi-chemin, elle avait frappé la tempe de Claire, envoyant sa tête cogner durement contre le mur. Elle se retournait, suffocante, et elle voyait, assis à la même place, ce Jean qu'elle ne connaissait pas rire doucement. Elle n'avait pas le temps de se ressaisir, elle allait dire un mot, l'implorer peut-être, quand la main l'envoyait de nouveau, d'une pichenette brutale, cogner contre le mur. Et elle entendait cette autre voix de Jean, d'autant plus effrayante qu'elle était calme : « Je m'amuse. C'est amusant, non ? » Après un autre de ses méchants petits rires, il la refrappait. C'était monstrueux.

Et seule dans cet appartement, à imaginer ces petites scènes, elle subissait une nouvelle crise, sentait la peur la parcourir, l'épuiser, et elle tournait sans fin en pleurant et en gémissant. Mais elle s'arrangeait toujours pour redevenir assez calme avant que Jean ne rentre, et lui offrir un visage impassible.

Le soir, elle l'observait avec une attention accrue, entachée de cette image de lui qu'elle s'était créée. Pourrait-il être un jour vraiment ainsi ? Elle ne le souhaitait certes pas, et se disait que Jean, tel qu'il était, ne devait pas tant lui déplaire, puisqu'elle avait si peur de ne pas le reconnaître. Elle avait même alors un besoin de tendresse, de repos, et venait parfois se blottir contre lui sur le fameux canapé, accueillant son bras sur ses épaules avec reconnaissance. Tous ses projets étaient abolis, elle ne savait plus rien, ne souhaitait plus rien que la tranquillité, entièrement désarmée.

Au bout de quelques jours, cette idée de quitter Jean lui apparut dans tout son ridicule. Elle se demandait, atterrée, comment une idée aussi saugrenue avait pu lui venir en tête. Jean était très bien. De quel droit avait-elle osé le rendre responsable de son ennui et de ses problèmes ! Ils lui incombaient à elle seule. Leur vie était normale, équilibrée, c'était un homme sain, bon, qui exerçait un métier difficile qui le passionnait, et qui cultivait parallèlement dans sa vie privée un art de vivre dans la douceur et l'harmonie. Quelle folie avait bien pu lui faire envisager d'abandonner des biens aussi précieux ! Elle avait osé penser que c'était à cause de lui qu'elle menait une vie étouffante, alors qu'il la poussait au contraire à voir des gens, à mener une vie plus constructive à ses côtés. Et il avait raison. C'était elle seule qui s'enfermait ici, elle seule qui n'allait pas et menait une vie stupide. Elle assumerait donc à elle seule ses idées folles et ses angoisses. C'était la moindre des choses. Elle n'avait aucun droit de le charger d'une fatigue et d'une préoccupation supplémentaires. Elle se débrouillerait pour aller mieux, elle allait se secouer, sortir, et surtout, surtout, elle épargnerait Jean et s'interdirait d'avoir la moindre mauvaise pensée à son égard. Jean était parfait.

Ces bonnes résolutions furent ajournées, car elle se sentit si coupable à son égard qu'elle passa ses journées à s'enliser dans de nouvelles crises de mortification. Elle avait déjà bien de la peine à se reprendre chaque soir afin que Jean la retrouve dans un état normal, elle sortirait dans quelque temps, quand elle irait un peu mieux…

Ainsi passaient les semaines, ballottée entre ce qu'elle appelait ses hauts et ses bas, qui n'étaient que la répétition incessante du même processus, et avec un peu de recul celui-ci lui serait apparu dans sa monotonie, comme une ligne cardiographique dont les accidents réguliers disparaissent quand on la regarde à une certaine distance. Elle se serait aperçue alors que, à chaque fois qu'elle se croyait prête à assumer lucidement ses malaises, elle faisait renaître en elle une enfance — ou plutôt un état d'enfance — qui servait à la replonger dans un désarroi impuissant. Elle échappait ainsi à l'autonomie, à la conscience, ou à quelque autre chose qu'elle n'arrivait pas à définir, mais qui devait lui faire une peur si grande que tout son être se convulsait, appelant à la rescousse un rêve ou un souvenir qui la rende si faible qu'elle n'avait plus d'autre solution que de continuer à se débattre au hasard. Peinant, luttant, elle croyait avancer — comme elle aurait fait péniblement des kilomètres dans une forêt inextricable pour tourner en rond sans le savoir et revenir, déchirée, exactement au même point.

8

18 novembre.

J'ai le sentiment, en ce moment, de vivre environnée d'ombres mouvantes, de trous noirs qui cherchent à m'attirer. Cela commence par une crispation au creux de l'estomac, une moiteur sur mes mains, et je sens que je suis irrésistiblement attirée vers le vide, le triste, ce trou sans fond de mes idées noires. Je vais y tourner, y étouffer, et m'y noyer. Vite, je bouge ! Je fais quelque chose, n'importe quoi ! Je sors faire une course inutile, je téléphone à quelqu'un à qui je n'ai rien à dire, je vais au cinéma. Mais voilà qu'en chemin, ou à la sortie, je me sens de nouveau côtoyée par une zone sombre et dangereuse. Elle me suit dans chacun de mes gestes, me laissant sournoisement prendre quelque distance avant de me rattraper de nouveau. Je connais alors la peur horrible que l'on doit ressentir si l'on a fui en courant un ennemi qui vous poursuit et que, s'arrêtant enfin, rassuré d'avoir laissé le danger loin derrière soi, on entend tout près un pas et une haleine derrière son épaule. Ou alors ces trous noirs sont multiples et, les fuyant d'une manière désordonnée, je les côtoie au hasard de mes zigzags. Je me demande si le courage ne serait pas d'y plonger, de me laisser aspirer par l'entonnoir, et m'y perdre ? Peut-être alors pourrais-je en atteindre le fond, et qui sait, d'un bon coup de pied, trouver la force de remonter à la surface ? Je n'en ai pas le courage. Je ne sais pas contre quoi je vais avoir à me battre, si je me laisse aspirer. Je ne sais même pas si je pourrais le faire — peut-être serais-je brisée, perdue, sans pouvoir me défendre. Folle ?... Et même si j'arrivais à m'en sortir, je sais que je ne serais pas intacte, que « ça » sera attaché à tous mes gestes, à tous mes sentiments, « ça » restera toujours entre moi et les autres, et m'empêchera de les toucher — comme si je gardais la marque indélébile d'un contact répugnant...

Ce que j'écris là est stupide. Cette idée de « plonger », avec courage ou non, de fuir, de me débattre ! Foutaise ! Ai-je le moindre pouvoir de décider d'éviter ou non ? C'est *en moi*, déjà. Je le sais. Cela rentre en moi insensiblement, par à-coups, par frôlements, peut-être justement aux moments où je le sens le moins, anesthésiée par le mouvement. Comme si j'absorbais par lambeaux une monstrueuse bête qui se reconstruit et se tapit au plus profond de moi, et que je sens parfois se réveiller, bien vivante, au creux de mon ventre. Oui, je suis prisonnière de l'intérieur. Et plus je me débats, plus je ressens que je suis envahie, alourdie, mangée. Déjà j'ai tellement vieilli. Ça ne se voit pas, mais, moi, je le sais. J'ai l'impression qu'un temps infini s'est écoulé en quelques mois — ou plutôt un temps indéfini, car je n'arrive plus à vivre les jours comme des jours, et les semaines comme des semaines. Tout se fond dans cette « chose », au rythme de ma peur. Avant, ce que je vivais avait un poids bien précis. Une rencontre, un dîner avec des amis, ou l'amour de Jean, tout cela avait des places différentes mais égales en RÉALITÉ et, rangées dans des tranches de temps séparées par des nuits, elles formaient une bonne journée, une mauvaise journée, ou une journée ordinaire, mais enfin je les VIVAIS. Je m'y retrouvais entière et je pouvais évoquer ces moments avec joie ou avec peine, et les reconnaître *miens* — comme on choisit un livre sur des étagères. Certains sont à portée de la main, d'autres, qu'on préfère ne pas relire, sont relégués tout en haut, mais tous vous appartiennent. Maintenant, vraiment, plus rien n'est à moi.

Et Jean revient chaque soir, bien vivant, lui, et me demande invariablement si j'ai passé une bonne journée. Comment pourrais-je lui expliquer que tout ce que je fais, que tout ce que nous faisons ensemble, s'est décoloré ? Que je ne situe les moments que nous vivons qu'au prix d'un effort de mémoire ? Ah, oui ! ça, c'était avant-hier, et ceci, la semaine dernière, ou celle d'avant... Il s'en agace, parfois, il me trouve distraite. Distraite ! Mon pauvre Jean, je suis absente, complètement. Je fais des efforts désespérés pour toucher les gens, et toujours ce brouillard noir qui m'environne, qui m'éloigne. Je n'ai pas assez de toutes mes forces pour y résister ! Alors, les dates !...

Je ne sais pas ce que c'est, je ne sais pas ce qui m'arrive, et personne ne peut le comprendre, s'il ne le sent pas. Est-ce qu'on peut imaginer qu'on est mort ? Est-ce qu'on peut savoir ce que c'est tant qu'on ne l'est pas ? Je ne suis pas morte... pas encore. Mais je me sens en danger. Oh, oui ! terriblement en danger !... Parfois, j'ai envie de mettre ce journal dans les mains de Jean, de tout lui livrer de mes malaises. Mais je sais à l'avance qu'il essaiera d'abord de me rassurer, puis qu'il me « secouera », que peut-être il me plaindra, et qu'il en sera surtout malheureux. Mais malheureux dans une peau VIVANTE ! Rien ne lui fera toucher ce que je ressens. Il ne le pourra pas, parce que simplement il est LUI, et que je suis MOI. C'est tout. Il y a un tel fossé...

Il paraît que certaines personnes atteintes d'une maladie incurable en ont la prémonition, alors même qu'aucun symptôme n'est apparu. On ne voit rien, pourtant ils ont déjà ce regard vers l'intérieur, cette absence. Et lorsqu'on s'étonne, qu'on les rassure, ils sourient sans doute avec indulgence et résignation, puisque, eux, ils ont été avertis. ILS SAVENT. Je n'ai pas une de ces maladies, c'est autre chose — et pourtant je me sens dans cet état face à Jean et à mes amis. Je les regarde vivre comme à l'accoutumée, et ils cherchent à m'entraîner — avec parfois une pointe d'impatience qui ne m'échappe pas. « Qu'est-ce qu'elle a cette emmerdeuse qui n'a aucun souci, et qui a par-dessus le marché invariablement bonne mine ?... » Si je le savais... Je ne peux rien dire, rien expliquer, et les efforts de compréhension des autres ont leurs limites... Je me débrouillerai seule avec moi-même. Je ne peux pas faire autrement... Mais, mon Dieu, mon Dieu, j'étais si gaie, avant ! Si gaie...

22 novembre.

Je ne dormais pas, cette nuit, comme cela m'arrive de plus en plus fréquemment. Jean respirait paisiblement à côté de moi. Ma main ne se tendait pas vers lui. Non, aucune tentation de blottissement, d'apaisement dans une chaleur animale. Mon corps de plomb, et des mots qui couraient dans ma tête, des phrases. Sans doute des pensées. Une plage de moquette à franchir pour atteindre mon cahier, dans la pièce à côté. Juste un léger froid lorsque je me glisserai hors des couvertures. Les retrouver sera meilleur que je serai soulagée.

Soulagée ? Je résistais, bravement. Et longtemps. Les mots étaient toujours là. Et toujours là la tentation de ce... ce péché d'écriture. C'est mal, d'écrire. J'en suis sûre, tout au fond de moi, sans pouvoir l'expliquer. C'est mal, je le sens. Je me vole. Oui, je vole à moi-même et aux autres des pensées que j'enferme dans ces pages et que je ne peux plus exprimer ailleurs. Et moi qui crois laisser sur ce papier de simples mots en traînées d'encre, voilà que s'y attachent leur signification, et mes sentiments — inutilisables. C'est si facile de s'épancher égoïstement en circuit fermé, au lieu de dire, ou de faire. D'un papier, on ne récolte ni réponse à ses questions ni contestation. Cela me semble aussi découler d'une sorte d'avarice du cœur envers les autres. Garder ses émotions pour soi, au fin fond d'un tiroir — tout à fait comme un avare qui garderait son pécule intact, loin des regards, sans rien donner, rien acheter, rien relancer de ses richesses sur le marché afin que la grande roue de l'échange tourne. Tout pour soi. Quelle sécheresse ! Quelle pauvreté !

Mais après tout il est bien présomptueux de comparer mes émotions et mes pensées à des richesses ! Sont-elles si précieuses, mon Dieu ! J'y attache une certaine valeur, évidemment, puisque je cache soigneusement le cahier qui les renferme. Mais n'est-ce pas plutôt pour ne pas prêter à rire de leur peu d'intérêt ?

Claire brodait de-ci, de-là sur ce thème, se défendant mal de cette sensation de trahison à la vie que tout au fond d'elle-même elle savait juste. Elle ne réussissait d'ailleurs pas à la vaincre tout à fait, mais seulement à l'endormir, le temps que passe l'heure où, penchée sur son cahier, la tête inclinée vers lui, elle s'écrivait. Et tout son corps, depuis les genoux sous la table, passant par l'arrondi du dos, de la nuque, jusqu'à la main qui soutenait son front et le coude posé sur la table, était ployé en une tendre courbure repliée sur elle-même, sur le cahier, noyau de cette ligne arrondie dont on aurait pu dessiner le cercle parfait — la sphère. L'œuf.

Mal à l'aise, elle résistait le plus longtemps possible à ce qu'elle appelait son délit d'écriture. Elle trompait son angoisse par des occupations ménagères, petits actes anodins qui ne lui occupaient que les mains, tandis qu'elle tournait en rond dans sa tête. Elle parlait seule, de plus en plus fréquemment, et réussissait parfois à ajourner la tentation jusqu'à ce que Jean revienne. Mais elle ne retirait aucun bienfait de cette petite victoire sur elle-même, au contraire, le soir la trouvait encore plus nerveuse, et elle avait grand-peine à se composer un visage calme pour son retour. Alors elle plongeait le plus souvent dès le début de l'après-midi et parfois même le matin sur le tiroir où elle cachait papier et stylo, dissimulés sous quelques pulls. Et elle écrivait, elle écrivait n'importe quoi, avec l'impression éphémère de se vider ainsi d'une partie de ses angoisses.

Un jour, elle s'absorba si totalement dans ses pensées que, relevant les yeux, la tête lui tourna. Elle était au bord de la nausée. Jean allait arriver d'un instant à l'autre, et elle devait sortir ce soir-là dîner avec quelques-uns de ses collègues. Elle n'avait pas vu l'heure passer, et elle était là, abrutie, hagarde, non maquillée, non coiffée. Seule pensée : mon Dieu ! il va falloir que je parle. Et tout à coup, elle se vit, recroquevillée sur ce cahier, emmitouflée dans cette vieille veste en laine qu'elle met pour écrire car au bout d'un moment le froid la prend — moins par inaction que parce qu'elle a la sensation de se vider de son énergie vitale, de sa chaleur, absorbée par une sorte de léthargie. Elle se vit... froide, les doigts gourds, l'œil fixe.

Brutalement, son bras balaya la table, envoyant valdinguer à travers la pièce cahier et stylo. Elle resta un instant immobile, tremblante, le bras encore tendu en l'air, à la fin de sa trajectoire. Il était parti tout seul, autonome, rempli d'une violence qu'elle n'avait pas eu le temps de ressentir. Ses joues brûlantes, tout à coup, et son cœur qui battait la chamade. Elle se leva d'un bond, ramassa rapidement cahier, stylo, les fourra à la hâte dans son tiroir, et se précipita dans la salle de bains. Vite, être belle, parler, vivre, rencontrer des gens vivants, vite ! ·

9

Il avait trouvé.

Cela lui était venu d'un seul coup, en plein cours, simple, lumineux. Il en éprouva un tel soulagement qu'il comprit qu'il se préoccupait pour sa femme plus qu'il ne voulait se l'avouer. Il avait trouvé en même temps la cause et la solution du malaise de vivre qui se développait en Claire depuis quelque temps. Comment ne pas y avoir pensé plus tôt ? Mais les idées les plus évidentes jouent parfois à se cacher ainsi pour mieux surgir dans leur clarté innocente, au moment où l'on s'y attend le moins.

Il fallait qu'elle retrouve du travail, et cela le plus vite possible. C'était tout. Absolument tout. Il n'y avait rien d'autre à faire. C'était si simple. Claire s'ennuyait. Deux ans... Deux ans sans emploi. C'était effectivement impensable qu'une femme aussi active se contente plus longtemps de jouer les ménagères et les charmantes épouses au foyer, sans ressentir un jour ou l'autre un manque profond, qui mettrait en danger son équilibre. Il se demandait même à présent comment ces signes inquiétants dus au manque d'occupation n'étaient pas apparus plus tôt. Non, cette période d'inactivité n'avait pu être qu'une parenthèse. Elle ne pouvait pas, avec son tempérament, être pleinement satisfaite de cette vie. A moins que le calme de cette vie ménagère ne l'ait rendue très rapidement idiote. Or ça n'était pas le cas. Elle ne pouvait pas stagner éternellement dans cette existence, qui pour être agréable, certes, n'en était pas moins rétrécie, aliénante, à la longue. Il s'était parfois posé des questions à ce sujet, surtout au début. Mais Claire avait l'air si parfaitement heureux ainsi qu'elle l'avait rassuré. Et c'est vrai qu'elle avait été jusque-là tout à fait épanouie, tranquille. Trop, sans doute... Mais, dans le fond, la question était restée là, posée, inéluctable : combien de temps cela allait-il durer ? Car enfin, qui voyait-elle, dans la journée, à part la concierge et les commerçants du coin ? Quelles activités enrichissantes pouvait-elle avoir ? Sans échanges, on meurt. C'est certain. A moins d'être pourvu d'une telle vie intérieure que l'on soit à la fois terre, eau et soleil pour soi-même. Il ne croyait honnêtement pas que ce fût le cas de Claire. Il était bien beau, déjà, que sa vie intérieure lui ait permis de ne pas dépérir pendant deux ans. C'était énorme. Ça ne pouvait pas durer davantage.

Soit, elle n'était pas isolée, en contemplation, au haut d'une montagne. Il y avait de la vie autour d'elle. Il y avait lui, Jean. Cela aussi, c'était énorme. Mais si l'on considérait Claire comme étant la terre, il n'était pas tout à fait assez présomptueux pour se croire à la fois son soleil et son eau, et qu'elle puisse vivre attendant et recevant tout de lui, uniquement pour lui. Pourtant, il devait bien avouer que cette sensation avait été très agréable, et qu'il avait trouvé un charme certain à cette vie de couple très… traditionnelle. Il ne nierait pas qu'il avait savouré béatement ses avantages, et qu'il en avait largement profité — il avait eu raison, d'ailleurs, puisque la preuve arrivait maintenant que cela ne pouvait pas durer. Oui, ça avait été formidable… Et malgré la question sous-jacente de savoir si Claire y trouvait humainement son compte, la vie de leur foyer avait été plus étendue, plus pleinement satisfaisante.

Claire n'était plus fatiguée, surtout par ces inévitables gardes de nuit à l'hôpital qui leur saccageaient trois soirées par semaine, plus deux autres qu'elle mettait à récupérer. Elle avait le temps de prendre soin d'elle, de la maison, de lui. Finis les surgelés avalés le soir toujours tièdes — parce que toujours oubliés d'être sortis du congélateur le matin. Finies ces trois nuits sans elle, avec la soirée devant la télévision qui les précédait. Finie la bise matinale sur sa joue ronde, mais indifférente et grise de fatigue, avant qu'elle se précipite au lit — qu'il venait de quitter. Quel temps leur restait-il à eux pour vivre, vraiment vivre ? Lorsqu'ils se retrouvaient, chacun se dépêchait de raconter ses histoires de la journée, ses ennuis, ses soucis avec les collègues. Ce n'était pas une conversation, mais deux monologues parallèles dans lesquels ils jetaient les petits événements de la journée, comme pour s'en débarrasser au plus vite. Malheureusement, le temps à deux était si compté qu'il passait entièrement à ces récits, et qu'il n'en restait plus pour parler d'autre chose, ou pour être calmement ensemble, tout simplement. Claire, surtout, avait une propension désastreuse à s'étendre pendant des heures sur les avatars de sa journée. Cela n'en finissait pas et Jean assumait en quelque sorte une double fatigue, la sienne et celle qu'elle lui faisait partager, de gré ou de force, avec son exubérance habituelle. Lui, il cédait le terrain, évidemment, et ravalait le plus souvent ce qu'il avait envie de raconter à son tour. Et c'était normal, dans la logique de leurs tempéraments respectifs — Claire n'avait jamais eu aucun contrôle sur elle-même.

Quel changement, quand elle s'était arrêtée, quel soulagement ! Claire libre tous les soirs, toutes les nuits. Toute la journée à elle pour préparer leurs moments communs, un bon repas, ou une sortie. Claire reposée, souriante, enfin attentive — c'est fou ce qu'on écoute mieux quand on a l'esprit libre... Et il n'avait pas été seul à être heureux de ce changement. Claire était resplendissante, et ils avaient vécu, les premiers temps, une sorte de seconde lune de miel. Ils avaient ri comme des fous — comme cela ne leur était pas arrivé depuis longtemps. Claire jouait avec espièglerie les « épouses modèles-repos du mari fatigué ». Un jour, elle l'attendit derrière la porte d'entrée, affublée d'un petit tablier en dentelle acheté pour l'occasion, un verre de scotch dans une main et une cigarette tout allumée dans l'autre. « Coucou ! » Elle n'avait rien d'autre sur elle que ce tablier... Ils avaient ri ! Ri aux larmes ! Du reste, le tableau était charmant, et il avait joué à la poursuivre dans l'appartement. Deux véritables gamins.

Et puis, bien sûr, les premières semaines d'euphorie étaient passées, et il se demandait parfois ce qu'elle pouvait bien faire de ses journées. Elle lui en faisait le détail, quand il s'inquiétait qu'elle ne s'ennuie, et il se rendait à l'évidence : le nombre de choses à faire quand on ne travaille pas est absolument phénoménal, elle n'avait pas une minute à elle. Et lui qui croyait qu'elle les avait toutes... La vie avait donc continué, sur ce rythme agréable, et la question ne s'était même plus posée de savoir si Claire aurait envie de retravailler un jour ou non. Cela n'avait aucune importance — ils étaient heureux ainsi.

Il se surprenait à songer à ces deux années avec nostalgie, comme si cette période était déjà révolue. Sans doute l'était-elle. Mais ils avaient si fort pris l'habitude de cette vie que ni lui ni Claire — et cela était encore plus extraordinaire — n'avait pensé que le manque de travail, l'ennui en somme, pouvait être la cause de cette mauvaise passe qu'elle traversait. Cela lui apparaissait maintenant avec une évidence limpide, et il avait hâte d'être à ce soir pour lui annoncer cette bonne nouvelle : elle irait bientôt mieux. Il n'y aurait plus aucun problème, elle allait de nouveau bouger, travailler, avec ses préoccupations professionnelles à elle, ses collègues, et elle allait de nouveau participer financièrement à la charge du ménage. Quoique cette dernière raison soit tout à fait nulle. D'abord parce que, n'ayant tous deux aucun goût de luxe, la paye confortable de Jean suffisait à les faire vivre, et surtout parce que le salaire d'infirmière de Claire, loin d'être énorme il est vrai, passait entièrement dans les frais de pressing, de transport, à la femme de ménage indispensable quand on travaille à deux, et dans les fameux surgelés. Elle ne servait absolument qu'à ça, ils en avaient fait le compte méticuleux, éberlués, avant de prendre la décision de son arrêt de travail. A peine lui restait-il à la fin du mois quelque chose comme trois cents francs — qu'elle devait dépenser au jour le jour sous forme de pains au chocolat et sandwiches pour les gardes de nuit. Rapport nul. Elle n'était payée que de fatigue. Mais qui sait ?... Qui sait si l'impression d'être entièrement à sa charge ne lui pesait pas, à la longue. Inconsciemment elle s'en trouvait peut-être amoindrie, elle ressentait peut-être confusément une dépendance qui la déprimait. Que cette impression soit fausse, étant basée sur un calcul absolument faux, son travail n'apportant pas d'aide pécuniaire véritable, cela n'avait aucune importance, il le savait bien. C'était le fait d'apporter quelque chose qui comptait — le symbole.

Mais encore, cela était une hypothèse sans valeur ; il en était à peu près certain. Claire ne souffrait pas de se sentir à sa charge, mais du manque de sujets d'intérêt extérieurs à la maison — et extérieurs à lui, il en était modestement conscient. Elle avait un trop-plein d'énergie qui l'étouffait, et qu'elle retournait contre elle-même, c'était tout.

Il s'assombrit un moment, en songeant que la ronde infernale allait recommencer : la fatigue de Claire, les petits déjeuners en catastrophe (elle était toujours en retard), les surgelés tièdes le soir, etc. Oui, tout cela allait bel et bien recommencer. Ça n'allait pas être du gâteau. Sans compter qu'il pouvait d'ores et déjà tirer un trait sur l'épanchement salutaire de ses soucis le soir — le récit de ceux de Claire prendrait immanquablement le pas sur les siens, comme avant. Il n'était pas de force à lutter avec elle sur ce terrain. Cela faisait tant de bien de se laver de ses préoccupations en les racontant à quelqu'un. Et Claire était si calme, à présent, si réceptive.

Mais qu'importe. Il ne serait pas dit que ce « sens du confort », qui lui valait tant de moqueries parmi ses proches, s'exercerait aux dépens de Claire. Il n'allait pas regretter un équilibre qui s'avérait mauvais, à la longue. Il avait l'esprit assez honnête et sain pour faire une croix sur quelques convenances personnelles, quand il s'agissait de la santé et de l'épanouissement de sa femme.

Il lui parlerait ce soir et, demain, elle se mettrait à la recherche d'un emploi. Il ne lui donnait pas trois jours pour voir ses angoisses envolées et son dynamisme retrouvé. Il en était si absolument sûr qu'il s'arrêta sur le chemin du retour pour acheter une très bonne bouteille, afin de fêter ça à l'avance. Puis il s'autorisa, ainsi qu'il le faisait souvent, un détour par le bois pour respirer un peu avant de rentrer.

L'automne était magnifique. Quoique les couleurs devenaient plutôt hivernales, maintenant. Mais Jean trouvait toutes les saisons magnifiques. Toutes, elles apportaient ou préparaient quelque chose de vital, pour la nature tout entière, y compris les hommes. Claire elle-même, par exemple, avait peut-être vécu une longue et douce période d'hibernation nécessaire, et maintenant une nouvelle poussée de sève montait irrésistiblement en elle. Il fallait qu'elle s'exprime, et cela était bon et beau.

Il respirait profondément l'air très frais, en ce début de soirée. Les feuilles mortes crissaient sous ses pieds, rythmaient ses pas. Il songeait toujours à Claire. Il songeait qu'après tout... Après tout, c'était le fait de travailler qui serait bénéfique à Claire — le symbole, en quelque sorte, comme il l'avait pensé tout à l'heure. Elle n'était pas obligée de s'y adonner comme une brute, avec les horaires déments qu'elle pratiquait à l'hôpital, les gardes de nuit et *tutti quanti*. Pourquoi pas un travail à mi-temps ?... Mais oui. Ce serait l'idéal. Quelques heures de travail temporaire par semaine suffiraient bien à lui procurer l'illusion d'être utile à la société, qui allait la remonter, la rassurer. Un emploi à temps partiel, oui, c'était la meilleure solution pour elle. Et pour lui.

Il se hâta, pressé de lui parler, à présent qu'il avait entrevu une solution qui ménageait le besoin d'activité de Claire et leur mode de vie actuel, qui lui convenait si parfaitement. Toutefois, il s'abstiendrait de lui parler tout de suite de cette solution d'un emploi à mi-temps. Il lui parlerait de travail, tout simplement, c'était plus net, plus direct. Sans doute dès demain prendrait-elle le taureau par les cornes, et étant donné la crise de l'emploi, elle ne trouverait aucun travail d'ici un bon bout de temps, commencerait à se décourager, et c'est là, seulement là, qu'il lâcherait la bonne idée. D'ici là, au moins ces recherches l'auront-elles occupée, et détournée de ces tristesses vaseuses. Tout cela se présentait parfaitement.

Il faisait très froid, maintenant, avec le jour qui tombait. Il remonta le col de son manteau et regagna sa voiture. Dix minutes plus tard, il montait quatre à quatre les étages qui menaient à leur appartement, en prenant garde, toutefois, de ne pas trop malmener la bouteille tendrement posée au creux de son bras.

On lui avait bien dit, au magasin, qu'il ne fallait jamais secouer un très vieux bordeaux.

5 décembre.

J'ai peur, j'ai peur, je ne peux que répéter ce mot. Il fait beau, aujourd'hui, et je reste là sans pouvoir me décider à sortir ou à faire quoi que ce soit. Je pleure et je tourne en rond. La vaisselle est là qui trempe, et la vision de mes mains dans l'eau m'a arrêtée. Je ne pouvais plus, et j'ai pleuré, comme d'habitude, avec mes deux mains inutiles, stupides, avec ces débris de mousse qui séchaient sur les poignets, appuyées au bord de l'évier. Qu'est-ce que je fais là ? Qu'est-ce que cette maison ? Qu'est-ce que cette vie que je mène ? Qu'est-ce que je suis ? Un exemplaire de femme ordinaire qui n'arrive plus à se cacher sa nullité, c'est tout. Oh ! que j'ai peur ! Que ça fait mal, et peur, de ne plus se mentir, de ne plus pouvoir se rassurer par tous ces gestes quotidiens que les femmes ordinaires font tous les jours, et qui remplissent si bien les heures ! Je pourrais être ici, je pourrais être ailleurs. Le hasard m'a fait rencontrer Jean. Le hasard, simplement. Et le même hasard pour lui. Je connais au moins dix exemplaires de femmes ordinaires avec lesquelles il se serait entendu, et avec qui il aurait été heureux. Comment ne pas s'entendre avec Jean ?!

Je sens si bien que toute ma vie n'est que mensonge, et qu'elle peut s'écrouler d'un instant à l'autre. Cette maison peut brûler, un accident peut arriver, une maladie... Qu'est-ce que ça changera, au fond ? Il y a d'autres gens, d'autres maisons. Quatre murs creux et un plafond, et, de cette coquille vide, on fait un monde. Ridicule. Deux êtres et des milliers d'autres, l'un s'en va, on se console. On ne bouscule rien. Nous ne sommes que des particules interchangeables. Pourquoi donne-t-on un nom aux bébés ? Je meurs, je meurs, et je m'en fous. Je n'ai que ma souffrance, inutile elle aussi.

Le bruit de la ville m'écœure. Tout ce mouvement pour rien, chaque jour recommencé, ce magma de gens qui courent, courent après leur mensonge à eux. Il faut bien le remplir, le temps. Peut-être la nature... Oui, Jean a raison. L'herbe et les arbres existent, parce qu'ils sont et ne cherchent pas à être. Les animaux aussi, peut-être, vivent sans se poser de questions. Mais je ne suis ni un animal ni une herbe. Il faut bien que je compose avec ma tête ! A qui pourrais-je crier : je veux vivre plantée dans un champ, même si on me marche dessus, sans avoir d'autre effort à faire que de repousser quand on me coupe, avec pour seule mission de lâcher distraitement mes petites graines la saison venue ! Mon Dieu ! voilà que j'écris des inepties.

Je ne me console de rien. Je n'ai ni goûts, ni envies, ni passions, et je n'ai plus à me tromper moi-même sur qui je suis — ou plutôt, ne suis pas. J'ai endossé les goûts de Jean et sa manière de vivre, comme un animal domestique suit son maître là où il l'emmène. Et encore un chien a-t-il plus de caractère et de personnalité que moi ! Je ne me suis rebellée contre rien ni personne, par paresse et par indifférence. Dire que j'ai toujours cru, puisqu'on me l'a dit — et Jean plus fort et plus souvent que les autres —, que cette « égalité de caractère » était la plus belle de mes qualités ! Quelle tristesse ! Quelle grisaille ! Et quel ennui !...

Tu veux que je travaille, Jean, mais même mon métier, je ne l'ai pas aimé. J'ai toujours eu horreur du sang, des hôpitaux et de l'odeur de l'éther — comme toi. Je m'y suis habituée, c'est tout. Je ne l'ai même pas choisi ! J'ai suivi le chemin que j'avais devant les yeux, le plus simple, et sans chercher à poursuivre mes études (mes efforts !) assez longtemps pour devenir vraiment efficace, pour être médecin, comme mon père. Même pas. Je me suis lâchement arrêtée au premier tournant... J'ai donc passé quelques années à donner des bassins et à faire des piqûres, et je n'étais dans cette grande machine à souffrance qu'un pion — interchangeable, lui aussi. Me suis-je jamais sentie envahie par un esprit de charité assez puissant pour me faire croire que je pouvais être indispensable, unique ? Je n'avais pas la vocation...

Et pourtant, pourtant j'aimais les gens, oui... Moi, j'aurais bien voulu m'attarder, et m'attacher à comprendre ce qu'ils étaient. J'aurais bien voulu leur faire oublier l'hôpital et soulager un peu plus que leur souffrance. Cette ambition était fortement découragée, là-bas. On n'avait pas le temps ! Et puis c'était presque ridicule. Fais ta piqûre, ma vieille, apporte ton petit thermomètre avec le sourire si tu veux, ça ne fait de mal à personne, et hop, au suivant ! Je voyais bien mes collègues plus âgées prendre des allures de cheftaines pour avoir trop appris l'efficacité, et même le ton brusque et trop timbré de leur voix semblait rejeter toute possibilité d'attendrissement, de réelle attention à un être. Elles reléguaient l'humain derrière la mécanique. Fallait-il devenir comme elles ?

Et puis, au fond, cette pitié ou cet orgueil que j'avais étaient peut-être aussi faux. Les malades eux-mêmes se murent dans la solitude de leur petit lit. Je pouvais les amuser, à la rigueur, mais pas leur parler. Je dois avouer aussi que je m'ennuyais vite à écouter tous leurs malheurs. J'avais sans doute envie de parler de moi, et mon attention, elle aussi, était fausse. Quand j'avais réussi à avoir un « contact » avec un malade, il ne me voyait pas, je n'étais pour lui rien d'autre qu'une oreille, une grande oreille en blouse blanche penchée au-dessus du lit ! Et c'est bien rare que l'un d'eux ait cherché à me dire au revoir si je n'étais pas présente au moment de son départ. Un pion. Un pion un peu plus blond et un peu plus souriant que les autres. Ce n'est pas grand-chose.

Mais si je n'ai eu aucune ambition, que n'en a-t-on eu un peu plus pour moi ? Que ne m'a-t-on poussée, forcée même, à aller un peu plus loin sur le chemin ! Est-ce que mes parents n'auraient pas pu m'y aider, avoir un peu de volonté pour moi, qui n'en avais aucune ? Un jour que des gens les questionnaient sur mes études, je me souviens que quelqu'un a dit : « Ha ! elle veut donc être médecin, comme son père ? » Et n'ai-je pas alors entendu ma mère répondre pour moi : « Non, non, infirmière. » Pourquoi n'ai-je pas alors bondi, griffé ? Rien. Pas un mot, pas un grain de révolte. Nulle.

J'avais pourtant bien des goûts, quand même, des possibilités ! Mais comment s'épanouir si les gens qui vous entourent favorisent au contraire ce qu'il y a en vous de plus terne ? Qui m'a dit que c'était bien de laisser aller ma fantaisie, de bousculer les choses pour aller de l'avant ? Personne. On me félicitait de ma réserve ! N'était-ce pas la première qualité pour une fille d'être bien élevée, c'est-à-dire sans éclat, sans folie ? Bien sûr, on peut alléguer qu'une vraie personnalité trouve toujours son chemin envers et contre tout, et que certaines femmes.... Ah oui ! « certaines » ! Mais il faut être plus que forte, il faut être une vraie brute, une révolutionnaire-née pour résister à cet aplanissement du caractère, à cette modération modèle qu'on vous inculque. Elles ont de la chance, celles de maintenant.... Et encore ! A combien de filles apprend-on à n'être pas simplement jolies et ennuyeuses ? Et si l'on ne vous pousse pas à devenir ce que l'on est vraiment, ne vaut-il pas mieux tomber dans un milieu carrément hostile, puritain, stupide, pour vous pousser à réagir ? Ce qu'il y a de pire, ce sont les gens charmants, les tièdes, ceux qui perpétuent simplement l'ennui. Comment se révolter si on ne voit pas le danger ? C'était tellement chiant chez moi. Tu étais tellement chiante, ma mère, que tu ne pouvais rien m'apprendre, même pas à me méfier de toi. Quelle tristesse !

Je me rappelle mon soulagement, quand vous avez décidé de vous installer en province. Paris à moi ! Une vraie libération. Non, d'ailleurs, pas vraiment, c'était trop tard — après quelques aventures qui m'ont vite lassée je n'ai pas tardé à trouver un homme qui allait m'apporter la parfaite continuité de la vie que j'ai menée avec vous. La preuve en est qu'après avoir fait grise mine devant plusieurs de mes « relations », vous avez accueilli celui-là à bras ouverts. Jean a immédiatement plu à ma mère ! Elle a dû flairer en lui toutes les qualités requises pour parfaire l'œuvre qu'elle avait commencée — pas de révolution, harmonie et calme plat.

Tu as raison, Jean, les choix étaient faits, déjà... Je m'étais abandonnée et tu as pris la relève de mes parents, tout naturellement.

Ma pauvre mère... Encore, elle, je la comprends. Sortie d'une génération de femmes sacrifiées aux frères, aux garçons qui, eux, faisaient des études, on leur donnait juste le bagage nécessaire pour ne pas trop faire honte à l'homme qu'elles allaient immanquablement épouser. Et encore, dans cette campagne d'où elle vient, eut-elle la chance de rester à l'école quelques années après le certificat d'études. Et la chance, aussi, d'épouser un médecin. « Femme de docteur », pensez donc, c'était le miracle ! Que pouvait-elle donc envisager comme plus grand miracle pour sa fille que de devenir l'« assistante du docteur ». J'allais déjà la dépasser de cent coudées !

Mais toi, mon père ? Toi si intelligent, si ouvert, si curieux des choses et des autres, n'as-tu donc rien imaginé de mieux pour moi ? Tu n'avais pas le temps, évidemment... Toujours pressé, absorbé par ton travail, complètement dévoré par les autres et ta « mission », il ne te restait pas beaucoup de regards à nous accorder. Je dis « nous », car j'étais bien fondue, pour toi, dans cet univers féminin et casanier dont tu avais besoin pour réparer tes forces — tes forces pour l'extérieur, pour les autres. Mais pour moi ? Moi ! MOI ! M'as-tu seulement vue, moi ?! J'avais tant de mal à retenir ton attention, ne serait-ce que quelques instants tous les soirs, que j'étais jalouse, oh, oui ! jalouse de tous ceux qui t'accaparaient au-dehors. Jalouse à en souhaiter tomber malade pour qu'à mon tour tu me soignes, que tu sois obligé de te pencher sur moi, enfin disponible pour moi ! Mais, penses-tu... Je n'étais que la femelle *bis* dans ton univers reposant. Il aurait peut-être suffi que tu t'intéresses un peu plus à mes possibilités pour que je m'éclose, que j'aille de l'avant, au lieu de rester là sur place à attendre de toi... à attendre que... Oh ! Que je t'en veux ! Je te... !

A ce moment, Claire fut saisie d'une telle indignation rétrospective qu'elle en laissa tomber son stylo. Elle resta un instant assise, le sang aux joues, confondue qu'une si réelle colère lui noue l'estomac, lui fasse trembler les mains — des mains prêtes à frapper... Elle les appuya à plat sur la table, en essayant de maîtriser son souffle. Puis elle se leva, et parcourut la pièce à grands pas, en fumant cigarette sur cigarette pour tenter de se calmer. Elle étouffait encore. Qu'est-ce qui lui prenait? Elle exhalait la fumée de sa cigarette d'un grand coup, en se pliant un peu sur elle-même, pour dégager ce qui lui pesait sur la poitrine. Ses doigts tremblaient encore. «Mais c'est incroyable, ça...», dit-elle tout bas, pour elle-même.

Elle décida de continuer à bouger, pour que cela passe, et commença à préparer le repas du soir. Elle s'arrêtait parfois au milieu d'un geste pour respirer profondément et, tout en s'activant, elle pensait à cette bizarre réaction — bizarre surtout parce que totalement physique, aussi tangible que si elle avait été giflée, là, sur place. Elle ne comprenait pas.

Elle songeait à son père aussi, qui, après le mieux qu'il avait éprouvé cet été, se sentait de nouveau très fatigué. A cette pensée, elle ressentit un abattement aussi soudain que la secousse de colère qui l'avait saisie tout à l'heure. Elle laissa en plan ce qu'elle était en train de faire et s'assit dans un coin de la cuisine, la tête vidée, une terrible lourdeur dans la nuque, et les mains comme du plomb, tombant de chaque côté de la chaise. Fatiguée, tout à coup, si fatiguée qu'elle aurait pu dormir là, tout de suite. Qu'est-ce qui lui avait pris, d'attaquer son pauvre père comme ça? Il ne s'était pas assez intéressé à elle? Hé! Encore aurait-il fallu pour cela être intéressante! Il se penchait sur ce qui en valait la peine. C'était à elle d'éveiller sa curiosité, et non l'inverse. Elle l'imagina, avec ces joues creuses et ce visage hâve qu'il avait maintenant, et ces yeux pleins d'humour envers et contre toutes les souffrances. Une bouffée de tendresse lui monta aux lèvres, accompagnée d'un sanglot. Ah! l'embrasser, tout de suite! Si elle pouvait l'embrasser, le serrer, tant qu'il était encore là. Elle poussa un gémissement, et ses mains s'agrippèrent l'une à l'autre, tant son besoin d'étreindre était impérieux.

Elle pleura un long moment, déchirée de regrets, ramassée sur elle-même, puis elle se releva, se dirigea vers la table où attendaient les légumes à demi épluchés, et se remit au travail en hoquetant. Au bout d'un instant, une sorte de paix la submergea, et elle appuya son front sur son bras replié. Une minute plus tard, elle avait sombré dans un sommeil d'enfant, parmi les épluchures.

Elle n'avait pas pensé une seconde à téléphoner à son père.

11

14 décembre.

Jean continue à me harceler pour que je recommence à travailler. En un sens, je le comprends. Ça l'embête, à la longue, cette femme qui tourne en rond sans avoir quoi que ce soit à lui raconter le soir ! Mais je me lèverai le matin pour tomber dans une autre routine, un peu plus agitée, le nombre d'opérations, les entrées, les sorties, l'humeur du médecin-chef et les cancans d'arrière-boutique de la maladie. Tout ce qu'il déteste. Qu'aurai-je de plus intéressant à lui rapporter pour briser notre ennui ? Non, je ne peux pas. Je ne suis pas en état, en ce moment. J'ai essayé, puisque Jean m'y poussait tant. Vraiment. J'ai cherché, j'ai téléphoné à l'hôpital. La personne que je connaissais n'y travaillait plus, mais on me laissa entendre qu'en tant qu'ancienne employée, un régime de faveur me serait appliqué dès qu'un emploi se présenterait. Je n'avais qu'à passer le plus tôt possible pour m'entretenir avec Mme Ramusat, responsable de l'engagement du personnel infirmier. J'y allai donc, cet après-midi. Et j'attendais quand arriva à son tour une petite jeune fille que je reconnus immédiatement : c'était moi. Moi, ou une des autres étudiantes que je connaissais, il y a quinze ans. Mêmes talons plats, même petit manteau, visage et regard lavés jusqu'à la fadeur, une silhouette à mi-chemin entre la secrétaire et l'aspirante religieuse. Elle s'assit à côté de moi, et commença à tripoter son sac, l'œil fixé sur le carrelage. Je reconnus ce geste, aussi. Je remarquai une alliance, à son doigt. Je me disais qu'elle venait de se marier, que ce travail était sans doute vital, pour elle. De temps en temps, elle redressait son dos et inspirait brusquement, bouche ouverte. Puis elle soupirait et fixait de nouveau le carrelage. Le trac. Elle avait peut-être des ennuis.

Et moi ? Moi ? Dans ce couloir où je retrouvais l'odeur écœurante qui m'était jadis si familière, la nausée m'a prise. Si j'avais eu vraiment besoin de travailler, j'aurais eu moins honte, à côté de cette petite. La porte du bureau allait s'ouvrir d'un instant à l'autre, j'allais me lever la première, dans mon manteau bien coupé qui-ne-se-froisse-pas-aux-fesses, ramasser mon sac de cuir façon Hermès, traverser sur mes fines chaussures le carrelage blanc et, assurée de mon « régime de faveur », j'allais dire avant cette gamine : « Madame, je viens vous voir parce que je cherche du travail. » Vraiment, il y a de quoi rougir. J'aurais plutôt dû avoir le courage de dire : « Madame, je viens vous voir parce que je m'emmerde dans la vie, que je ne sais pas quoi faire pour meubler mes journées et que, n'ayant ni dons, ni envies, ni intérêt pour quoi que ce soit, je voudrais trouver un prétexte pour tuer les quelques heures qui séparent le lever du coucher. Je ne vous garantis pas que je penserai aux malades car je ne pense qu'à moi, mais je peux sourire, car j'en ai pris l'habitude pour rassurer ceux qui m'entourent. Quoique je trouve cela de plus en plus fastidieux, aussi. »

J'ai fui juste au moment où la porte s'ouvrait. J'ai bredouillé de vagues excuses en me sauvant. Je ne pouvais pas, non, je ne pouvais pas. Mon Dieu ! comme mon cœur battait, sur ce banc où je me suis assise en sortant ! Je me sentais aussi bête qu'une gosse qui a dépensé en chemin l'argent des commissions. J'allais rentrer sans avoir rien à dire à Jean, j'allais lui mentir, une fois de plus… Je décidai de rentrer à pied, malgré le froid et la pluie qui commençait à tomber. Il ne me restait plus qu'à souhaiter tomber malade, comme lorsque j'avais une mauvaise note étant petite, pour atteindre le comble du ridicule ! Avais-je vraiment besoin de retourner à l'hôpital pour savoir que je n'avais pas du tout envie d'y retravailler ? Et aurai-je besoin de faire tout Paris pour m'avouer enfin que je n'ai pas envie de travailler du tout ? Toute cette comédie des petites annonces étalées sur la table, au petit déjeuner, sous l'œil de Jean, ces coups de téléphone, ces fausses déceptions. J'ai passé le temps, encore une fois. J'ai fait semblant. J'ai fait exactement ce que je suis en train de faire sur ce papier, à étaler des explications et des excuses pour masquer mon vide, alors qu'il me suffirait de laisser une grande page blanche qui le dirait bien mieux que tout ce fatras ! C'est ce que je vais faire, d'ailleurs, avec cette page qui vient.

J'en ai marre, marre, marre de moi !

18 décembre.

Grande nouvelle ! Voilà que l'on m'envoie chez un psychothérapeute ! Je dis « l'on m'envoie », car malgré toutes les précautions que l'on a prises en me disant que surtout, SURTOUT ! il ne fallait pas que je m'y sente obligée, et pia-pia-pia... ON m'y envoyait !

Au début, sur l'extrême pointe des pieds, ON me présenta le paquet si bien enveloppé que je n'ai pas tout de suite vu qu'il m'était destiné. J'ai cru qu'on parlait d'un des garçons du centre, ou de quelqu'un d'autre. « Je suis sûr que ça lui ferait du bien. » Qui, « lui » ? Puis tout à coup le féminin me surprit. « De toute manière, elle peut toujours essayer. » J'avais compris. « Lui », c'était moi. J'étais abasourdie. Et immédiatement me vint l'idée que c'était là la raison de ce dîner avec André, que nous voyons si rarement — trop rarement d'ailleurs, je l'aime beaucoup. Mais oui, bien sûr, c'était un piège ! Un guet-apens amicalement préparé pour que je tombe dedans en douceur, le bordeaux aidant, vers le fromage ! « Ça te dirait de dîner un soir avec André ? On ne le voit jamais. » Et à revoir la tête de Jean, il y a quelques jours, me demandant cela d'un ton on ne peut plus dégagé, l'hilarité m'a prise. Ha ! oui, c'était drôle, drôle ! Aujourd'hui, à froid, je trouve ça moins drôle. Mais hier, le bordeaux aidant sans doute effectivement, c'était à mourir de rire. Que ça m'a fait du bien ! Je suis heureuse qu'ils aient eu cette idée saugrenue rien que pour m'avoir permis de rire comme ça ! J'en avais grand besoin.

L'ON riait un tout petit peu avec moi puis, estimant que ça avait assez duré, on prenait en souplesse un virage vers le sérieux, et l'on me vantait toutes les qualités de ce

Dr Jouvain. Compétence, intelligence, chaleur humaine, etc. Et, même, un grand sens de l'humour — il avait tout, cet homme ! On me le vendait avec des petits rubans partout comme un cadeau de Noël. J'en repartais de plus belle, écroulée sur la table.

Ainsi donc, voilà que pour quelques crises de larmes — quoi de plus banal ? — un cafard — persistant, je dois dire, mais tout de même —, j'étais promue au rang de « cas », au même titre que les loustics difficiles dont s'occupaient Jean et André. Enfin, pas ensemble ! J'ai cru comprendre depuis longtemps qu'ils se les arrachaient mutuellement. Jean surtout, qui a toujours manifesté une grande méfiance vis-à-vis des méthodes psychothérapeutiques ; et qui n'a de cesse de soustraire les garçons qui l'intéressent à l'influence d'André. Combien de soirées ne les ai-je pas entendus discuter sur ce sujet (violemment, parfois !), l'un s'accrochant à ses opinions et l'autre ne démordant pas des siennes. C'est d'ailleurs pour cette raison, si je ne me trompe (mais je ne me trompe pas), que nous avons cessé de nous voir, car ces soirées étaient aussi épuisantes que stériles. Je l'ai souvent regretté, car j'aime beaucoup André. J'aime sa fougue, sa clairvoyance toujours teintée d'humour, qui se cache sous un physique un peu lourd, presque paysan. Cet esprit purement intellectuel placé incongrûment dans un corps de laboureur m'a toujours enchantée. Que c'était drôle de le voir secouer Jean, le titiller, le débusquer dans son raisonnement, le cueillir en porte à faux. Ha ! Moi, je m'amusais bien ! Presque autant qu'hier soir, tiens. Mais hier soir... Oui, hier soir, il y avait une drôlerie supplémentaire : Jean était de son côté. Jean ! Mon Jean avait pactisé avec le diable ! Pas très à l'aise, l'œil un peu fuyant, sa petite mèche en bataille sur le front, il avait opéré un retournement de veste éclair — zoup ! — et se retrouvait coude à coude avec André, en un véritable bloc de conviction ! Je voyais ça d'ici. Jean confiant à André au détour d'un couloir le souci que je lui causais, André sautant sur l'occasion de lui démontrer que lui et ses confrères étaient ma seule planche de salut, le convainquant pied à pied en endormant toutes ses réticences (avec quelle énorme jubilation intérieure), jusqu'à ce que Jean — mon Jean rétif! — se rende. Et se rende tant et si bien et si totalement que le voilà, face à moi, tentant de se faire convaincant à son tour. Qu'il devait souffrir. Et tout ça pour quoi? Pour sauver sa petite femme en détresse? Mon Dieu! mais, mon Dieu, que j'ai ri! Ils n'allaient donc pas arrêter de me faire rire!

C'est à ce moment, il me semble, que je cassai le pied de mon verre en le reposant sur la table — de joie. Et je gloussais comme une imbécile pendant qu'on me le remplaçait. Oh! J'en avais honte de moi, mais je ne pouvais pas m'arrêter. Je devais vraiment être ridicule, car je surpris entre Jean et André un regard... Un regard consterné. Je suppose qu'ils devaient croire que je me moquais d'eux. Ou bien ils avaient terriblement honte de moi, eux aussi, pour garder à présent le silence, eux qui avaient été si bavards tout à l'heure. André avait au coin de la bouche un pli quasi dramatique... Jean tripotait ses couverts avec un drôle de petit sourire coincé. Il était attendrissant. Il avait baissé les bras devant André, organisé tout ça, tenu bon toute la soirée face à mon fou rire. Non, il ne serait pas dit que je leur gâcherais tout, non, c'était trop gentil. Car enfin, tout ce mal, c'était pour moi. Allez! J'irai voir votre Dr Machin! Comment? Jouvain, oui. Je serai sage comme une image, je le trouverai formidable, je leur devais bien ça!

Aucune réaction...

Je n'attendais pas qu'ils battent des mains à l'annonce de mon consentement, mais tout de même. Ils avaient passé la soirée à me l'arracher, cela méritait au moins un mot! J'attendais. Rien. Je les regardais tour à tour, à l'affût d'une réaction quelconque. Rien. Je crains bien qu'une telle pudeur dans la satisfaction ne m'ait encore fait rire! Jean se tournait et se retournait sur sa chaise comme s'il cherchait parmi les serveurs lequel pourrait le secourir, mais, au moins, il souriait toujours un peu. Mais André... Les sourcils froncés, il ne parlait plus, absorbé dans la contemplation de sa serviette et, quand il en sortait, il me regardait fixement avec un air... je ne sais pas exactement définir lequel, mais sinistre. C'est d'ailleurs lui qui a fini par jeter de l'eau froide sur mon hilarité persistante, avec sa tête d'enterrement. J'ai pourtant bien essayé de le dérider — en vain.

« C'est toi, lui ai-je dit, toi, que je devrais aller voir ! Pourquoi n'y avoir pas pensé ? Et si je me révélais un cas tout à fait inintéressant, on pourrait toujours rire ensemble ! »

Il me regardait toujours avec son drôle d'air, et soudain il m'a dit froidement — oui, d'un ton vraiment cassant — quelque chose comme : « Arrête de faire l'idiote, veux-tu ? » J'en suis restée comme deux ronds de flan. Je ne savais plus quoi dire. J'étais un peu choquée. Jean demanda l'addition, et la soirée se termina là-dessus, en queue de poisson et en silence.

Je ne sais vraiment pas ce qu'il avait. Il était vexé, ou quoi ? Ma foi, je ne vois que ça. J'avais dû le vexer. Petite déception — je croyais André plus intelligent.

Dommage.

22 décembre.

Merveilleux ! Je viens de dépenser quatre cents francs pour une aimable conversation que j'aurais pu avoir avec ma crémière, qui est une femme charmante. Non, ce n'est pas tout à fait juste — j'aurais été plus à l'aise avec ma crémière...

Cela dit, le Dr Jouvain est bien tel qu'on me l'avait annoncé, l'humour en moins. Je n'en ai personnellement pas décelé une trace. Je suppose que c'est normal, il doit être réservé à l'usage privé.

Nous avons donc devisé à propos de tout et de rien — c'est-à-dire de moi et de ma vie — et j'ai essayé de lui brosser le plus honnêtement possible le tableau de la chose. Puis il apparut assez rapidement que je n'avais plus rien à lui dire... L'inquiétant est qu'il a cru bon de me fixer un rendez-vous d'office pour la semaine prochaine. Qu'est-ce que je vais bien pouvoir lui raconter ?

29 décembre.

Cette fois, nous frôlons le ridicule.

Après avoir répété à peu près les mêmes choses que la dernière fois, le silence a chu entre nous, inéluctablement. Un silence ni lourd ni vraiment tendu, plutôt à base de mouches qui volent et de temps perdu inutilement, l'un regardant la lampe de son bureau — très jolie d'ailleurs — et l'autre la courroie de son sac. J'ai quand même été obligée de lui dire que j'étais désolée de lui faire perdre son temps si bêtement, juste pour rassurer mon mari. Cette remarque me valut un regard assorti d'un fin sourire perspicace... Hé oui, monsieur, moi toute seule, je n'aurais jamais eu l'idée saugrenue de venir tuer le temps chez vous !

Et puis ce n'est pas de chance, en ce moment, justement, tout va bien. Pas le moindre problème, pas la moindre anxiété à vous livrer pour meubler l'heure qui passe. Noël a sans doute eu un effet bénéfique sur moi, à moins que vous n'ayez opéré à distance, tels les guérisseurs d'autrefois. Miraculeux. Merci, vraiment.

Par contre vous m'avez offert un nouveau sujet d'angoisse : notre prochain rendez-vous.

Jouerons-nous aux dominos ?

5 janvier.

Bon. Ça suffit. J'en ai marre.

Je ne suis pas spécialement attachée à l'argent, mais j'ai horreur de le flanquer par les fenêtres. Quand je pense à ce que j'ai déjà dépensé pour rien alors que ce n'est même pas moi qui le gagne, ça me révolte.

Et puis autre chose, aussi. Ce M. Jouvain m'a horripilée cette fois. Disons même qu'il m'a carrément déplu. Après un de nos mortels silences — encore un —, c'est lui qui se mit à me parler de Jean, de notre vie conjugale, et il ne m'apparut pas tout d'abord qu'il en parlait au passé... J'enchaînai sans méfiance, au passé moi aussi, tout à fait machinalement, et ce n'est que lorsqu'il m'interrogea sur la vie que je comptais mener « après » que je m'aperçus du piège. Je suppose qu'il s'agit là d'une de ces subtiles méthodes pour amener les clients à cracher ce qu'ils ne veulent pas dire. Personnellement, je trouve cette démarche retorse absolument répugnante, et je me sens tout à fait réfractaire au viol mental.

Tout ça pour dire que je ne remettrai pas les pieds chez ce type. Comme je n'aurai pas le courage de le lui annoncer, je lui poserai sans doute vulgairement un « lapin ». Je suppose qu'il doit en avoir l'habitude, et que c'est généralement ainsi — sale méthode pour sale méthode — que l'on se débarrasse d'un psychiatre importun.

Exit le Dr Jouvain.

10 janvier.

Je sais ce qui m'arrive. Je le sais, je le vois clairement. Je le note tout de suite, là, car je sais que bientôt cette clarté sera détruite par mes angoisses et toutes ces idées folles qui m'envahissent. Ma vision des choses sera brouillée, et je serai de nouveau perdue pour moi-même. Mon Dieu ! si je pouvais me garder ! C'est si simple ce qui m'arrive. Je ne suis pas un monstre. Mais non. Même pas si mauvaise que je l'imagine — me rabaisser à ce point, à la limite, c'est d'un orgueil insensé. Ce n'est pas grave, tout ça. Je suis une femme tout à fait ordinaire, d'une intelligence moyenne, je suis pareille à des millions d'autres, ni meilleure ni pire. J'ai été heureuse ainsi jusqu'à présent comme ces millions d'autres, mouton parmi les moutons, sans grands dons, sans grandes passions. Une femme tout à fait ordinaire...

Il m'arrive simplement l'affreux malheur de m'en rendre compte. Et de ne pas le supporter. C'est tout.

12

28 janvier.

Maman ne m'a pas caché, au téléphone, que papa allait de plus en plus mal. Ou plutôt elle me l'a si mal caché que j'ai très bien compris ce que ça voulait dire. Voilà qui réduit à néant toutes mes questions ridicules, et je me sens terriblement honteuse de passer mon temps à tourner et retourner mes petits problèmes sans importance alors qu'il lui reste, à lui, si peu de temps. Mais j'ai, par-dessus ma tristesse, l'affreux sentiment que je ne peux rien lui offrir, et que si je décidais de ne plus gâcher tant d'heures, ce n'est pas pour autant que je pourrais l'en faire profiter. Impuissance.

Je dois aller le voir. Et, en même temps, j'en ai telle-ment peur ! Évidemment, ma lâcheté est toujours au rendez-vous ! Je me souviens de cette répulsion que j'éprouvais, étant enfant, quand on m'emmenait voir un malade de la famille. Il fallait m'y traîner. Je m'accro-chais aux barreaux d'escalier, aux portes, pour retarder le moment de voir cette personne que je connaissais debout, active, à présent couchée, méconnaissable. Pour moi, ce n'était pas la même. Le monde basculait. Je ne savais plus quoi dire, ni quoi faire, ça sentait mauvais, on me forçait à l'embrasser et je détournais la tête. C'est terrible, les enfants. Mais c'est terrible, aussi, ce qu'on les force à toucher. Je comprends toujours ce que je res-sentais, mais aujourd'hui, c'est une peur qui a grandi.

J'irai, pourtant, je le lui dois. Je le dois à maman, sur-tout. C'est curieux, j'avoue que c'est surtout à elle que je pense. Ce que je peux ressentir est peu de chose en comparaison de ce qu'elle doit souffrir. Sa fausse légè-reté, au téléphone, m'a fait deviner vaguement ce qu'elle vit en ce moment. Ce doit être abominable d'avoir les mêmes gestes quotidiens, les mêmes conversations usuelles, enfin toute l'intimité dont on a l'habitude avec un être cher, et s'accoutumer en même temps à l'idée qu'il ne sera bientôt plus là, imaginer la vie que l'on va mener sans lui, essayer de s'y préparer à l'avance, sous ses yeux. C'est sans doute ce qui me fait si peur quand je pense que je vais le voir. Cette impression que tout va sonner faux, que derrière chaque mot, chaque geste, il y aura la certitude que ce seront bientôt les derniers. En mettant le couvert — « tiens, papa, passe-moi les fourchettes » —, chacun pensera que nous dînerons encore tous les trois... cinq fois ? Dix fois ? Deux fois ? Et jusqu'au regard que nous aurons en nous quittant. Et ce terrible « au revoir » à prononcer. « Au revoir »... « jusqu'au revoir ». Mon Dieu ! comme les mots prennent leur poids ! Mais qui sait, le plus terrible sera peut-être de m'apercevoir que je n'ai pas tant de mal à les prononcer ? Pourquoi, moi qui ai la larme si facile, n'ai-je pas pleuré après avoir raccroché ? Savoir que mon père va mourir, n'est-ce pas suffisant ? Faut-il vraiment que j'attende l'enterrement pour que quelque chose se déchire en moi ? Mais il est encore là. Oui, c'est sans doute ça, la différence. C'est sans doute pour cela, aussi, que je n'aurai pas tant de mal à manger avec lui, à parler, à bouger, même sous son regard. Je l'imagine, ce regard... C'est le triste privilège des médecins de ne pouvoir rien ignorer de ce qui les attend. J'imagine maman face à lui, dans cette grande maison. Et leurs longues soirées, et les silences. Il est peut-être plus facile d'être seul à mentir que deux à savoir.

Et moi, je suis leur enfant, et pourtant je me sens curieusement à l'écart de ce qui se passe entre eux. Pas tout à fait à l'écart, pourtant, puisque ce coup de fil de maman était bien un appel au secours. Cela vient sans doute de moi. Je suis la personne qui leur est le plus proche, je suis née d'eux, et je suis en même temps respectueuse d'une chose qui leur appartient, et quand je serai à leurs côtés je sais à l'avance que j'aurai parfois envie de détourner les yeux, par pudeur. Bien sûr je souffrirai, mais c'est entre eux que se passe le plus grave, le plus douloureux. Et je ne peux pas y entrer. Je N'AI PAS à y entrer. Il faut cette circonstance... définitive pour que je m'aperçoive que mes parents sont un couple. Jamais je n'ai pensé à eux de cette manière. Ou plutôt je l'ai pensé sans le croire, sans le toucher. Bien sûr je les ai vus devant moi s'enlacer, mais c'était pour moi papa et maman qui s'embrassaient, et bien qu'ayant su assez tôt comment on faisait les enfants — donc moi —, je n'ai jamais vraiment réalisé qu'à certaines heures, je devais être exclue jusque de leurs pensées. Toujours ce penchant de ne situer les autres que par rapport à soi. Qui sait ? Peut-être n'ai-je été qu'un incident — même heureux — sur leur parcours ? Avant moi existait ce couple, deux avant d'être trois, mon arrivée troubla un temps leur intimité, la compléta et l'enrichit aussi, sans doute, mais il me semble légitime qu'à l'heure de la séparation dernière le dialogue initial se reforme et que reste le couple. Le couple ET moi — non pas avec moi.

Peut-être aussi les avais-je enfermés dans leurs rôles de parents parce que cette intimité me gênait et que je préférais l'ignorer. Je me rappelle tout à coup une petite phrase que ma mère m'avait dite un jour, et combien elle m'avait surprise — et surtout choquée. J'étais très jeune, alors, et j'avais un petit flirt qui venait parfois me chercher à la maison. Ma mère n'aimait pas ce garçon, elle le trouvait bête, et me demandait sans arrêt ce que je pouvais bien lui prêter comme qualités. Et, probablement parce que moi aussi je ne voyais pas grand-chose à dire à son sujet, je lui répondais : « Il est beau. » » Ça ne suffit pas », me repartit-elle. Et elle ajouta : « Tu t'apercevras un jour que, même pour faire l'amour, l'intelligence, c'est très important. » J'en restai éberluée — choquée, c'est le mot. Peut-être, il est vrai, parce qu'à cette époque on ne parlait pas trop de ces choses en famille, mais surtout parce que je découvrais une femme, une amante — qui était aussi ma mère. Je ne supportais pas cela, et j'ai repoussé cette image d'elle jusqu'à... jusqu'à aujourd'hui. Pourquoi est-ce à l'heure où ce couple va être séparé que j'accepte enfin de le voir ? J'ai toujours cru ma mère faible et dépendante, subissant le caractère de mon père avec résignation. Et si, au lieu d'être victime, elle avait été complice ? Et que la résignation ait été de l'amour ? Après tout, suis-je différente avec Jean ?

Comme c'est curieux que mes pensées reviennent sans arrêt à ma mère. C'est pourtant mon père qui va mourir. C'est surtout lui qui est en cause, même si l'on dit communément que le plus terrible est pour celui ou celle qui reste. Aurais-je si peur de la mort que je me serve de ma mère pour m'en détourner ? J'irai la semaine prochaine, sans doute vers le milieu pour revenir passer le week-end avec Jean. POUR REVENIR PASSER LE WEEK-END ! Voilà ! Cela, je me force à l'écrire une deuxième fois, car je l'ai pensé. C'est honteux, c'est dégueulasse, je l'ai PENSÉ ! Suis-je donc si ancrée dans les habitudes de ma petite vie pour peser ainsi ce qui nous gênera le moins ? Qu'ai-je à me préoccuper d'un week-end de plus ou de moins à cette heure ? Est-ce que les circonstances ne valent pas que j'oublie nos commodités ? Je connais la pudeur de ma mère, jamais elle ne m'aurait dit « viens vite, j'ai besoin de toi », et pourtant elle me l'a fait comprendre. Pourquoi n'ai-je pas eu le réflexe de partir tout de suite ? Pourquoi suis-je là à écrire au lieu de dire, d'agir ? Quel monstre de tiédeur suis-je donc devenue ? Non, il n'est pas possible que j'aie toujours été ainsi ! Je n'ai plus aucun élan véritable. N'ai-je pas écrit plus haut : « je dois aller le voir », « je le lui DOIS », comme s'il ne s'agissait que d'un devoir, ou d'une dette à payer ? Je me dégoûte, ha ! je me dégoûte ! Je calcule au lieu de donner. Je veux y aller demain, ce week-end. Et je resterai tant que maman aura besoin de moi, quoi que je puisse ressentir. Et tant mieux si j'ai du mal, ce sera la moindre des choses.

Même jour, trois heures plus tard.

Je tiens à ajouter une chose : J'avais deviné, ou plutôt je *savais* parfaitement, et *depuis longtemps*, de quoi est atteint mon père. Et je savais aussi (je n'ai pas fait des études de médecine pour rien) quelle évolution inéluctable a ce genre de tumeur. Je n'ai rien voulu voir, rien voulu comprendre, ni ENTENDRE. Je me rappelle maintenant très bien que ma mère me l'a suggéré, soufflé, et même *dit*. Je l'ai volontairement ignoré, par lâcheté, pour être concernée le plus tard possible. La preuve en est que, à présent que mes oreilles se sont débouchées, j'ai la conviction limpide de l'avoir su *depuis le début*. Je me demande simplement par quel miracle ma mère a pu percer aujourd'hui le mur de mon égoïsme pour se faire entendre de moi.

Voilà. Il y a des choses qu'il faut dire.

Il y a une certaine catégorie de gens, aussi, qu'il faut appeler par leur nom : je suis une salope.

4 février.

Rentrée hier soir.

A mon retour, Jean me demanda des nouvelles, et je me suis surprise, en lui racontant ces quatre jours, à prendre un certain « ton de circonstance », un ton un peu feutré et fataliste — un ton que nous n'avions pas là-bas. Alors je me suis arrêtée. D'ailleurs, il y avait peu de chose à dire et, s'il s'agit de mettre au clair mes sentiments, les mots écrits sont préférables. Ils ont le grand mérite de ne pas avoir d'intonations.

J'ai été surprise... Oh ! j'ai trouvé mon père, ma mère, les soirées à peu près comme je les imaginais. Je trouvais la douleur, aussi, présente dans leurs yeux, leurs gestes, et dans toute la maison. Et pourtant... Jamais je n'aurais imaginé qu'on pût vivre dans cette douleur avec tant d'aisance.

Je suis arrivée là-bas très tard, et maman m'a accueillie seule en me disant : « ton père est couché ». « Déjà ? » ai-je répondu bêtement. J'eus, le lendemain encore, quelques maladresses de ce genre. Avec indulgence, ils ne parurent pas les remarquer. Je me levai tard, lâchement, afin de retarder le moment de LE voir. Il n'avait pas si mauvaise mine que je l'avais craint. Bien sûr, je n'eus pas le mauvais goût d'en faire la remarque, mais je suis certaine que mon étonnement leur fut perceptible. J'évitais de poser mon regard sur lui trop longtemps. J'avais du mal à parler. Pour rompre le silence, je racontais des choses sans importance, puis je m'arrêtais au milieu d'une phrase. Ils attendaient la suite en souriant. Mon malaise, mon émotion, les encombraient. Il fallait à tout prix que je me reprenne sinon je risquais de leur faire du mal, ce qui eût été un comble. Je commis la dernière bourde de la matinée juste avant le déjeuner. Je m'étonnais ingénument que mon père se soit installé une chambre au rez-de-chaussée, alors qu'il est au premier étage des pièces plus vastes et plus agréables. Après un long silence, on m'expliqua très gentiment que, une syncope pouvant le surprendre à tout moment, tomber de sa propre hauteur était un danger suffisant, sans lui ajouter le péril d'un escalier. « Manquerait plus que je me casse une jambe… », marmonna mon père. Et il ajouta avec son humour féroce : « … et puis je serai plus près de la sortie. » Entre-temps, j'avais compris toute seule comme une grande qu'il serait peu commode à ma mère de monter vingt fois par jour à l'étage quand il ne pourrait plus se lever… Je comprends très vite, quand on m'a bien mis les points sur les *i*. J'étais minable. Mais il faut que je dise, tout de même, à ma décharge, qu'il paraissait si détendu, à peine fatigué, si… normal, enfin, qu'il était dur d'imaginer… Oh ! si dur !

Ce n'est que vers la fin du déjeuner que l'atmosphère se détendit un peu. Maman avait fait un gâteau, une sorte de quatre-quarts un peu lourdingue. Elle qui fait si bien la cuisine, habituellement, avait raté ce gâteau, elle s'en aperçut la première. Je convins à mon tour que ce n'était pas très bon. Et entre deux bouchées mon père pouffa et dit : « décidément, tout le monde baisse, dans cette maison. » Un grand rire franc jaillit de moi spontanément et, la main sur la bouche pour retenir la bouchée que j'étais en train de mâcher péniblement, je me suis arrêtée une seconde, interdite. J'OSAIS rire ! Et je continuais à rire ! Ma mère nous regarda tour à tour, baissa les yeux, et elle aussi se mit à rire, un peu rengorgée, par petits hoquets qui lui échappaient malgré elle, la bouche un peu crispée, comme si elle voulait contenir sa joie. Un peu plus, elle aurait dit : « Quel grand sot ! », comme elle le disait souvent quand mon père plaisantait. Pendant ce temps, il finissait obstinément sa part de gâteau, les yeux sur son assiette, avec ce sourire en coin qu'il a lorsqu'il est ravi de l'une de ses reparties. Le silence retomba, petit à petit, et cela monta en moi. Je restais là, essoufflée de rire, les mains posées de chaque côté de mon assiette, et j'étais envahie par... par un bonheur. Un bonheur, oui, il n'y a pas d'autre mot pour dire ce qui vous dilate intérieurement, ce qui vous fait monter aux yeux des larmes qui ne sont pas de tristesse et qui vous laisse muet, car il y aurait trop à dire et les mots sont trop pauvres. Jamais je n'ai tant aimé mon père qu'à cet instant. Il m'avait lavée de mon malaise, de ma maladresse, et même de ma souffrance. Moi qui n'arrivais plus à rire, depuis quelque temps, il a fallu que ce soit lui qui fasse exploser cette joie en moi. Lui ! Et sur ce sujet. Je le regardais continuer à manger son petit gâteau, morceau par morceau, et j'étais tant remplie d'amour pour lui que cela allait déborder par mes yeux, par ma bouche. Je me levai précipitamment pour aller boire un verre d'eau à la cuisine, comme s'il n'y en avait pas sur la table. Personne, bien sûr, ne m'en fit la remarque quand je revins. C'était là, d'ailleurs, le subtil changement qu'il y avait dans la maison. Ils vivaient exactement comme avant, rien n'était changé, mais si les propos quotidiens étaient les mêmes, on supprimait par contre beaucoup de petites questions idiotes et usuelles, de petites exclamations. Mon « déjà » de la veille, quand ma mère m'avait dit que papa était couché, est un parfait exemple de ce qui n'était plus de mise ici. Il est des choses dont on ne s'étonnait plus, et dont on s'étonnerait de moins en moins. Et quand, cet après-déjeuner-là, mon père décida soudain d'aller à la pêche parce qu'il se sentait bien, ma mère ne s'écria pas comme avant : « Tu es fou, il pleut ! Tu vas attraper froid ! » Elle ne dit rien. Rien du tout. Il n'était pas fou, qu'il pleuve n'avait aucune importance, et quant à attraper froid, n'en parlons pas. Nous le regardâmes partir de la fenêtre de la cuisine, avec sa canne, ses bottes, et ce bonnet bleu au pompon ridicule qu'on n'avait jamais pu lui faire remplacer, puis maman se mit à faire la vaisselle.

Il allait à la pêche. C'était incroyable. Je restais devant la fenêtre comme une imbécile. Je regardais sa silhouette dépasser le portail, et je ne comprenais pas. Il avait le cœur à aller pêcher des petits poissons. Mais moi, à sa place, il me semble que je n'aurais plus envie de rien, que tout me paraîtrait futile, inutile. Comment se savoir perdu et aller à la pêche, tout seul, sous la pluie ! Cela remonta en moi, après que la silhouette eut passé le tournant du chemin, et cette fois je n'essayai pas de me contenir. Maman me laissa pleurer un long moment, sans rien dire, sans lâcher sa vaisselle pour autant. Il y avait de certains apitoiements, aussi, qui n'étaient plus de mise. Elle me laissait pleurer, simplement, parce que c'était la seule chose à faire, et qu'il n'était ni consolation ni réconfort. Quand je fus un peu calmée, elle fit du café et m'en apporta une tasse. Seulement alors elle m'embrassa. On quitta la cuisine, et soudainement elle s'agrippa à mon bras, comme si une grande fatigue la surprenait. Elle s'allongea sur le sofa, ferma les yeux, ses traits se détendirent, et je vis son visage de douleur. Elle resta ainsi une heure, deux heures, je ne sais pas. Presque jusqu'à ce qu'il revienne. Elle reprenait des forces. Je me rendis compte, alors, de l'effort qu'elle faisait sur elle-même pour rester solide, calme, et offrir à mon père un visage égal. L'intermède du gâteau l'avait épuisée, ma crise aussi. Et la regardant, allongée toute droite, les bras serrés le long du corps, sans véritable abandon, comme si, jusque dans le sommeil, elle ramassait sa volonté, je me jurai de ne pas lui faire subir une autre manifestation d'émotion et de ne plus ébranler ce contrôle sur elle-même qu'elle devait garder à grand-peine.

Puis la soirée passa, et le lendemain, très calmes. On joua aux dominos. Papa gagnait, comme toujours. Il lisait ses deux journaux quotidiens et commentait passionnément les événements, ce qui me surprenait encore plus que le fait d'avoir envie d'aller à la pêche. Il plaisantait, nous faisait rire. Mais, quelquefois, il restait un long moment la bouche ouverte, le front crispé, les yeux vides. Il se reprenait, cela recommençait, puis, quand la douleur devenait trop forte, il disparaissait discrètement dans la cuisine, le temps de prendre les drogues qui lui permettraient de passer encore une ou deux heures avec nous. Mais il ne résistait pas longtemps, et dès la nuit tombée il fallait l'aider à se coucher. Alors, il ne nous entendait plus, il était absolument clos en lui-même, au bord d'un autre monde. Après la nuit, il nous reviendrait.

Le lendemain mes tantes téléphonèrent pour annoncer leur visite. Elles viendraient passer le dimanche avec nous. Maman raccrocha, et resta quelques instants les lèvres serrées, tandis qu'une petite veine battait sur sa tempe. Cette visite la contrariait. Elle dit tout bas : « Elles auraient pu venir une par une... » Elle savait que les deux sœurs de mon père ne se fréquentaient pas beaucoup, et cette arrivée groupée ne lui souriait guère. Elles s'étaient sans doute coalisées devant l'épreuve obligatoire de la visite au frère bientôt mourant, pensant que la pilule serait moins pénible en la partageant. Les maris s'abstiendraient d'un commun accord...

Et je songeais que cette visite de mes tantes, il y a quelques jours, m'aurait paru tout à fait fraternelle. Il m'aurait paru tout aussi normal qu'elles viennent ensemble. Et maintenant, ici, de l'intérieur de cette maison où l'on dépensait tant de pudeur et de délicatesse pour garder à ce restant de vie sa richesse et sa dignité, où par une sorte de « politesse du silence » on mettait en défaut tout ce qui pouvait la salir de pitié ou de désespoir, voilà que cette visite m'apparaissait presque comme une grossièreté. Elle s'affichait comme exceptionnelle, étant donné la gravité de la situation. « La gravité de la situation »... c'est une expression qui devait aller si bien dans la bouche de Jeanne. Elle devait y prendre tout son poids. Elles allaient arriver sur la pointe des pieds, nous les verrions entrer avec des sabots énormes. « Ce n'est rien... Elles appuient un peu sur le champignon, c'est tout », dit mon père avec indulgence. Mais maman resta nerveuse toute la soirée.

C'est cela que j'ai trouvé magnifique chez eux. On ne pouvait savoir lequel des deux soutenait l'autre, car tour à tour ils s'épaulaient, s'encourageaient, se protégeaient, et un observateur mal informé n'aurait pu deviner quel rôle leur était imparti à l'un et à l'autre. Parfois aussi, sur le quai d'une gare, on assiste à des adieux si touchants que l'on ne peut savoir jusqu'au moment du départ qui reste, et qui s'en va.

Ce ne fut pas aussi pénible que ma mère le redoutait. Jeanne et Marie eurent le bon goût d'arriver assez gaiement, sans mines de circonstance, sans fleurs (j'allais écrire « et sans couronnes », décidément le terrible humour de mon père est contagieux !), et il apparut bientôt que l'idée qu'elles avaient eue de venir ensemble n'était pas si mauvaise. Ne sachant trop comment ni jusqu'où s'aventurer sur *le* terrain délicat, il leur était utile de pouvoir se rabattre l'une sur l'autre. Elles ne s'étaient pas vues depuis quelque six mois, et des tas de sujets s'offraient à elles pour leur servir de paravent. Les enfants, les maris, un déménagement récent, meublèrent l'essentiel de la conversation. Pourtant, à une certaine manière d'être assises sur la pointe des fesses, à cette légère panique qui frisait dans leurs yeux dès qu'un silence se prolongeait, on sentait l'effort qu'elles faisaient pour garder la face et le ton qu'elles avaient choisi de prendre. Je les aidais de mon mieux, car je reconnaissais en elles ma propre maladresse lorsque j'étais arrivée. Et ma propre peur.

Mon père aussi tâchait de leur rendre cette visite la plus légère possible. Mais parfois il tournait la tête vers la fenêtre et, regardant au-dehors, il imaginait peut-être la journée qu'il aurait pu passer sans elles. Journée de pêche, de lecture ? En tout cas sans papotages et sans petits fours. Elles avaient fait un effort pour venir le voir, sans penser qu'elles le privaient ainsi d'un dimanche à son goût. Ces heures où il ne souffrait pas trop étaient précieuses, et elles, qui avaient l'impression de faire acte de générosité, ne se doutaient pas du cadeau inestimable qu'il était obligé de leur offrir.

Je voyais sa nuque détournée, tendue vers la fenêtre, puis il se forçait à ramener son visage vers nous. Il lâchait une phrase de temps en temps, posait une question sur ceci, sur cela, mais son regard retournait irrésistiblement vers l'extérieur. Il était si patient. Je ne le reconnaissais pas. Il ne fit pas la moindre plaisanterie douteuse. Il attendait que cela passe. Je compris soudain qu'il se mettait charitablement à leur mesure, en leur épargnant un humour qu'elles n'auraient pas supporté. Et je me sentis fière — fière qu'il n'ait pas pris avec moi de ces gants neutres et incolores, qu'il ait choisi de me brusquer pour me rendre complice de sa manière de dépasser l'insupportable. A le voir à présent si sage, si absent, je me rendais compte que c'était bien une déclaration d'amour qu'il m'avait faite.

L'après-midi s'écoulait minute par minute, seconde par seconde. Puis, brutalement, le temps qui s'étirait se précipita, s'emplit de vacarme et d'affolement. Mon père était tombé de sa chaise — il était tombé d'un bloc, la face contre le tapis, et une mêlée de bras et de mains s'abattit sur lui. Il fallut le transporter dans sa chambre. J'eus un pincement au cœur en me souvenant de mon étonnement à propos de son installation au rez-de-chaussée. Nous n'étions pas trop de quatre, et je pensais que la présence de Jeanne et Marie prenait ainsi son sens et son utilité. Avait-il voulu leur offrir cela, aussi ?

Ce n'était pas trop fréquent, disait ma mère, ça ne durait pas longtemps, pas encore..., il reviendrait à lui bientôt. Il fallait s'attendre que ça se reproduise de plus en plus souvent, le cerveau commençait à être atteint. Il n'y avait rien à faire, qu'à attendre. Mes deux tantes virevoltaient de-ci, de-là avec un bourdonnement d'abeilles. Jeanne n'en finissait pas de tapoter un oreiller pour caler sa tête, Marie courait à la cuisine préparer une infusion pour qu'il la boive à son réveil. « C'est inutile, je vous assure », disait ma mère en essayant de les calmer. Peine perdue. C'est à elles-mêmes qu'elles faisaient du bien, avec toute cette agitation. Rien ne pouvait les arrêter. Tout à l'heure, elles entretenaient à grand-peine une conversation languissante, à présent elles étaient intarissables. C'était un feu roulant de questions auxquelles ma mère répondait à contrecœur. Et si elles se taisaient, il y avait pour meubler ce temps un soupir, une plainte, une main à poser sur son front, une couverture à remonter. Assise dans un coin de la chambre, entre l'angle du mur et la commode, je les regardais. C'était frappant comme d'une minute à l'autre elles avaient changé. Tant que mon père avait été debout, lucide, face à elles, elles étaient aussi peu naturelles que possible. Dès qu'il s'était abattu, et à présent qu'il était couché, elles étaient libérées — épanouies, il n'y a pas d'autre mot. Non pas qu'elles soient heureuses de sa maladie, non ! Et leur souhait profond serait que mon père guérisse, bien entendu. Mais, quitte à être malade, qu'il leur permette au moins de faire les gestes et de dire les mots qu'elles savent, qu'il leur permette, surtout, de le plaindre. Elles s'en donnaient à cœur joie.

Je me rappelais en les voyant une observation que j'avais faite à l'heure des visites, quand je travaillais à l'hôpital : les hommes restaient debout, mal à l'aise, faisant de grands écarts au moindre passage d'infirmière, comme si leur présence encombrait l'espace. Ils gardaient toujours leur manteau. Les femmes, elles, s'installaient. Elles trouvaient tout de suite où se cachaient le verre, l'eau, quel tiroir serait le plus adéquat pour les petits gâteaux, et surtout elles s'asseyaient, souvent sur le lit, comme chez elles. C'est incroyable comme elles sont à leur affaire dans les parages de la maladie, comme elles s'y sentent dans leur élément. Il n'y a qu'à voir — et je venais d'en être témoin de nouveau — comment s'organise, dès que quelqu'un va mal, un véritable ballet de tisanes et de compresses. Sans doute, c'est dans le but de faire du bien, sans doute est-ce charitable envers son prochain. Et pourtant... Je sens trop, sous le désir de guérir et d'apaiser, qu'elles prennent un véritable plaisir, qu'elles s'y épanouissent. Toutes. Les vieilles, les moins vieilles, les nanas en jean, et même les gamines. Qu'arrive un accident, un malaise, un bobo, et les voilà qui plongent dans ce rôle éternel avec une complaisance qui m'a toujours vaguement dégoûtée. Je ne sais pourquoi j'y sens quelque chose d'un peu inquiétant, d'un peu trouble. Ce fameux instinct maternel n'est pas tout. Est-ce que cet instinct de vie irait de pair avec un certain goût de la mort ? Est-ce justement parce qu'elles donnent la vie qu'elles se sentent un droit égal sur ce qui entoure sa disparition ? Ou est-ce simplement une attirance, qui peut être à la fois magnifique et morbide, pour ce qu'il y a de plus cru et de plus démuni dans la vie humaine : un corps réduit à sa plus simple expression de chair naissante ou mourante ?

Je regardais Jeanne, assise au bord de ce lit, penchée sur mon père — j'allais écrire « perchée sur mon père » ! Parce que, en effet, si sa pose pouvait évoquer une mère

125

courbée sur son enfant, elle avait aussi dans le profil quelque chose de certains oiseaux à l'affût. Elle avait en fait une expression tout à fait indéchiffrable, mais je ne sais pourquoi je pensai soudain aux rites et coutumes d'autres civilisations, d'autres temps où, si les femmes sont écartées de l'action et de la vie civique, il leur revient de plein droit la première place auprès des enfants, mais aussi auprès des mourants et des morts. Jeanne avait un visage de pleureuse.

Je décidai de sortir faire un tour pour échapper à cette ambiance. Et aussi, je l'avoue, pour lire dans leurs yeux une réprobation qui marquerait ma distance — et ma différence. Pourtant, le plaisir un peu futile que j'avais retiré de ce geste s'évanouit dès que j'eus passé la porte. J'essayais de me persuader que je serais plus proche de mon père en me promenant le long du chemin qu'il avait emprunté hier pour aller pêcher. Mais j'admettais honnêtement assez vite que je n'éprouvais pas un sentiment si... romantique. Je me sentais mal. Il faisait froid et gris. Je me forçais à aller jusqu'à la mer, mais le cœur n'y était pas. Je me rendais compte que le « courage » avec lequel je m'étais conduite ces deux derniers jours, et que j'avais cru mien, était celui que mon père et ma mère m'avaient insufflé, que j'avais copié sur leur manière d'agir une attitude dont j'étais fière, et qui ne m'appartenait pas. Hors de leur présence, plus rien ne conduisait et ne consolidait mes sentiments.

Assise sur un rocher, je pensais à cette chambre que j'avais quittée, sans élan qui me pousse à y revenir, et sans raison valable de m'en être éloignée. Je n'avais ni la grandeur de ma mère ni la simplicité de mes tantes. A cette heure je les enviais presque, mes chères tantes, d'avoir à leur disposition toute une gamme de mots et de gestes appropriés, fussent-ils programmés depuis des millénaires. Je n'avais même pas cela... Est-ce qu'il en serait toujours ainsi ? Allais-je rester toute ma vie un être fluctuant et sans colonne vertébrale, à la fois mal à l'aise parmi les autres et incapable d'éprouver des sentiments personnels qui justifient ma position à l'écart du groupe ?

Le soir tombait, petit à petit, et je m'aperçus soudain

que j'étais restée une heure et demie assise sur ce rocher, à suivre mon irrésistible penchant égocentrique. A m'apitoyer sur moi-même, j'en avais presque oublié mon père, alors que j'étais sortie pour penser à lui. Je revins en courant, juste pour assister aux préparatifs de départ de mes tantes. Entre-temps, mon père avait repris connaissance, mais ne se relèverait pas aujourd'hui, et sans doute non plus demain. On se passait des manteaux. Marie et Jeanne étaient charmantes avec moi, elles ne semblaient pas s'être aperçues que j'étais restée absente très longtemps. Pourtant, elles me manifestèrent très subtilement leur désaveu — du moins c'est ainsi que je le pris — en réservant tous leurs encouragements à ma mère, et à ma mère seule. A moi, l'on dit très gentiment bonsoir, c'est tout, en semblant ignorer que j'étais la fille de l'homme couché là-bas, et que, à ce titre, je pouvais avoir droit à ma part de réconfort. Je ne m'en formalisai pas, mais malgré moi j'en souffris. Elles ne pouvaient se douter à quel point leur attitude à mon égard coïncidait avec les pensées que j'avais eues avant de rentrer.

Mon père, effectivement, ne se leva pas, il était si abruti par les médicaments qu'il n'arrivait même plus à articuler les mots en parlant. Nous avons dîné toutes les deux dans la cuisine de quelques restes froids et d'un peu de fromage. Le temps avait recommencé à s'écouler lentement, et je sentis à quel point avait sombré en même temps que mon père toute la force que je croyais avoir ramassée en moi. Je mesurais à cet instant le poids de leur attente, comme chaque jour, chaque heure devait s'en alourdir davantage. Je voulais parler à ma mère, faire un geste pour briser ce poids. Mais ma langue était collée, mes pensées engourdies, et je nageais dans une tristesse vague qui ressemblait à de l'ennui. J'avais presque envie de dormir.

— Quand veux-tu partir ? me dit soudain ma mère.

Cela me surprit à peine. C'est le son de sa voix, simplement, qui me fit sursauter.

— Je ne sais pas, quand papa ira mieux…. répondis-je, comme si je me croyais vraiment capable d'être pour elle un soutien quelconque.

— Il ira mieux… Au début, les crises sont courtes. Veux-tu partir demain ?

Cette fois, cela me fit mal. J'aurais tant voulu lui dire... Je ne sais pas. Lui dire combien je les trouvais magnifiques, combien je les aimais, et combien surtout j'aurais voulu être différente. Je répondais si mal à son appel. Je ne l'aidais pas, au contraire, ma présence dans cette maison n'était qu'un poids supplémentaire. Mais je n'arrivais pas à être autrement. Je ne pouvais pas.

Elle attendit quelques instants sans rien dire. Elle devait sentir que je faisais un terrible effort pour sortir de moi des mots qui y restaient murés. Je n'y arrivais pas. Au bout d'un moment, elle marcha vers la porte et, passant près de moi, elle posa la main sur mon épaule en disant simplement : « Jean doit trouver le temps long... Bonne nuit. » Je voulus lui prendre la main, mais mon geste fut trop lent, la sienne avait déjà glissé de mon épaule. Je l'avais ratée... J'étais peut-être réellement avec elle avant de fuir cette chambre, cet après-midi. L'avais-je désertée au moment où elle avait le plus besoin de moi ? Certainement.

J'avais tout raté. Il ne me restait plus qu'à me coucher, puis à partir, avec cette boule dans la gorge, et ce poids de regrets et de silence qui m'étouffait. Il ne m'a pas quitté.

Sur le chemin du retour, s'ajouta à ce poids une certaine colère. Je repensais à quel point j'ai toujours sous-estimé mes parents. Pour excuser mon inconsistance, que ne leur ai-je pas reproché ? Tout ! La manière dont ils m'avaient élevée, leur incompréhension, l'autorité excessive de mon père, la faiblesse de ma mère et son manque d'ambition personnelle. Ils m'avaient étouffée, anéantie. Que n'aurais-je pas inventé, encore, pour les rendre responsables de mon manque de personnalité !

C'est moi qui n'ai rien vu, rien compris, et je m'interdis désormais d'avoir la moindre pensée qui puisse les salir ou les amoindrir. Ce sont des gens merveilleux, et je ne leur arrive pas à la cheville.

LE VIDE DE MA VIE M'INCOMBE ENTIÈREMENT.

13 février.

Où, quand, comment, par qui me suis-je perdue ? Je ne sais retrouver aucun des chemins qui m'ont amenée jusqu'ici. J'ai avancé dans le brouillard, croyant reconnaître des repères. Et puis-je dire que j'ai avancé, marché ? Non, on m'a menée sans que je m'en aperçoive... Qui m'a égarée ? Quand ? Comment ? Ils ont si bien brouillé les pistes que je ne retrouve ni signe ni visage.

Ô mon adolescence ! Où sont donc mes lumières, mes montagnes, mes routes devant moi, si étroites et précises que j'hésitais à les suivre par envie de les emprunter toutes ? Est-ce là la faute ? Les baisers donnés à des carrefours ou sous les porches étaient des pierres blanches sur mon chemin. Beaux jalons. Et mes visions ? Qu'est-il advenu de tout cela ? Qui a fondu mes baisers, mes élans, mes sensations, pour me laisser incolore, perdue dans mon brouillard ? Vers qui crier : Qu'a-t-on fait de mon adolescence ?

Je n'ai pas senti la déchirure. Je n'ai rien choisi. J'ai perdu mes forces et mes lumières sans faire un geste. J'ai glissé...

Je voudrais retrouver mes gestes sacrés. Je voudrais pouvoir à nouveau embrasser mon propre reflet dans le miroir et me regarder dans les yeux sans rougir. Pourquoi ai-je abandonné cette petite fille amoureuse, sinon parce que j'ai cessé de croire et d'aimer ? Je me suis tourné le dos. Rien n'a survécu. Rien. Je me suis abandonnée. Les autres me reconnaissent, paraît-il... Comment font-ils, si je ne me ressemble pas ?

Tant que je n'aurai pas gratté la terre de mes ongles pour retrouver mes chemins, tendu ce qui me reste de regard pour percer le brouillard et reconnaître mes jalons, abattu mes souvenirs un à un pour situer mes tournants, tué mes fausses amours et mes faux amis pour savoir où était le mensonge, je me resterai inconnue. Je sais qu'on ne revient pas en arrière, que mes désirs d'alors sont éteints, et perdus mes pouvoirs. Mais quand bien même le chemin serait si long pour reconnaître la déchirure qu'il soit temps de mourir, je saurais au moins QUI meurt...

Pourquoi aurais-je un enfant ? J'en ai déjà abandonné un ! Je lui ai coupé les jambes et les élans, l'ai aveuglé, mal nourri, rendu muet, j'ai rogné ses rêves, étouffé ses chants ! Pour quoi ? Pour qui ? Mon adolescence, pourquoi t'ai-je si mal défendue ?...

Il existe peut-être un point culminant, une heure décisive, où en équilibre sur tous ses espoirs, suspendu entre l'enfance et la conscience, les yeux ouverts sur ses rêves, on choisit ce que l'on va devenir. On ne sait ni le jour ni l'heure. Peut-être quelques privilégiés suivent-ils une injonction claire — les plus forts, les plus purs peut-être ! Tout serait-il justice ? Un mot, une émotion, un livre, une rencontre, et qui de marcher, ou de se battre, de ramper vers son chemin, à l'aveuglette ou les dents serrées, mains tendues et cœur ouvert, ou front obstiné où se terrent l'angoisse et l'ambition. Et qui de reconnaître ses obstacles ou de les ignorer, de les contourner, de s'y cogner les poings ou de les embrasser pour mieux les réduire. Moi, je n'ai rien choisi... Vers treize ans, j'ai dû fermer les yeux en laissant fuir mes rêves.

Age ingrat, vécu avec honte, supporté avec impatience, méprisé. Pourquoi a-t-on si peu de considération pour l'adolescence ?

« C'est le mauvais âge, ça lui passera ! » Comme une maladie. Pourquoi ce dégoût, sinon parce qu'il nous rappelle l'assassinat de notre propre enfance ? Et notre complicité.

Elle avait toujours pensé être heureuse à l'école, heureuse et à l'aise dans ce troupeau de petits fauves domestiqués. Et maintenant, à fouiller dans son adolescence, elle n'en retirait qu'un souvenir de grisaille et un vague dégoût.

Quelque part dans ces années pourtant devait bien se cacher la déchirure, le tournant, cette secrète décision qui l'avait amenée à être ce qu'elle était — ou plutôt à être ce qu'elle n'aurait pas voulu. Treize ans... Oui, treize ans, pensait-elle. Pas plus tôt, pas plus tard. C'était là le point culminant où rien n'est décidé encore. Toutes les possibilités sont en puissance. Un petit être fort, encore pur, les yeux et le cœur ouverts, à l'exact mi-chemin entre l'enfance et l'irrésistible pente qui mène à l'âge adulte. Un pas de plus, une année de plus, et il faut choisir. Ou l'on vous force à choisir.

Elle avait beau chercher à se rappeler un choc, un temps fort, elle ne se souvenait que du rythme rassurant des semaines découpées en tranches égales, d'une impression de facilité aussi à franchir ces petites étapes qu'étaient les examens. Il suffisait en fait d'assez peu d'heures de travail pour se maintenir dans une honnête moyenne, moyenne qui lui évitait les risques et la fatigue d'un trop grand succès ou d'un blâme — car elle avait vite compris que les positions extrêmes étaient, bien que pour des raisons complètement différentes, les plus inconfortables. Première ou dernière... Elle eût trouvé dangereux, ou pour le moins incongru, de se trouver ainsi mise en lumière.

Elle ne se souvenait donc pas d'avoir attiré de grandes haines, fascination ou mépris. Tout au plus quelques jalousies dues à ses fins cheveux blonds et à toute cette joliesse répandue sur elle depuis les cils jusqu'aux doigts de pieds — ceux-ci comme ceux-là longs et bien rangés. En cela d'ailleurs résidait sa sécurité physique et morale : l'absence de défauts. Et la moyenne, qu'il s'agisse de ses bulletins, de ses sentiments, ou de la longueur de ses jambes, n'était considérée comme un défaut ni par ses professeurs, ni par ses parents, ni par les garçons. Ainsi, dans ce douillet équilibre, elle n'avait pas éprouvé elle non plus d'attirances ou d'aversions violentes envers qui que ce soit, et il n'y avait pas un visage parmi ceux de ses compagnes ou de ses professeurs qu'elle se rappelât nettement. Tous se fondaient indistinctement. Tous, sauf peut-être... Et un nom, en même temps qu'une silhouette, jaillit du brouillard.

Viviane ! Oui, Viviane !

Ce seul nom eut sur Claire l'effet d'un éclair tonique, et elle s'amusa d'avoir passé en revue tant de figures anonymes avant de tomber, presque par mégarde, sur la seule qui fût inoubliable. Mais Viviane était si particulière qu'elle ne pouvait en aucun cas être assimilée à un troupeau quelconque, et Claire l'avait rangée dans sa mémoire à la seule place qui lui convenait : à part. Même à présent, elle avait bien du mal à situer au milieu d'elles, sur les mêmes bancs, astreinte aux mêmes travaux, celle qui avait été la seule figure marquante de son adolescence, et sa seule amie. Amie ? Pas immédiatement... Pas en tout cas comme l'entendaient les filles à cet âge. Et plus tard, quand Claire s'était arrogé le droit de lui donner ce nom, elle n'avait jamais su si Viviane ne tolérait pas ce terme avec une sorte d'indulgence — l'indulgence un peu condescendante des gens qui sont au-dessus des mots.

Viviane comment, déjà ? Ha oui ! Viviane Granval — on l'appelait « grand cheval ».

A douze ans, à son entrée au lycée, elle n'avait pas prêté attention à cette grande bringue qui traînait en silence ses bouquins défraîchis par trois années d'usage dans la même classe, son mètre soixante-douze et ses presque quinze ans. Elle n'entrait pas dans l'horizon de Claire : trop haute — elle la dépassait d'une bonne tête — et trop loin — elle était reléguée au dernier rang pour la même raison, ces vingt centimètres de trop étant un sérieux obstacle dans le champ de vision d'une bonne partie de la classe. Viviane menait là-bas, tout au fond, une sorte d'existence parallèle, derrière l'unique table de dimension supérieure aux autres. Elle y dessinait, y construisait aussi de bizarres poupées avec tout ce qui lui tombait sous la main, les cheveux devant les yeux, et sur le visage un abandon absent qui mettait en rage certains professeurs.

— Qu'est-ce que je viens de dire, Granval ?

Elle le répétait tranquillement, puis ajoutait :

— J'écoute mieux les mains occupées, sinon je m'ennuie, et si je m'ennuie, je rêve. Alors...

L'étrange était dans le silence qui s'ensuivait. Viviane ne baissait pas les yeux, et il n'y avait dans son regard sombre ni gêne ni insolence, elle attendait simplement, avec une force tranquille, que l'on cesse de lui accorder cette attention superflue.

Rempli de sentiments violents, par contre, était le silence du professeur, les yeux rivés aux siens. Les petites têtes qui meublaient l'intervalle entre ces deux regards restaient également silencieuses et tout à fait immobiles — l'affrontement se situait au-dessus d'elles, à un autre niveau, et elles savaient bien que, Viviane restant toujours inexplicablement épargnée, c'est sur une de leurs têtes innocentes que retombait invariablement la rage des professeurs.

C'est à cause d'eux que Claire commença à s'intéresser à Viviane. Aucun ne se conduisait avec elle comme avec les autres élèves, et elle n'en laissait aucun indifférent. Elle provoquait chez certains une indulgence complice, chez les autres un agacement impuissant, elle avait même droit à une ou deux haines tenaces, mais tous lui parlaient sur un ton... oui, un ton d'égalité. Et Claire sentait qu'il y avait là quelque chose d'exceptionnel.

Un jour, un petit incident, un simple mot, renforça son intérêt pour elle. Ce mot ne lui était pas destiné, et pourtant il toucha Claire aussi fort que s'il lui avait été lancé en pleine face.

Au cours de gymnastique, Viviane, embarrassée de ses grandes jambes et de ses grands bras qui battaient l'air dangereusement autour d'elle, s'était reléguée aux arrières. Une gamine tout en buste, râblée, le cheveu dru, le regard comme les gestes inaptes à la douceur, une de ces petites fonceuses qui vous battent un deux cents mètres comme elle battraient des œufs en neige, les jambes en moulinet bien régulier au ras du sol et l'œil méchamment rivé sur la ligne d'arrivée, venait quelquefois au fond de la cour s'aligner près de Viviane, prenant ses mesures au plus juste, apparemment sans craindre coups de pied ou revers de main, sans doute par manque d'imagination. Viviane s'éloigna un peu, une fois, deux fois, recula encore avec un soupir, puis, sachant par expérience qu'il n'y a rien à faire ou à dire avec ce genre de petit tempérament, s'en alla résolument à l'autre bout de la cour. L'autre darda sur elle un regard en ligne droite et lança :

— J'ai la gale, ou quoi ?!

Car bizarrement, la « gale », disparue depuis longtemps de nos provinces et arrondissements, sévit toujours dans les écoles sous forme d'injure.

Viviane panoramiqua vers elle un œil indifférent, ne répondit point, et l'autre poursuivit :

— A chaque fois que je l'approche, elle se tire ! Je sens mauvais, peut-être ?!

Viviane la regardait, calmement, et après un petit silence laissa tomber :

— Qu'est-ce que tu veux, je ne t'aime pas.

Et le remous se résorba tout naturellement, sans échanges supplémentaires, sans émotion apparente. Tout le monde se remit à ses mouvements, et la petite râblée s'activa à brasser l'air de toute sa petite énergie sans que la moindre roseur lui soit montée aux joues.

« Je ne t'aime pas. »

Claire, à l'avant-dernière rangée, décrivait laborieusement, elle aussi, de grands cercles avec les mains. Elle se sentait mal, tout à coup. Pas très mal, juste un peu. Cela s'était passé à deux pas derrière elle et elle ne s'était pas retournée — comme, dans la rue, elle n'avait pas la tentation de regarder, quand il y avait un accident. Elle aimait mieux ne pas voir, c'est tout. C'est seulement après qu'elle avait jeté deux ou trois regards furtifs derrière elle et constaté avec surprise l'absence d'émotion de ses compagnes. Elle ressentait un curieux décalage entre son malaise et la non-réaction des intéressées. Ce malaise persista longtemps, assez longtemps pour qu'elle s'en souvienne, vingt ans après, et aussi de ces mots : « Je ne t'aime pas. » Ils l'avaient frappée. « Aimer », verbe tout simple, couramment employé au présent, première personne du singulier, sous forme négative. Rien d'exceptionnel. Et pourtant, jamais elle n'avait ressenti ces mots d'une manière aussi impitoyable et claire. D'habitude on n'aimait pas courir, on n'aimait pas les épinards, on aimait bien, surtout, ses camarades, la confiture, les vacances, parfois même on n'aimait pas quelqu'un — personne, par exemple, n'aimait la petite râblée... Mais personne n'aurait été le lui dire aussi calmement et précisément en face. Il y avait là une violence froide qui atteignit Claire au plus profond.

A partir de ce moment, grandit en elle une considération particulière pour celle qui était capable de prononcer des mots aussi terribles, et peut-être aussi la peur de se trouver un jour destinataire d'une pareille violence. Pourquoi pas ? Après tout, elle devait être fondue pour Viviane dans le troupeau inintéressant qui s'agitait là, en bas, à vingt centimètres au-dessous d'elle, et à mille lieues de ses préoccupations, et il se pouvait bien qu'un jour, par mégarde, Claire se trouve face à ce regard implacablement calme, et soit par un seul mot rayée du monde — du monde de Viviane. Elle ne l'aurait pas supporté. Sans s'en douter encore, elle résolut de se différencier du troupeau pour se trouver hors d'atteinte. Elle n'osait pas espérer que Viviane puisse un jour poser sur elle des yeux amicaux, mais qu'au moins elle devienne pour elle un peu différente des autres, à part. Elle se mit à l'observer attentivement, afin de ne pas commettre d'impair le jour où elle se lancerait enfin dans une tentative d'approche. Et, peu à peu, elle découvrit son charme, son intelligence.

Car malgré ses résultats scolaires médiocres, personne ne pouvait mettre en doute l'intelligence de Viviane, et si elle redoublait régulièrement ses classes, ce n'était pas par incapacité, loin de là. Elle excellait dans certaines matières, mais dans celles-ci exclusivement. Quant aux autres, le mot juste serait de dire qu'elle les ignorait. Soit passionnée, soit indifférente, elle était aussi royalement première que dernière — ces deux projecteurs qui auraient fait si peur à Claire. Cette curieuse méthode de travail donnait des résultats cocasses. Elle parlait par exemple couramment l'anglais, rapportant en classe des anglicismes et des expressions argotiques glanées çà et là, mais ailleurs que dans le petit manuel de cinquième, et le professeur avait bien du mal à ce que son cours ne se transforme pas en conversation privée avec Viviane. Il était bien entendu l'un de ceux qui la considéraient avec une indulgence complice. Elle était, par contre, incapable de résoudre le plus simple problème mathématique, quoiqu'il lui arrivât de rendre une copie parfaitement juste, pour le plaisir de faire enrager le prof de math — l'un des agacés impuissants, évidemment — et lui prouver ainsi que, si nulle elle était, c'était de son plein gré.

Les autres élèves, elles, l'ignoraient quasiment. Ces petits monstres n'épargnaient pourtant coups de griffes ou de dents à personne, mais Viviane était hors d'atteinte. Pour se moquer, il faut trouver une différence et, pour trouver cette différence, il faut bien comparer — or Viviane n'avait de point commun avec aucune d'elles. Ce n'était pas la peur des représailles qui les rendait pacifiques, mais la peur de l'inconnu. Où frapper ? Et quand l'envie de médisance les démangeait trop, faute de pouvoir s'attaquer à un trait de son caractère, elles se rabattaient sur son physique. Sur sa taille d'abord, et sur celle de ses pieds. Sur ses cheveux — il y en avait partout, presque noirs, ni raides ni frisés, mais avec les désavantages des deux genres, et en tout cas rebelles à tout ce qui aurait pu les dompter. Sur sa démarche, aussi — il n'avait pas échappé aux petits monstres qu'il y avait une grande ressemblance entre l'allure de Viviane et celle du dromadaire. Comme eux elle pliait les genoux à chaque pas, tandis que sa trop longue colonne vertébrale oscillait nonchalamment d'avant en arrière. On ne grandit pas de quinze centimètres en un an sans quelques conséquences articulaires. Un nez assez important, droit, planté avec autorité au milieu d'un visage long aux joues plates, un front mangé par la fameuse crinière, de beaux yeux d'un brun doux un peu voilés, un peu cernés, de grands calmes méditatifs rompus soudainement par un hennissement de joie sauvage accompagné de ruades entre les bancs, tout cela avait aussi quelque chose de chevalin, ces chères gamines ne s'y étaient pas trompées quand elles l'avaient affublée du surnom original de « grand cheval ». Quelques-unes murmuraient même, l'œil torve, qu'elle devait avoir quelque chose d'arabe ou, pire, de gitan pour avoir cette couleur de peau là — relent révélateur des conversations familiales.

Claire écoutait en silence, et se hasarda un jour à déclarer que Viviane avait de beaux yeux. Elle fit courageusement face aux moqueries, et maintint son opinion. Puis, grisée par son audace — elle venait pour la première fois de faire acte d'indépendance —, elle ajouta qu'elle lui trouvait de beaux cheveux. Elle supporta les rires, quelques pinçons et un solide « shampooing » qui avait pour but

136

de la faire ressembler à Viviane, puis elle se tut, prudemment. Qu'importe si Viviane ne lui accordait toujours pas un regard, Claire venait de faire un premier pas vers elle. Les travaux d'approche étaient commencés. Ils l'amenèrent à occuper en fin d'année une table située à deux rangs seulement de sa future amie — distance qui ne l'excluait pas trop du groupe, tout en lui permettant de sentir dans son dos Viviane vaquer à ses occupations parallèles. Il lui manquait toujours quelque chose pour parfaire ses étranges poupées. Elle se déplaçait alors, fût-ce en plein cours et, sans le demander, prenait ce dont elle avait besoin sur une table quelconque. C'était admis. Claire lui tendit un jour un pot de colle avant qu'elle n'eût à se lever, et eut droit en retour à un « Tiens ? Tu es gentille, toi », qui ensoleilla pour Claire le reste de la journée.

Leurs rapports ne firent pas de plus amples progrès cette année-là, mais quand on apprit que Viviane « passait » enfin en quatrième par on ne sait quelle capitulation lassée des professeurs, Claire lui fit un petit signe de connivence joyeuse, qui resta d'ailleurs sans réponse car Viviane souriait ironiquement aux anges. Qu'importe, elle se placerait plus près d'elle, lui parlerait. L'année prochaine.

Claire se laissait aller à revivre ces années avec un certain plaisir. Elle avait l'impression pour une fois de saisir quelque chose d'important. Le visage de Viviane avait émergé de la grisaille où elle se perdait habituellement et elle s'accrochait à lui, sans bien démêler la part des souvenirs réels et de son imagination. Elle avait tant besoin d'un repère précis, de préférence un peu romantique, qu'elle se préparait à idéaliser leur rencontre, à l'enrichir de complicités secrètes.

En fait, Viviane avait tenu assez peu de place dans son esprit, pendant ces années, et ce n'est que plus tard qu'elle trouva un charme à l'originalité. A cette époque, cela lui aurait plutôt fait peur, et son plus grand souci avait été de ne pas trop se différencier des autres.

Passée en quatrième, restait à trouver le moyen de se lier à cette grande fille auréolée de mystère. Car, entretemps, Claire avait appris par des ragots de cour de récréation l'étrange histoire de la famille de Viviane, et sa fascination s'en était trouvée accrue.

Fille d'un couple d'ouvriers, elle était l'aînée de quatre enfants — une famille normale. Son père avait un frère, lui aussi nanti d'une épouse, et de deux enfants seulement — autre famille normale. Or il se trouva que, presque dans le même temps, et après quinze ans de bonheur conjugal sans histoires, son père s'éprit de sa tante, et vice versa son oncle de sa mère. Que faire ? Ce n'était pas si compliqué, pour des gens sensés, et la solution fut toute simple : divorce simultané, suivi de l'échange des épouses, simultané lui aussi, et couronné à l'issue des remariages par une grande fête commune — on partageait ainsi la joie et l'addition. Il ne restait plus qu'à appliquer au sujet des enfants le même principe que pour l'addition. On trouva donc une plus grande maison où emménagèrent les six gamins ainsi réunis, avec leurs pères-oncles-beaux-pères et leurs mères-tantes-belles-mères. L'harmonie semblait y régner.

Claire, souffrant de son état de fille unique et du manque de fantaisie qui régnait chez elle, était émerveillée par cette communauté avant la lettre. Viviane lui semblait vivre sur une autre planète colorée, vivante, pleine de cris et de rires. Une planète un peu maudite, aussi. Et elle s'expliquait ainsi confusément la réserve lointaine de Viviane. Elle avait cette distance des gens qui se savent un destin marginal. D'ailleurs, elle n'était pas si loin de la vérité.

Il fallait faire un pas décisif vers elle. Claire utilisa tout naturellement le meilleur atout qu'elle avait à sa disposition : ses parents. Elle fit le bilan de leur situation respective — d'un côté des problèmes d'argent et six enfants qui tombent malades à tour de rôle en contaminant tous les autres à chaque fois, et de l'autre un père médecin. Claire sentit d'instinct qu'il fallait ménager l'orgueil de Viviane, et attendit patiemment la première grippe galopante de la saison pour lui proposer, l'air de rien, quelques consultations gratuites.

L'appât, c'est-à-dire son père, ne se fit pas prier. Il écouta Claire lui brosser le portrait émouvant de cette nombreuse famille (en omettant prudemment les échanges sentimentaux), surpris de découvrir chez sa fille un sens social qui lui avait échappé jusque-là.

A partir de ce moment, sous l'influence de celle qu'elle appelait enfin son amie, Claire vécut la période la plus exaltante de son adolescence. C'est-à-dire qu'elle travailla beaucoup moins, sécha quelques cours, rapporta chez elle des expressions qui faisaient frémir ses parents, refusa de se coiffer ainsi que d'aller à l'église, colora ses rires d'une pointe de vulgarité, chaparda quelques babioles dans les magasins — la joie, quoi. Pour tenter de plaire à Viviane, ou tout au moins pour retenir son attention, elle en faisait trop. Car celle-ci ne se départait pas de sa distance, de son humour, et considérait les efforts d'émancipation de Claire avec une indulgence amusée. Avec un peu d'agacement aussi, parfois.

Claire se battit même pour elle, un jour, une vraie bagarre à coups de pied et de dents. La mère de Viviane attendait sa fille, un soir, à la sortie du lycée — petite bonne femme noire comme un pruneau, la poitrine moulée dans un pull mauve qui jurait méchamment avec le rouge des lèvres. Elle se détacha du mur où elle était appuyée, et emboîta le pas à sa fille d'une démarche un peu chaloupée — que Claire, pour sa part, trouva royale — sous les regards du troupeau massé à la grille. Le lendemain une des brebis grises, qui s'était enhardie avec l'âge, déclara à Viviane : « Ta mère, on dirait une pute. » Avant que Viviane ait pu avoir la moindre réaction, Claire avait bondi comme une furie. C'était une vraie déclaration d'amour. C'est ainsi que, aux yeux des autres, elle devint officiellement l'« amie du grand cheval ». Cela lui valut quelques brimades qu'elle supporta moins courageusement qu'elle ne voulait bien se le rappeler. Et elle délaissait Viviane par périodes pour se mêler de nouveau au groupe, se replongeant avec soulagement dans l'honnête moyenne, les petits cancans, et les jeux dont elle ne voulait pas totalement s'exclure. Elle se contentait de se taire et de se faire toute petite quand on y parlait de Viviane. Puis elle revenait vers elle. Viviane la regardait faire en souriant un peu ironiquement, et l'accueillait de nouveau à ses côtés. Claire passa ainsi l'année à sauvegarder son amitié tout en restant prudemment en contact avec le troupeau.

Vers le mois de mai, elle apprit que leurs chemins allaient se séparer, car Viviane « redoublait », une fois de plus. Claire en fut très abattue, et regretta presque de n'avoir pas elle aussi raté ses examens pour rester plus près d'elle.

Son abattement se mua très rapidement en tristesse car, quelques jours plus tard, Viviane annonça avec fracas qu'elle ne redoublerait pas, car elle quittait ENFIN le lycée pour entrer aux Beaux-Arts. Sous l'œil catastrophé et impuissant de Claire, Viviane devint un personnage tout à fait inconnu. La transformation fut totale, fulgurante. Le grand poulain embarrassé de son corps se mua en une superbe cavale, l'œil étincelant, la crinière rejetée triomphalement en arrière, le geste ample. Même sa démarche changea du tout au tout et perdit toute trace de nonchalance. Elle arpentait les couloirs d'un pas rapide, sûr, les reins tendus. Elle piaffait. Elle allait s'envoler. Elle était éblouissante. Claire, éberluée, assistait à ce changement sans arriver à croire que l'on puisse devenir quelqu'un d'autre en si peu de temps. Elle comprit qu'elle avait attribué à Viviane une sagesse, une patience profonde et philosophe, alors qu'elle était tout simplement en train de ronger son frein. Elle essayait timidement de se trouver sur son chemin pour s'attirer un mot, un regard, mais Viviane ne la voyait pas, entièrement vibrante, prête à décoller vers la vie, et Claire avait la douloureuse impression d'être littéralement balayée par ses éclats de rire. Elle aurait aimé un mot de regret, un instant d'arrêt pour s'attendrir sur les heures passées ensemble. L'explosion de joie sauvage, cette indifférence brutale, blessaient Claire, niaient d'un seul coup son existence. Rayée.

Elle fit à ce moment l'apprentissage d'une souffrance qu'elle devait ressentir souvent par la suite : l'affreux sentiment d'être celle qui reste, celle qui regrette, celle qui aimerait qu'on se retourne avant de la laisser. Bien sûr, plus tard, il lui était arrivé de quitter, au lieu d'être quittée. Mais elle regrettait alors d'avoir à le faire — un regret pour un autre. Jamais elle n'avait ressenti ce qu'elle avait lu sur le visage de Viviane, cette impatience aveugle d'être ailleurs, plus loin, sans se retourner. Jamais elle n'avait été l'« autre » — c'est-à-dire libre.

L'été passa. Elles se perdirent de vue. Ce n'est que l'hiver suivant que Claire s'arrangea pour renouer le contact avec Viviane. Elle la reconnut à peine. La métamorphose amorcée au lycée avait fait d'elle en quelques mois une vraie femme, indépendante et sûre d'elle. Elle ne vivait plus chez ses parents, mais dans un vaste hangar qui lui servait de chambre, de cuisine, et d'atelier. Il n'y avait pas de chauffage, les murs avaient dû être peints un jour — cela se devinait à quelques plaques d'une couleur indéfinissable qui persistaient çà et là — et la lumière, sinistre, tombait d'une unique verrière au plafond, à quelque cinq mètres de haut. Viviane s'y mouvait à l'aise, parée de couleurs vives et de bijoux baroques, ignorant royalement la crasse et la misère de l'endroit. Elle le transfigurait par son mouvement, sa liberté. En comparaison, Claire se sentait une gamine en retard de dix ans. Elle avait peine à réaliser que celle qui était dans la même classe qu'elle l'année dernière était devenue cette femme éclatante, qui menait une vie entièrement indépendante, créative, sans avoir de comptes à rendre à personne. Viviane la fascinait déjà, elle se mit à l'admirer.

Environ une fois par semaine, elle prit l'habitude de venir à l'atelier, à la sortie du lycée. Viviane la laissait venir, sans manifester d'enthousiasme ou de froideur. Elle était ouverte, simple, l'accueillait en souriant, et continuait ce qu'elle était en train de faire. Aux Beaux-Arts, Viviane avait rencontré une voie de création qui l'avait enthousiasmée immédiatement : la sculpture. Et, comme au lycée, elle s'était lancée résolument dans ce qui la passionnait au détriment de tout le reste. L'architecture lui rappelait la géométrie et les maths qui l'écœuraient, la céramique, la décoration, elle ne voulait pas en entendre parler — « du bricolage, tout ça » —, la peinture aussi avait été rapidement abandonnée. « Je ne suis pas coloriste, disait-elle, les couleurs ne m'inspirent pas, je ne peux pas y plonger les mains. Et puis une toile, c'est terriblement... plat ! » Il n'y avait guère que le dessin qui avait gardé grâce à ses yeux, la plume, surtout. Mais la sculpture seulement l'exaltait. Elle se lançait donc dans la sculpture avec toute sa fougue, tout son instinct, et il résultait de ses travaux des œuvres d'une beauté étrange, aux formes fantastiques. Elle utilisait, comme elle le faisait pour les figurines qu'elle construisait au lycée, tout ce qui lui tombait sous la main.

Claire regardait ses œuvres d'un œil un peu hagard, sans savoir quoi en penser, à part qu'elle n'avait jamais rien vu de semblable. Cela devait être beau... mais elle ne comprenait pas. « Moi non plus ! » disait Viviane en riant. Et elle se remettait au travail, en piochant dans un tas de détritus divers amassés dans un coin, presque à la tête du matelas posé à même le sol où elle dormait.

— C'est absolument incroyable ce qu'on peut trouver dans les poubelles de ce quartier. Les gens jettent n'importe quoi, des trésors !

Car elle faisait les poubelles, tous les matins, à la recherche d'éléments, de matières, qu'elle incorporait à ses sculptures. Claire en restait bouche bée. Elle repensait à ces heures de classe où, les cheveux devant les yeux, Viviane travaillait de la même manière à ses poupées. Personne ne s'en doutait, mais c'était bien cela, elle travaillait déjà à son œuvre. Parfois, elle délaissait totalement les sculptures et le tas de détritus pour un papier bien blanc et l'encre, car, si elle brassait des matières avec une énergie sensuelle, brute, elle dessinait avec une extrême délicatesse, du bout de la plume, presque sans toucher au papier.

— Tu vois, ça me repose. La plume, c'est magique. Tu ne dois pas te tromper, pas hésiter, c'est pur. Je déteste les gommes, les ombres, toutes ces tricheries laborieuses. La plume, c'est l'IDÉE du dessin.

Claire l'écoutait — la veille, elle avait raté pour la cinquième fois une nature morte composée d'une pomme éternellement posée à côté d'une cruche au cours de dessin du lycée, et Viviane, qui aurait tiré une merveille du même sujet, lui parlait de tricherie laborieuse. Elles étaient à mille lieues l'une de l'autre. Alors Claire faisait du thé, balayait un peu, regardait, surtout. Elle ne s'ennuyait jamais, il lui manquait seulement une raison d'être là. Au lycée, c'était plus simple, elles étaient réunies tout naturellement par les mêmes horaires et les mêmes contraintes. Ce qui les rassemblait à présent était trop inconsistant. Claire tentait quelquefois d'évoquer avec elle leurs sou venirs, mais Viviane la fixait un instant de son regard brun qui n'était plus voilé de rêves et balayait « tout ça » d'un éclat de rire. Puis elle bougeait, bougeait dans ses longues jupes (révolutionnaires, à l'époque), faisait tinter toutes ces choses indiennes qui lui pendaient au cou et aux oreilles. Claire la trouvait belle comme une idole barbare — un mot qu'elle aimait bien et qu'elle répétait en empruntant mentalement le visage de Viviane, ses cheveux noirs et ses joues creuses : barbare, barbare... Un mot imprononçable quand on est rose et blonde avec des joues comme des pommes. Elle ravalait ses souvenirs, honteuse de sa sentimentalité, puis se taisait tout à fait, car rien de ce qu'elle pouvait dire ne lui semblait digne de l'intérêt de Viviane.

C'est d'elle-même qu'elle commença à espacer ses visites. Viviane ne fit ou ne dit jamais rien pour la dissuader de venir, mais Claire se sentait là-bas comme une « touriste » un peu encombrante. D'autant plus que l'atelier devint très rapidement fréquenté par des tas de gens qui l'intimidaient encore plus que Viviane. Ils discutaient et riaient ensemble de choses qui lui étaient totalement étrangères — au propre comme au figuré, car on parlait là toutes les langues.

Mais pour l'heure, en fouillant dans sa mémoire, elle ne se rappelait rien de tout cela. Elle pensait à cet atelier comme à un pays exotique où, peut-être, elle aurait pu vivre elle aussi, si les circonstances... Elle ne se rappelait pas non plus que cet endroit la dégoûtait un peu, à l'époque. Elle ne comprenait pas comment Viviane pouvait rester ici sans arranger au moins un coin agréable, recouvrir le matelas jeté par terre, et se procurer un ou deux sièges plus agréables que le sol en ciment qui vous gelait les fesses. En somme, sans se l'avouer, Claire se sentait mal, chez elle. Et si l'attrait de l'inconnu et le charme de Viviane la poussaient à revenir, elle n'en prenait pas moins une bonne douche en rentrant au bercail.

Encore quelques semaines, et tout fut dit. Viviane était de plus en plus éclatante, de plus en plus entourée, aussi. A sa dernière visite, Claire entendit parler d'un grand départ. Elle n'en fut même pas triste, car Viviane l'avait quittée depuis longtemps.

La mémoire de Claire eut un nouveau trait de génie. Après avoir fait revivre le visage de Viviane, elle ramena à la surface le souvenir d'un de ses oncles, quincaillier à Limoges. L'oncle était toujours quincaillier, toujours à Limoges — elle le retrouva. Viviane était-elle en France ? Mais oui, voyons, pourquoi ? Elle vivait à Paris, dans le treizième. Non, il n'avait pas son adresse, mais attendez, si, il avait son numéro de téléphone.

Claire embrassa mentalement l'oncle de Limoges, et fut immédiatement saisie d'un tel trac qu'elle laissa deux jours le numéro traîner sur un coin de table, sans y toucher. Le troisième, elle ramassa tout son courage, et décrocha.

— Allô ?

— Oui ?

— Viviane Granval ?

— Heu... enfin, oui. Qui est à l'appareil ?

— Je ne sais pas si tu vas te rappeler de moi. C'est Claire, à l'appareil. Claire, tu te rappelles ? Au lycée. Il y a plus de quinze ans que...

Une formidable exclamation lui fit arracher l'écouteur de l'oreille, et en écoutant Viviane lui dire qu'elle avait souvent pensé à elle, que c'était si bête qu'elles se soient ainsi perdues de vue, elle rit nerveusement, soulagée, les larmes aux yeux.

— C'est par hasard que tu m'appelles, ou tu faisais une petite rétrospective ?

— Non, moi aussi j'ai pensé que c'était bête que...

— On se voit, alors ! Quand ?

Claire sourit et se dit que Viviane n'avait pas changé. Toujours aussi abrupte, aussi sainement indifférente aux détours.

— Quand tu veux.

— Demain ?

— Mais oui, très bien. Vers cinq heures ?

— Non, viens plutôt après déjeuner, si tu peux.

— Oui, avec plaisir.

— Parce que, plus tard, il faut que j'aille chercher les gosses à l'école...

La respiration de Claire se suspendit un instant. Ce n'était rien. Juste comme une note discordante dans une jolie musique, comme un petit nuage qui passe devant le soleil. Rien du tout.

— Allô ? Tu m'entends ?

— Oui, oui. C'est d'accord.

— Je te donne l'adresse.

Claire nota. Puis dit « à demain » d'une voix ferme, et raccrocha lentement. Elle essuya du revers de la main la larme de joie qui avait glissé sur sa joue, tout à l'heure — une joie maintenant un peu incertaine, fragile. Les gosses... Les gosses du voisin, sans doute. Ou alors... Non. Elle avait dit « les gosses », tout court.

Elle s'interdit de penser plus avant, et s'activa fébrilement jusqu'au soir. Jean la trouva très gaie.

Elle avait fait un soufflé au fromage.

Le lendemain, elle s'habilla et se maquilla avec soin, sans penser qu'elle cherchait ainsi à ressembler le moins possible à l'adolescente qu'elle avait été. Elle voulait surtout étonner Viviane. Se protéger, aussi, derrière cette façade de « femme ravissante » qui était sa seule certitude à poser face à elle. Après, plus tard, peut-être pourrait-elle lui confier ses faiblesses, ses doutes. Ah ! parler... parler avec elle ! Claire s'émouvait, comme si elle allait se retrouver elle-même après une longue absence — puisqu'elle avait réussi en quelques jours à faire de Viviane la dépositaire de ses rêves.

Claire caressait machinalement du doigt le bord de son verre de porto. Elle l'avait préféré, malgré les deux heures de l'après-midi, à l'Évian fruité des gosses.

Elle était calme, sagement assise, les genoux serrés, dans le salon-salle à manger faussement rustique où Viviane l'avait installée. Le choc n'avait pas été trop rude. Sans s'en rendre compte, elle s'était, depuis la conversation téléphonique de la veille, immunisée contre toute surprise. « Ça aurait pu être pire », se disait-elle. Mais elle contemplait son verre obstinément, retardant le moment de laisser errer son regard alentour. Elle serait bien obligée alors de faire l'inventaire de ce qui l'entourait. De toute manière, dès l'entrée de l'immeuble, elle avait su ce qui l'attendait. Elle avait courageusement grimpé les cinq étages sans ascenseur du petit escalier miteux qui menait chez Viviane — ou plutôt chez M. et Mme Dubois, c'est ce qui était inscrit sur la porte du cinquième droite qu'elle lui avait indiquée. Claire avait eu beau vouloir se boucher les yeux, les oreilles et le nez, elle avait été accueillie en bas par les poubelles et des poussettes entassées ensemble dans un coin de la minuscule entrée de l'immeuble, et accompagnée jusque-là par des bruits de radios mêlés à des cris d'enfants, et par des odeurs de friture et de soupe aux poireaux. Devant la porte, elle s'était arrêtée un instant. Une goutte de sueur coulait le long de son bras, sous sa chemise de soie — ce n'était pas à cause des cinq étages. A peine une hésitation, et elle avait sonné.

Maintenant, elle respirait doucement, régulièrement, sans penser à boire son verre de porto. Elle attendait que Viviane eût fini de faire ce qu'elle avait à faire. « J'en ai pour deux minutes ! » — avant, elle n'aurait même pas songé à s'en excuser. Fermant les yeux, elle pouvait presque les imaginer dans l'atelier, elle, l'immobile, et Viviane toujours en mouvement. Seulement elle n'était plus assise par terre mais sur une chaise recouverte de velours synthétique à fleurs, et Viviane ne vaquait pas gaiement à des choses artistiques, mais achevait de nettoyer la vaisselle du déjeuner familial. Mais ça allait, ça allait.

— Ça va ? J'arrive, hein !

Claire releva la tête brusquement, et rendit son sourire à Viviane, cette autre Viviane qu'elle ne connaissait pas et qui redisparaissait dans la cuisine minuscule de ce petit trois-pièces surchargé de désordre et de formica.

Pourtant, elle n'avait pas tellement changé. Elle avait toujours ses joues plates et brunes, son large sourire un peu carnivore, son regard ombré, ses cheveux noirs — ni fous ni massés en chignon, mais coupés court sur la nuque, pour, avait-elle précisé à Claire devant son regard étonné, « avoir ça de moins à s'occuper ».

Elle n'avait pas tellement changé, non. Mais elle ne se ressemblait pas. Elle avait bien toujours ses mouvements impétueux, mais contenus, rétrécis, sans doute par l'exiguïté du logement, le même rire, mais tapi dans sa gorge, sans doute par respect des voisins, et sur toute sa personne, une sagesse, une retenue, qui faisaient de Viviane une terne jumelle d'elle-même.

Dans la cuisine, il y eut une exclamation de soulagement et un claquement de tiroir à résonance définitive. Claire se redressa sur sa chaise et commença par un petit mensonge.

— L'autre jour, je suis passée par hasard devant ton ancien atelier...

— Ha! Voilà!

Viviane lui décocha un coup d'œil perspicace. C'était donc pour cela, ce coup de téléphone après quinze ans de silence. Claire retrouva un instant son ancienne timidité face à la vivacité de Viviane.

— Ça m'a fait repenser à notre...

Elle s'arrêta de nouveau, et ravala le mot « jeunesse », énorme, ridicule, qui avait failli lui échapper.

— C'était marrant, cet endroit.

— C'était la merde, oui!

Claire fut traversée d'un éclair de joie et se mit à rire, un rire abrupt qui jaillit comme un sanglot. Elle bredouilla quelque chose d'inintelligible, les épaules secouées, puis avala son porto d'un trait. Elle reprit son souffle en regardant fixement son verre vide.

Viviane l'observait, tout en rangeant des vêtements d'enfants épars dans la pièce. Au passage, elle attrapa la bouteille de porto et la planta sans un mot sur la table, à côté de Claire. Elle souriait d'un sourire énigmatique, calme, qui ne quittait pas ses lèvres, et Claire, aussi brusquement calmée qu'elle avait été saisie par le fou rire, se demandait ce que Viviane pouvait bien penser d'elle et de cette visite. Cette bouteille posée devant son nez n'était-elle pas un encouragement ironique à dire ce qui l'avait amenée? De là venait justement la gêne de Claire, qui n'était plus timidité, mais impuissance à trouver un but à cette visite — à le retrouver, plutôt. Elle regardait Viviane plier soigneusement un pantalon — un tout petit pantalon —, et il lui sembla que son silence était un défi,

147

et qu'elle sourirait ainsi éternellement, attendant que Claire le rompe.

— Tu as des enfants, alors ?

— Trois ! Trois en cinq ans ! Tu me connais, je n'ai jamais eu le sens de la mesure, ajouta-t-elle en riant.

Un je-ne-sais-quoi d'incertain dans le rire, ce regard, aussi, qui cherchait de nouveau quelque chose à ranger, à déplacer, donnèrent soudain à Claire la sensation que Viviane, elle non plus, n'était pas à l'aise.

— Et Dieu sait que je ne pouvais plus les voir, les mômes ! Il y en avait assez eu chez moi, et je croyais vraiment en avoir torché pour toute ma vie ! Enfin, tu vois, on change...

Elle fit à Claire un petit sourire teinté de fatalisme, qui s'éteignit brusquement, et lui laissa un visage grave, immobile, lavé de toute expression. Elle est vraiment toujours très belle, pensa Claire, mais... Et la voyant se reprendre et regarder autour d'elle en mordant un peu la lèvre inférieure, elle eut la certitude qu'il n'y avait aucun défi, dans l'attitude de Viviane, aucune ironie, mais plutôt une attente anxieuse.

— C'est bien, que tu sois venue. Si, si, ajouta-t-elle avant que Claire pût avoir l'air d'en douter.

Et elle s'en fut prendre un verre dans le vaisselier encombré de trop de choses usuelles.

Elle s'est un peu alourdie. C'est normal, trois enfants en si peu de temps, pensa Claire. A moins que ce ne soit cette jupe mal coupée, ou la ceinture du tablier trop serrée sur les hanches. Viviane, de dos, grommelait quelque chose à propos du désordre des gosses, assurait l'équilibre périlleux d'une pile de tasses. Claire détourna les yeux. Elle supportait mal cette image de femme besogneuse, entourée d'un décor ordinaire et de meubles uniquement choisis pour l'usage domestique, alors que l'autre Viviane eût mérité...

— Tu ne sculptes plus ?

— Hein ?

Viviane s'était retournée, les mains encombrées. Claire lut dans son regard qu'elle avait très bien entendu sa question.

148

— Tu ne fais plus de sculpture ? Ou de dessin ?

— Ho ! non ! Je me demande bien quand je pourrais. D'ailleurs, ce n'est pas une grande perte pour l'art, tu sais, ajouta-t-elle en riant. C'était très mauvais, ce que je faisais !

Claire prit tout d'abord cette affirmation comme une coquetterie, et assura Viviane du contraire.

— Tu plaisantes ? C'était léger-léger, je t'assure. Je dessinais bien, c'est vrai... Mais n'importe quel élève des Beaux-Arts dessinait aussi bien que moi. Ça ne suffit pas. Encore faut-il avoir quelque chose à dire. D'ailleurs j'ai tout jeté. Et aucune parcelle de génie outragé ne s'est révoltée en moi quand j'ai foutu tout ça au feu !

Claire restait pantoise. Viviane riait, et continuait à parler avec ironie de son « petit talent ». Claire l'écoutait, choquée, tout en cherchant à comprendre. L'orgueil ? Oui, Viviane n'en manquait pas, c'était certain. Mais ce refus total, délibéré ? Anéantir même les preuves que cela ait pu exister ? Et toujours ce leitmotiv qui revenait : « les gosses... les gosses... », comme un rempart, un garde-fou, qu'elle plaçait sans cesse entre elle et ce qu'elle avait détruit. Et le rire qui ponctuait chacune de ses explications commençait à agacer Claire. Elle ment, pensait-elle, je ne sais pas pourquoi, mais elle ment dès qu'elle ouvre la bouche.

— Et l'Amérique ? Tu devais bien partir en Amérique, au début ?

— N'en parlons pas, veux-tu ? dit Viviane assez abruptement.

Et, comme le silence se poursuivait, elle ajouta néanmoins d'une voix incertaine :

— J'avais été « invitée », là-bas. Tu te rappelles peut-être un grand type qui venait souvent à l'atelier, il portait toujours une énorme casquette aux couleurs différentes découpées comme des tranches de melon, non ? Une ordure.

Elle hésita un instant, la bouche un peu tremblante.

— Je n'aime pas à me rappeler ce que j'ai dû faire pour me payer mon billet de retour.

Après un temps, elle se secoua, rit amèrement en chas-

sant de la main cette pensée importune, et attrapa la bouteille de porto. Elle offrit un instant à Claire un regard
chaleureux, un peu démuni.

— J'ai si souvent pensé à toi... Tu vois, je crois que
tu étais la seule personne que j'enviais.

Claire en resta les yeux grands ouverts d'incrédulité. Elle
ne pouvait rien faire, rien dire. Elle avait simplement la
curieuse sensation d'avoir glissé dès qu'elle était entrée au-
delà de la surprise, de l'émotion. Viviane l'avait enviée...

— Moi? articula-t-elle péniblement.

— Je ne le savais pas, bien sûr! Mais je crois bien que
c'est vrai, parce que... parce que tu étais NATURELLE, tu
comprends? Tu avais tes goûts, tes sentiments à toi, et
des yeux qui reflétaient simplement ce que tu pensais. Tu
ne trichais pas. Tu ne peux pas savoir comme ça fait du
bien, quelqu'un comme ça. Mais ça non plus, évidemment,
je ne m'en rendais pas compte. Moi!

Et elle eut un geste de dérision amère.

— C'est après que tu m'as manqué.

En d'autres temps, Claire aurait été bouleversée
d'apprendre qu'elle avait eu une importance quelconque
à ses yeux. Avant-hier encore. A présent, tout était faussé.
Non seulement Viviane ne se ressemblait pas, mais elle parlait sérieusement d'une étrangère aux yeux purs qui était
censée être elle-même, Claire. Faux. Ridicule et faux... Et
elle préférait presque son rire à ce regard sincère posé sur
elle, et qui mentait tout autant.

Viviane continuait d'évoquer ses souvenirs, et Claire
l'écoutait, la bouche ouverte, parler de deux jeunes filles
inconnues, dont l'une était un grand échalas sans consistance et l'autre un petit être bien planté sur ses pieds, clair-
voyant, un vrai petit roc. « Une sorte de petit roc velouté »,
précisa Viviane.

Une gaieté soudaine monta en Claire. Tout cela était
drôle, vraiment drôle. Et elle soupçonna un instant Viviane
de lui « monter un bateau », comme elle l'avait si souvent
fait autrefois. Pour rire, pour la mettre à l'épreuve. Elle
était très douée pour cela, et Claire était une victime également douée — elle avait passé des jours, à l'époque, sans
s'apercevoir que Viviane se moquait d'elle avec le même

sérieux imperturbable, la même sincérité convaincante qu'elle lui voyait en ce moment. Claire se resservit un porto, et abonda, l'œil rieur, dans le sens de la plaisanterie actuelle. Oui, elle était bien un petit roc, velouté ou non, elle n'avait jamais douté de son chemin, et de là lui venait cette sagesse, ce poids. Puis Viviane ajouta quelque chose sur la conscience que certains êtres ont déjà tout jeunes, et qui les mène sans détour, en harmonie avec eux-mêmes, sur la route qui leur convient. Et Claire se tut, désarçonnée. Il n'y avait aucune intention facétieuse dans cette affirmation, et Viviane avait bel et bien l'air de pratiquer — chose entièrement nouvelle — le premier degré…

Claire fit bifurquer la conversation, et elles parlèrent avec légèreté de choses et d'autres — et surtout autres. Elle luttait bravement contre le silence qui retombait régulièrement, avec cette fausse aisance qu'elle avait parfois face aux épouses des collègues de son mari, mais elle eut bientôt épuisé toutes les futilités à sa disposition, et se rendit compte que, tôt ou tard, elle laisserait jaillir ce « pourquoi ? » qui lui brûlait les lèvres. Elle revint malgré elle au sujet qui l'effrayait, à leur adolescence, à l'atelier, à cette vie insouciante et libre.

— J'ai eu des problèmes avec la liberté, dit Viviane en souriant.

Et Claire lâcha enfin à contrecœur ce « pourquoi ? » comme on baisse les bras, comme on abandonne un terrain défendu inutilement.

— Parce que, entre-temps, vois-tu, j'ai aimé.

Ce mot simple et sincère, prononcé avec une inflexion chaude, frappa Claire comme une grossièreté. Elle en fut aussi gênée que si Viviane avait soudainement retroussé sa jupe devant elle. Et Claire pressentit que ce qui allait suivre détruirait irrémédiablement l'image qu'elle gardait de Viviane, saccagerait ses souvenirs, irait à l'encontre de ce qu'elle cherchait, la toucherait gravement. Mais elle ne pouvait rien faire pour l'en empêcher, les portes étaient ouvertes. Et un vrai malaise la prit.

Viviane parlait, parlait, se mettait à nu, exposant des cicatrices intimes, des blessures toujours ouvertes, devant une Claire impuissante, au bord de la nausée.

— Je n'avais aucune idée de ce que ça pouvait être, l'amour... J'étais trop loin de tout, indifférente, dure, insensible. C'est bien simple, je me rencontrerais maintenant comme j'étais à l'époque, je me flanquerais des gifles ! Je me demande comment les gens pouvaient me supporter. Je ne les voyais même pas, les gens, je ne voyais rien ni personne ! A la rigueur, je peux comprendre qu'ils aient été justement fascinés par ça, par mon vide, mon absence totale de sentiments, comme on est fasciné par un fantôme... Alors l'amour, tu penses ! Pour moi, c'était une chose abstraite, lointaine. J'imaginais que cela devait vous rendre plus fort, plus léger encore. Ça m'est tombé dessus d'un seul coup, et là... Ha !

Et Viviane retrouva un instant cette voix, ce rire qui était autrefois une pure insulte à la décence et à la fragilité des vitres.

— La révolution ! Le monde à l'envers ! Moi qui planais sur mes hauteurs, tu ne peux imaginer l'atterrissage ventre à terre que j'ai fait. Et je me suis retrouvée là, parmi les vivants, dans un état ! Imagine un sourd à qui on déboucherait d'un seul coup les oreilles au milieu d'un chantier — l'horreur, quoi. Et moi qui pensais que l'amour ne devait apporter que des forces nouvelles, je me découvrais faiblesse sur faiblesse. Une vraie dégringolade ! Heureusement, j'étais tombée amoureuse de quelqu'un d'intelligent, qui ne s'est pas affolé — il aurait pu, étant donné l'état de décrépitude où j'étais tombée. Et il m'a fait comprendre tout doucement que ce qui m'arrivait n'était pas une descente aux enfers, mais que, simplement, je commençais à vivre... Voilà.

Voilà. Voilà, pensait Claire, comment une femme libre, pleine de talent, devient une ménagère coincée entre les gosses, la lessive, et une cuisine en formica. Elle avait l'impression que le sang se retirait de ses mains, de ses lèvres. Il fait froid, ici.

— Je ne crois pas que tu puisses comprendre, ajouta Viviane comme si elle lisait dans ses pensées. Tu n'avais aucune raison, toi, d'être dégoûtée de la famille, de la tribu, de toute cette promiscuité écœurante. La bouffe, les langes qui sèchent partout, les bébés qu'on te fourre dans ton lit parce qu'il n'y a pas de place, tout, quoi. Tiens, l'odeur du lait ! Ça n'a l'air de rien... Dès que j'ai rejeté tout ça et que je suis partie, j'en aurais vomi, de sentir cette odeur. Tu comprends ? Je me suis bouché les yeux, les oreilles, le nez et le cœur avec, malheureusement. Je m'étais cuirassée. Comment, moi ? Moi ? Moi si grande, si belle, si intelligente, qu'est-ce que j'avais de commun avec tout cela ? Moi, me laisser avoir ? Plutôt crever, oui !... Et c'est ce que j'ai fait. Toute seule dans mon coin, ou plutôt en haut de ma grande tour. Inaccessible. Il aurait fallu être drôlement malin pour parvenir à me toucher.

Viviane la regardait avec une pointe d'anxiété dans le regard, en grattant nerveusement un coin de la toile cirée qui recouvrait la table. Elle attendait un mot, un commentaire, une aide peut-être.

Claire se fit violence.

— Pourtant... c'était bien, chez toi. Je veux dire, c'était vivant, justement.

— C'était pittoresque, oui... Comme les ruelles crasseuses avec le linge qui sèche en travers. La poésie des souks — vu de loin, ça fait gai. Y vivre, c'est autre chose... Mais ça, encore, ça n'est rien. Étant petite, j'avais aussi une famille normale, moi. Papa, maman, mon frère et mes sœurs. Mais après ? On s'est retrouvé à six à se partager tant bien que mal deux pères et deux mères... Tu vois, j'aurais préféré que mes parents divorcent en se haïssant, j'aurais même préféré être séparée d'eux... L'amour ? Quelle idée voulais-tu que j'aie de l'amour, dans tout ça !

Elle se tut brusquement, et l'ombre d'une ancienne colère lui assombrit le regard.

Elle va trop loin, elle exagère... Claire se sentait une crispation douloureuse dans la poitrine et la tête lourde. Non... Non, c'était magnifique, cette famille, et l'amitié qui succède à l'amour, et ces enfants réunis au lieu d'être écartelés. Elle ne pouvait pas la laisser piétiner tout cela sans...

— Mais tu ne peux pas comprendre. J'ai tellement eu de mal à comprendre moi-même, que toi, qui as eu tellement de chance... Je sais que ça peut paraître monstrueux, ce que je reproche à mes parents. Mais comment te dire... ?

Viviane appuya son front sur ses mains croisées, et Claire remarqua quelques cheveux blancs épars dans les mèches noires. Elle ne parvint pas à s'en attendrir.

— J'aurais pu conserver le souvenir de leur couple. Les regretter, les détester, peut-être, mais j'en aurais gardé à leur place une image intacte. J'en aurais souffert, bien sûr ! Mais j'aurais peut-être pu rêver de réussir ce qu'ils avaient raté. Parce que s'il reste la haine, c'est encore quelque chose de fort qui prouve que l'amour peut exister. On ne peut détruire que ce qui existe. Qu'est-ce qu'ils m'ont montré, eux ? Que lorsque c'est fini on peut continuer à vivre comme avant, faire la popote ensemble, s'embrasser sur les deux joues, et aller se coucher avec quelqu'un d'autre dans la pièce à côté ? C'est dégueulasse... Enfin, tout ça, je ne le pense plus, bien sûr. Je les aime beaucoup. Ils sont formidables. Tu les verrais, avec les momes ! Ha !

Et Viviane riait en rejetant la tête en arrière. Mais son rire se retenait soudain, se transformait en souvenir d'une ancienne exubérance, et ses mains un instant envolées autour d'elle revenaient sur son visage, la ramenaient à la sérénité, comme si, à les poser sur son front, ses mains empêchaient ses pensées de lui échapper, incontrôlables, et les ramenaient à la raison. Elle restait un instant immobile, le regard fixé dans le vide, puis, sa sagesse retrouvée, ses mains se reposaient sur la table, rassurées, et elle continuait à parler d'une voix chaude et calme.

— Tu vois, mes parents, c'est curieux... Dieu sait que je leur en avais fait baver ! Eh bien ! c'est sur moi qu'ils étaient braqués, c'est moi qu'ils préféraient. Aucune de mes sœurs n'a eu mes problèmes, mon égoïsme, elles ne leur reprochaient rien. Elles sont parties dans la vie comme sur des roulettes, et elles en ont fait, des gosses ! Les petits-enfants, c'est pas ce qui leur a manqué ! Eh bien ! quand je leur ai annoncé que j'allais en avoir un à mon tour, ils en ont pleuré... Je te jure. Pleuré ! Les autres, ils les aiment bien, mais les miens, ce sont des dieux ! C'était ceux-là qu'ils attendaient. C'est incroyable, non ? Qu'on s'attache justement à ce qui vous a fait le plus souffrir...

Claire était à la torture. Elle aurait voulu faire un geste

vers cette femme émouvante qui lui disait toutes ces choses simples et belles. Mais elle était incapable d'un seul
mot. Elle luttait toujours contre un malaise qui allait
s'amplifiant d'autant plus qu'elle lui résistait.

Elle est très belle. Elle est presque plus belle, oui...

Elle pouvait lui dire cela, bien sûr ! Mais elle sentait bien
que, si elle ouvrait la bouche, les paroles d'amitié se transformeraient vite en un flot d'accusations. Pourquoi ce rire
sage, endigué ? Pourquoi ces mains accrochées à la table,
aux objets, pour les empêcher de chercher, de créer ? Pourquoi trois enfants au lieu d'un, pour mieux la clouer ici ?
Pourquoi ? Pourquoi tout ça ? Et, bien sûr, Viviane lui
rétorquerait que « tout ça » était beaucoup plus important,
plus beau, plus vrai. Elle était justement en train de le lui
dire, et lui décrivait son bonheur présent avec des yeux
de lumière. Et la joie qu'elle retirait de cette vie simple,
de ces enfants qu'elle aidait à pousser.

— Je ne prétends pas ne plus être égoïste. Oh non ! Mais
je fais des progrès, petit à petit. Quand je pense à ce que
j'étais, et à ce que j'aurais pu devenir ! Rester toute seule,
intouchable, uniquement préoccupée de mes relations, de
ma cote au box-office de l'« ART », et l'âge venant, ma
réputation établie, me durcir dans mon coin comme une
vieille coque de noix, sans être rattachée à la vie. Quand
j'imagine ! J'en ai rétrospectivement des frissons.

Claire se taisait toujours. Elle savait que toutes les questions seraient inutiles, car elles se fondaient toutes en un
seul reproche, inutile lui aussi : Pourquoi ne ressembles-
tu pas à celle dont j'avais besoin et que j'aimais ? C'est
celle-là que je cherchais, et à qui j'aurais pu parler. Mais
à quoi bon la troubler, la faire souffrir, peut-être. Si
Viviane rejetait si violemment cette autre elle-même, en
faisait avec mépris un fantôme dur et insensible, c'est
qu'elle n'avait pu composer et vivre avec. Pourquoi le res-
susciter et lui jeter au visage son charme d'alors, sa liberté
perdue, son talent gâché ? Inutile. Inutile... Viviane sembla encore lire directement dans les pensées de Claire, car,
après avoir gardé un instant les yeux fixés sur elle, elle eut
un bizarre sourire en coin — sourire de connivence — et
répondit aux questions que Claire n'avait pas formulées.

— Je suppose qu'avec ma « personnalité » tu aurais imaginé pour moi quelque chose de plus reluisant, non ? Ou bien, si j'avais absolument voulu me marier, une sorte de mariage quatre étoiles avec l'appartement, la bonne pour les enfants, et le genre de compte en banque qui vous laisse libre, n'est-ce pas, d'accomplir cette fameuse personnalité ?

Elle rit doucement, presque en fermant les yeux, et Claire sentit qu'une légère rougeur lui montait aux joues.

— Ce qu'elle a pu m'emmerder, ma fameuse « personnalité » ! Je ne me rendais pas compte à quel point j'étais devenue un personnage, au lieu d'une personne. J'ai même oublié que si j'aimais la sculpture, c'est que j'aimais toucher, j'aimais, comme une enfant, avoir les mains qui tripotent quelque chose de doux et de mou. Parce que j'étais un peu plus grande, j'en faisais quelque chose, évidemment, quelque chose qui me plaisait. Mais la première signification était là, toute simple : la sensation. Et je l'ai perdue. Je l'ai perdue à travers le regard des autres, quand ils regardaient ce que j'avais fait. Oh ! ils en ont trouvé, eux, des significations ! Elles m'éloignaient de la mienne, de ma simplicité. C'était du « néo-je-ne-sais-quoi » mitigé d'autre chose encore avec, surtout ! un SU-PER-BE éclatement des structures, etc. Et je les ai crus — un temps. J'ai été exposée. Puis vendue, comme on le dit si justement, assez cher. Je me suis mise alors à travailler en pensant au résultat, ce qu'il y a de plus horrible. C'était fini. Alors j'ai tout plaqué, parce que j'avais tout perdu, en perdant ma sincérité. Et tout ça pour des mots ! Qu'il était fragile, mon talent, tu vois ? Il n'y a pas grand-chose à regretter.

Elle s'arrêta un instant, un pli amer au coin de la bouche, grattant machinalement l'étiquette de la bouteille de porto. Puis ses traits se détendirent, et une pensée la fit sourire doucement.

— Je n'ai retrouvé cette sensation que plus tard, quand j'ai fait mes enfants. Un jour, j'étais en train de laver le premier, et je le tournais, le retournais, je pétrissais cette chair douce et élastique, quand la sensation m'a frappée. A tel point que j'en ai fermé les yeux un moment. Je

156

m'étais déjà sentie exactement comme ça, dans cet état de bonheur affairé, sans questions, la tête vacante. Et distraitement, je continuais à pétrir mon môme. C'était ça. C'était exactement ça ! Comme de la glaise. La même consistance, la même douceur. Ça bougeait, en plus, mais, pour moi, la sensation était la même. J'étais dans mon élément : les mains dans la pâte !... J'en ai rigolé toute seule à la pensée que j'aurais pu directement commencer par faire des enfants sans passer par le modelage. Que de temps gagné ! Les mains dans la pâte — voilà la seule chose que j'ai toujours cherchée, et la seule qui me rende heureuse. C'est peu ? Je m'en fous.

Elle rejeta ses cheveux d'un coup de tête en arrière, et regarda Claire avec une lueur de défi dans le regard. Ses lèvres remuèrent sans qu'elle prononce un son. Elle semblait hésiter, prendre son élan avant de dire une chose terriblement importante, capitale pour elle.

— Je vais te dire ce que je pense vraiment. Tu vas peut-être me sauter à la gorge, car ce n'est pas à la mode de parler ainsi ! Mais...

Elle hésita de nouveau, et Claire eut brusquement envie d'échapper à ce qui allait suivre, une envie physique, instinctive, proche de la peur. Je voudrais partir. Un besoin impérieux, sourd à tout raisonnement, comme quand, étant enfant, on vous coince en visite entre une table et une armoire étrangère. Partir, partir. Mais Claire ne pouvait ni se mettre à geindre ni trépigner — on ne tape pas des pieds sur place quand on a été bien élevée et que, comble de malchance, on est devenue une adulte de trente-quatre ans.

— Je sais pourquoi, à part QUELQUES exceptions qu'on porte en étendard parce qu'elles sont rarissimes, les femmes ne font rien de significatif pour les autres. C'est que l'ŒUVRE ne les intéresse pas. Elles veulent simplement « faire ». Elles recherchent une sensation qui les contente elles-mêmes, sans penser à ce qu'elle va représenter, et si elle peut avoir une portée quelconque aux yeux du monde. Elles s'en moquent, pourvu qu'elles aient la main à la pâte ! Et c'est pour ça qu'elles ne font pas d'œuvre importante au sens où les hommes l'entendent. Car elles aiment non seulement faire, mais refaire, recommencer inlassablement les mêmes gestes. Comment expliquer que depuis des siècles tant de millions de femmes trouvent dans cette répétition quotidienne une sorte de bonheur, si ce n'est pas manque d'imagination? Tant de pulls tricotés, puis détricotés et retricotés sur le même modèle, simplement un peu plus grands ou plus petits, tant de plats refaits jour après jour avec pour seule variante le fait d'être un peu plus ou un peu moins salés! Je ne crois pas que cela tienne simplement à cette « aliénation » des femmes dont on nous rebat les oreilles. Pourtant, c'est si tentant d'excuser tout par ce simple mot! Si pratique d'échapper ainsi au grand doute sur nous-mêmes, en rejetant la faute sur les autres, les civilisations, les religions, que sais-je? — si pratique, que nous avons toutes sauté dessus à pieds joints! Et moi la première. Maintenant, non, je ne peux plus le croire. Je n'en ai pas d'exemple, mais je suis persuadée que les hommes en général, un homme ordinaire placé dans la même situation de « régularité ménagère » s'y prendrait tout autrement. Il ne pourrait pas refaire deux fois le même pull avec la même laine, ça l'ennuierait trop, il en ferait une jupe, n'importe quoi, des pompons. Un jour, il mettrait une banane dans la sauce de l'éternel ragoût, ou des raisins, ou du chocolat, pour rigoler, rien que pour voir, pour essayer, pour changer! Moi, je sais que je suis habile de mes mains, et que j'ai de la santé. Et pendant des années, on a appelé « talent » ce qui n'était que la manifestation d'une heureuse nature. Je pouvais faire des choses, avec beaucoup d'énergie, mais je n'avais pas d'imagination. Je n'en ai jamais eu.

Claire était catastrophée. Cela dépassait ce qu'elle aurait pu imaginer de pire. Qui lui a mis toutes ces pensées ridicules dans la tête, pensait-elle? M. Dubois, sans doute... Ce n'est pas possible. Elle était si forte, si magnifique! On l'a poussée insidieusement vers cette voie de garage, ou on a profité d'un moment d'extrême faiblesse pour lui inculquer toutes ces théories à la noix. Même son visage ment! Ses lèvres se serrent, elle prend une mine sérieuse, presque dramatique — comme ces bonnes femmes en train de colporter des ragots qui donnent la comédie du sérieux pour donner plus de poids à leurs médisances. Qu'est-ce que je suis venue faire ici ? Écouter cette femme que je ne connais pas, que je ne connais plus, me débiter des bêtises pareilles, des bêtises que... Ça fait combien de temps que je suis là ?

Et Viviane, en face, continuait obstinément, en martelant la table de son doigt à chacune de ses affirmations.

— Moi, je me suis arrêtée de sculpter, parce qu'en donnant une signification à ce que je faisais, en me demandant d'aller « plus loin », on me gâchait mon plaisir simple. On me faisait peur. Comme si, heureuse de cultiver mon jardin, on en avait tout à coup abattu les barrières et les clôtures, et qu'il se soit étendu à l'univers. On m'aurait dit : « Va ! Tu n'as plus de limites, va ! » Et les outils me seraient tombés des mains de la même manière. Sans mes limites, on m'ôte tout courage, tout bonheur. J'ai peur des horizons, ils me paralysent.

Une brusque colère saisit Claire. Ce supplice n'allait pas durer éternellement ! Elle allait enfin l'arrêter, stopper net cette... cette trahison. Oui, il n'y avait pas d'autre mot. Car, passe encore de trahir un souvenir d'enfance, mais se trahir soi-même à ce point, renier tout ce qui faisait cette personnalité, sur laquelle elle crache à présent sans respect pour tout ce qu'elle possédait de force, de dons précieux ! Qu'est-ce que je pourrais dire, moi, alors ?! pensait Claire révoltée. Elle piétine sans vergogne toutes ses richesses, et moi ? Moi qui n'ai jamais rien créé, qui ne travaille plus sans en ressentir la moindre frustration, qui ne cultive même pas un jardin, fût-il cerné de clôtures, moi qui n'ai jamais... Quelque chose se serra dans la poitrine de Claire, petit pincement cruel, tout au fond d'elle-même. Elle était là.... Elle était là, la blessure qu'elle avait pressenti recevoir ici, dès son entrée. Viviane allait lui faire mal, elle le savait. Et elle avait attendu en tremblant de peur, impuissante, sans savoir comment viendrait le coup, ni jusqu'où il l'atteindrait. Elle l'avait bien reçu. Elle s'obligea à penser plus avant, douloureusement, comme on dévale une pente aride en trébuchant. Moi qui suis... Moi qui suis exactement ce qu'elle a dit des femmes il y a un instant... Le doute — ce fameux doute qui résumait tous ses tourments, et qui était bien la dernière chose qu'elle avait espéré retirer de cette visite, elle qui cherchait un encouragement, une preuve vivante qu'il pût exister quelqu'un d'intéressant, de créatif, l'inverse de ce qu'elle était. On lui plantait ce doute en pleine poitrine. On lui plongeait la tête sous l'eau. La colère s'évanouit en elle, fit place à un grand vide, à un découragement glacé. Et qui suis-je, moi ? Moi qui n'ai même pas fait d'enfant.

Viviane dut s'apercevoir tout à coup que Claire était pâle et raide, sur sa chaise, car elle se tut. Elle la regarda un instant, inquiète, puis, avec un petit rire brusque :

— Tu vois, je parlais de l'égoïsme, tout à l'heure, et j'ai encore des progrès à faire. Ça fait plus d'une heure que je ne parle que de moi ! Mais je suis si contente de te voir. C'est pour ça que je t'ai carrément sauté dessus hier, au téléphone. J'avais tellement souvent pensé à toi. Car perdue dans mon brouillard, du haut de ma tour, j'avais quand même bien distingué deux ou trois visages dont je gardais le souvenir. A ceux-là, plus tard, j'aurais bien voulu dire... Parce que ce n'est pas le tout de changer, de regretter, encore faut-il le faire savoir. Ça aussi, je l'ai appris, depuis. Il ne suffit pas de ressentir, il faut faire partager, sinon....

Claire releva le visage, regarda cette femme, les mains ouvertes devant elle, qui lui offrait son amitié, et se raidit davantage sur sa chaise.

— Tu as l'air heureux, ça se voit, mais qu'est-ce que tu fais, toi ?

Non. Ni au passé ni au présent. Je ne veux pas qu'on parle de moi, je n'ai rien à dire. Je n'ai pas la force de mentir. Elle va...

Et tes parents ?

Elle va me blesser davantage. Quelle heure est-il ? Elle est très belle, oui. Mais elle parle d'une autre, je ne la connais pas. Je ne veux pas avoir à lui dire qu'elle se trompe. Et que je me suis trompée. Quelle heure est-il ? Il faut que je m'en aille d'ici.

— J'ai un souvenir tellement formidable d'eux. Comment sont-ils, maintenant ?

— ...

160

— Ils vont bien, j'espère?

— Très bien.

Viviane attendait une suite, le visage attentif, tendu vers elle.

Claire baissa les yeux, un front buté, ferma les lèvres, et laissa un lourd silence s'amonceler entre elles, se poser sur la table, déborder sur les chaises, s'épaissir, se gonfler, absorber l'air, et bourdonner dans sa tête en lui cognant aux tempes. Une mouche se noyait dans le verre de porto abandonné en agitant éperdument des ailes engluées. Le cœur du réveil, posé sur le buffet, battait les secondes, impitoyablement. Un enfant criait, plus haut, très loin. Et une femme criait aussi, après que quelque chose se fut brisé, avec un petit bruit sec de catastrophe ménagère. J'étouffe. Le silence s'amplifiait, se faisait tourbillon, vacarme. Claire ouvrit la bouche, chercha son souffle en relevant la tête, et resta pétrifiée.

Viviane la regardait.

Viviane la regardait, sans bouger, sans rien dire, sans colère. Rien qu'une blessure ouverte. Simple, démunie. Elle fixait sur Claire deux plaies ouvertes et chaudes au milieu du silence. Jamais un regard ne lui avait fait aussi mal.

La vague basculait en Claire, s'apprêtait à franchir ses lèvres… puis elle reflua, car Viviane lui ôtait charitablement la brûlure de ses yeux. Et le temps reprit douloureusement son cours, et les objets leur poids, car Viviane bougeait, touchait des choses.

— Il est temps que j'aille chercher les gosses à l'école.

Elle ramassa les deux verres, sur la table, et Claire vit ses mains disparaître avec eux, laissant deux petits ronds humides sur la toile cirée. Claire porta les siennes à ses joues, pour calmer la chaleur qu'y avait laissée le regard de Viviane. Puis, la sentant revenir dans la pièce, elle eut peur de lever la tête, peur que la nausée ne resurgisse.

Mais c'était fini. Viviane ne la regardait plus et dissipait le silence avec des mots, comme on ouvre des fenêtres pour chasser une odeur tenace. L'école, l'heure, les gosses, le repas du soir.

Elle a tout compris. Qu'est-ce que j'espérais lui taire?

161

Elle est si intelligente, quoi qu'elle soit devenue. Elle a tout lu en moi. C'est horrible. Viviane passait et repassait devant elle sans cesser d'agiter l'air, de le purifier en disant des choses anodines. Mon sac, oui. Que c'est bête, que c'est moche. Non, je n'avais pas de manteau. Et une petite pensée ridicule tortura Claire jusqu'à la porte : faut-il que je l'embrasse, ou que je lui serre la main ? Non, là, c'est la chambre des gosses, le couloir est à gauche. Il fallait au moins qu'elle la regarde.

Ce ne fut pas si terrible. Viviane souriait, d'un sourire calme et pâle.

— Je suis désolée de m'être déballée comme ça.

Son regard était bien là, posé sur Claire. Mais elle avait mis deux murs au fond de ses yeux.

— Je ne parle pas à grand monde, finalement. Alors...

Claire s'enfuit.

Dans la rue, elle se mit à marcher très vite, oppressée, pour s'éloigner le plus vite possible de ce quartier où s'enterrait le seul souvenir coloré qui lui restait de son adolescence. Viviane... Viviane ! Le seul vrai fauve du petit troupeau gris avait rogné ses griffes, étouffé ses rugissements. Domestiquée, elle était devenue cette femme sage, au bon rire placide, semblable à des millions d'autres. Claire s'enfuyait à grandes enjambées pour mettre le plus vite possible une distance entre elles. Elle pensa prendre un taxi, puis y renonça. Non, elle ne pouvait pas rentrer chez elle tout de suite, il fallait qu'elle bouge, elle avait besoin d'air, elle... Au détour d'une rue, elle bouscula violemment une passante, qui laissa tomber un paquet à ses pieds. Elle continua son chemin sans s'excuser. Elle entendit alors la femme l'invectiver dans son dos, et s'arrêta net.

— Pardon ! Oh ! pardon, je...

L'autre était déjà repartie en grommelant, et Claire resta stupidement plantée au milieu du trottoir en la regardant s'éloigner. Stoppée dans son élan, elle se remit en route plus doucement, au hasard. Calmée, d'un coup, une grande tristesse l'envahit. Non pas tant pour Viviane que pour elle-même — elle perdait son seul jalon. Mais était-ce si important ? Elle erra encore un moment, les pensées en désordre, incertaines, puis elle entra dans un café, simplement pour encore retarder le moment de rentrer chez elle. Elle ne savait pas quoi prendre. Elle commanda un thé, qu'elle ne but pas. Appuyée au comptoir, elle était hébétée, remplie d'une amère douleur. Elle aurait bien aimé pleurer sur Viviane, mais elle ne le pouvait pas. Plus de trace de colère en elle, non plus. Et Claire se demanda sincèrement ce qui la retenait de piétiner mentalement cette femme, puisque, de sa folie et de sa force, ne restaient que ce qu'elle haïssait, ce qu'elle tentait de rejeter elle-même : l'acceptation, les habitudes, la tempérance, la tiédeur...

Elle sortit du café, se remit en route, essaya de penser à autre chose, et n'y parvint pas. L'image de Viviane était accrochée en elle. Fatiguée de marcher au hasard, privée de cet instinct de fuite qui l'avait poussée jusque-là, elle s'assit sur un banc, quelque part, indifférente à l'agitation de la rue autour d'elle. Elle ne comprenait pas pourquoi elle ne parvenait pas à la mépriser, et pourquoi Viviane gardait malgré tout des couleurs et une consistance qui résistaient à la déception. Elle restait vivante dans ses pensées — bien plus vivante qu'elle-même...

Ce n'est que plus tard, rentrée enfin chez elle, débarrassée des vêtements élégants et du maquillage qui avaient eu pour but d'impressionner Viviane, et se laissant aller à une rêverie qui n'était même plus amère, que Claire découvrit leur différence : elle était, et Viviane était devenue... C'était cela, cette unique et inestimable différence, qui conservait à son ancienne amie ses couleurs et sa présence dans son esprit. Viviane, elle, avait CHOISI. Les choses, si troublantes qu'elles puissent être en apparence, étaient toujours dans l'ordre. Viviane la devançait avec tout le poids de sa décision et de son choix.

Et Claire, épuisée, admit calmement qu'elle l'admirait toujours.

Le lendemain matin, Claire se réveilla avec l'image de Viviane aussi vivante, aussi présente, mais la nuit avait suffi pour chasser en elle toute déception. Elle ne gardait de leur entrevue que le souvenir du regard déchirant qui lui avait fait si mal — ce regard de Viviane tendu vers elle, chaleureux, blessé, qui ne comprenait pas. Et elle commença immédiatement à en souffrir.

Néanmoins elle déjeuna avec Jean en parlant de choses et d'autres, lui offrant un visage détendu, dissimulant habilement ses préoccupations, comme elle en avait pris l'habitude.

Dès qu'il fut parti, elle se laissa aller, et se précipita sur son journal.

3 mars.

... J'ai été odieuse, monstrueuse. J'avais devant moi une femme ouverte qui me tendait les mains, recherchant ma compréhension, mon amitié. Et je n'ai été capable que de me fermer, de la blesser par mon silence et mon insensibilité. Et tout ça, pourquoi ? Parce que je cherchais une image puérile, un fantôme, comme elle le disait si bien, qui n'a peut-être existé que dans mon imagination de petite fille stupide. C'est inhumain, ce que j'ai fait là. Comme d'habitude, j'ai tout gâché. J'ai laissé échapper l'occasion de toucher quelque chose, quelqu'un de vrai, de me réchauffer à sa chaleur, de me faire une amie, peut-être — une vraie, moi qui n'en ai pas. Et comme d'habitude je voudrais revenir en arrière, me faire pardonner. Mais le mal est fait, c'est trop tard, trop tard ! Comme d'habitude. Je ne changerai donc jamais ! Quels que soient mes efforts, je me retrouve toujours au pied du mur, et le mur, c'est moi. Elle m'a appelée « un petit roc ». Qu'elle a raison, mon Dieu ! Un petit roc d'égoïsme inaltérable. Et c'est au milieu de ma poitrine que bat le cœur de la pierre, glacé. J'en ai marre ! A quoi riment ces efforts désordonnés, si c'est pour gâcher toutes mes chances ? Ha ! Que puis-je faire ? J'ai si mal, quand je repense à ses yeux. Je voudrais pouvoir l'embrasser, lui expliquer... Mais comprendrait-elle ? J'ai été si dure, cela restera toujours entre nous, quoi que je puisse faire. Et pourtant je ne peux pas rester comme ça, sans lui dire, lui demander pardon, ça me fait trop mal ! Comment me recevrait-elle, si je l'appelais maintenant ? Elle était si froide, après que je l'ai blessée. Et puis il faudrait lui avouer tout ce que j'ai pensé d'affreux sur elle, sur la médiocrité de sa vie. Allons ! Un peu de courage, imbécile ! Il faut simplement laisser se cicatriser l'affront que je lui ai fait pendant une demi-journée. Ou une journée. Et elle comprendra. Je saurai bien trouver les mots, puisque j'ai tant envie de me racheter. Je l'appellerai demain.

Claire continua à souffrir en pensant à Viviane pendant toute la journée. Elle prépara des paroles d'apaisement et d'amitié. Elle s'émut beaucoup, pleura en les prononçant, ouvrant son cœur comme si Viviane était devant elle.

Bien entendu, elle ne l'appela jamais.

14

Le matin passait assez vite. Elle s'obligeait à liquider les indispensables tâches domestiques le plus rapidement possible. Parfois une bouffée d'angoisse la clouait sur place. Elle s'asseyait un instant, le chiffon à la main, ou l'assiette qu'elle était en train d'essuyer posée sur les genoux. Elle attendait, le souffle court, que cela passât. Elle faisait bloc pour résister, puis elle se secouait avant que ne la saisisse cette inévitable torpeur qu'elle connaissait bien maintenant, et qui la laissait vide, ayant perdu toute notion du temps, immobile à la même place pendant une demi-heure, une heure ou plus. Repartir, vite, sauver la face, sauver les apparences. Après, si elle se laissait saisir, elle n'aurait plus le courage. Elle savait que sa résistance serait amoindrie au fur et à mesure de la journée et que l'inutilité de tous ces gestes la dégoûtait. Pourtant non, ce n'était pas inutile. C'était pour Jean. C'était à cause de lui qu'il fallait faire tous ces gestes. Pour qu'il ne s'aperçoive pas surtout, qu'il ne s'aperçoive pas ! Il savait qu'elle avait toujours tenu sa maison sans beaucoup d'efforts. Elle faisait tout cela sans y penser, même assez allégrement, avant. Elle savait donc, elle, que tout laisser-aller ne manquerait pas de l'alarmer. Désordre et négligence seraient immédiatement interprétés comme un indice inquiétant de son état intérieur, surtout par cet amoureux de l'harmonie. C'était cela qui la relevait de sa chaise, qui la poussait à bouger de nouveau. Non pas le souci du confort de Jean, mon Dieu, non, plus maintenant, mais cet impérieux besoin de sauver la face, de lui offrir une maison nette comme elle lui offrait un visage lisse. Elle avait tant œuvré dans ce sens, elle n'allait pas risquer de compromettre son impunité pour une vaisselle abandonnée ou des vêtements qui traînent. Elle savait maintenant avec amertume que Jean se contentait facilement des apparences. Elle les soignerait donc aussi parfaitement que possible, tant qu'elle en serait capable. Le plus souvent, elle préparait aussi le repas du soir pour n'avoir plus qu'à le réchauffer quand il rentrerait. Parfois aussi, elle s'obligeait à manger quelque chose sur le pouce, pour ne rien resalir. Mais elle n'en avait pas toujours le courage et le plus souvent, tout cela accompli, elle ressentait un grand épuisement, un dégoût qui lui coupait l'appétit. Elle se mettait à traîner, à rôder dans la maison qui lui devenait étrangère.

Elle n'était pas, elle n'était plus chez elle, non. De jour en jour elle en avait une sensation plus nette. Elle regardait tout cet ordre, cette netteté qu'elle avait elle-même créée en se disant que tout cela ne lui appartenait plus. Elle n'était que la gardienne du confort de Jean. Rien que cela Et, pire, elle se sentait un hiatus vivant, une erreur dans cette tranquillité. Son angoisse était une insulte à ce décor.

Un jour, plus particulièrement, elle fut suffoquée par le vide, le silence hostile de sa maison. Elle s'était tapie dans un coin, les mains serrées sur les genoux. Elle regardait les meubles pesants de reproche. La commode à front plat, obtus, ses tiroirs fermés comme deux lèvres pincées. Il lui semblait que ces chaises qui lui tournaient le dos avaient une immobilité agressive, et aussi la table, toute ramassée sur elle-même.

Le temps passait, lourd, et Claire étouffait doucement. Elle se leva brusquement, traversa la pièce, elle attrapa son sac, son manteau et, sans prendre le temps de l'enfiler, elle claqua la porte derrière elle. Elle s'arrêta au coin de la rue, le souffle court, étourdie par ce mouvement soudain, par le bruit des voitures. Elle regarda autour d'elle, incertaine, et se demanda où aller. N'importe où, pourquoi pas ? Le tout était de bouger, de faire comme les autres. Elle se remit à marcher au hasard, soulagée par l'air frais, par cette agitation autour d'elle qui la tranquillisait peu à peu. Au rythme de ses pas, ses pensées s'apaisaient, anesthésiées. Elle n'alla pas bien loin cependant et entra dans un café, les oreilles bourdonnantes. Là, devant un Orangina, elle se demanda pourquoi elle ne profitait jamais de ce droit d'évoluer dans les rues librement, pour rien. Il lui avait toujours fallu s'inventer un but, une excuse pour sortir. Elle resta assise là assez longtemps à observer les allées et venues des gens qui passaient, avec le bruit des flippers derrière son dos. Elle était bien, noyée dans le brouhaha. Elle ne s'était pas sentie si bien depuis longtemps. Pourtant, elle éprouva bientôt comme une incongruité de rester là, seule, trop longtemps. Elle paya et sortit. Sur le trottoir, elle se dit qu'elle pouvait s'octroyer le droit de marcher encore au hasard, si cela lui plaisait, et cette sensation d'école buissonnière la poussa à parcourir deux ou trois rues. Puis elle rentra, la tête plus légère.

L'impression persista toute la soirée et elle offrit à Jean un visage plus sincèrement serein que d'habitude. Plus tard, allongée près de lui alors qu'il était déjà endormi depuis longtemps, les yeux grands ouverts dans le noir, elle se promit qu'elle ne rentrerait pas si tôt demain.

Peu à peu, elle mit au point sa tenue d'errante citadine, presque monacale. Elle se créa en quelque sorte un personnage anodin, incolore, destiné à se fondre dans la masse sans se faire remarquer. Cela l'amusa au début. Elle acheta une de ces paires de chaussures à semelles de crêpe que Jean détestait parce qu'elles évoquaient, selon lui, le scoutisme et l'orthopédie. Elle abandonna le sac qui l'obligeait à une contenance trop féminine et dont la courroie pesait sur son épaule comme une main familière. Après deux ou trois abordages importuns, elle avait même masqué ses cheveux blonds d'un foulard. Et tous les après-midi, elle fuyait sa maison sur ses talons plats, la main dans la poche serrant le billet qui lui permettait de s'acheter le droit de s'asseoir parmi d'autres ombres, à une terrasse quelconque. Elle commandait souvent un Orangina, parfois un Coca-Cola, et le faisait durer le plus longtemps possible. Elle se sentait sans visage, sans pensées, juste une silhouette fondue dans la vie de la rue.

Très vite, elle s'éloigna de son propre quartier pour explorer des contrées plus lointaines. Elle joua à prendre des autobus sans se soucier de leur destination, bercée par la régularité des arrêts, regardant défiler les immeubles, au chaud et en sécurité comme une enfant dans son landau. Elle descendait pour une place qu'elle trouvait jolie, pour une terrasse à l'air tranquille, ou tout bêtement parce qu'on annonçait le terminus. Et elle marchait, marchait, voyageant de café en café, s'interdisant de séjourner deux fois dans le même par peur de se créer une habitude, si dérisoire soit-elle. Voulant échapper à toute routine, elle se forgea ses lois de voyageuse sans but. Pas trop d'arrêts sur les bancs, ni de lèche-vitrines, terrain de chasse des dragueurs. Elle s'interdisait de détailler précisément des visages, de croiser des regards. Elle allait à petits pas réguliers sur ses semelles de crêpe, son angoisse insensibilisée par le bruit de la rue, en croyant sincèrement ne penser à rien.

Le soir, elle retrouvait presque avec aisance les gestes de maîtresse de maison, écoutait en souriant Jean lui raconter sa journée — Jean parlait beaucoup ces temps-ci — et attendait la question rituelle :

— Et toi, qu'est-ce que tu as fait aujourd'hui ?

— Rien.

Elle avait toujours détesté mentir, même par omission. Elle pouvait à présent se fermer en opposant à Jean un silence tranquille et se taire en toute bonne foi, persuadée qu'elle était de n'avoir vraiment rien fait.

— On fait toujours quelque chose... Tu as bien parlé à quelqu'un ?

— Pas un mot.

Jean finit par se lasser et se contenta de se raconter lui-même.

Elle repartait le lendemain, tournant le dos à sa maison, tête basse et mains dans les poches. Pourtant, elle sortit bientôt d'un cœur moins léger. Elle n'arrivait plus si bien à se perdre. Chaque jour, sa peur d'elle-même la poussait toujours dehors, mais elle se retrouvait à chaque coin de rue. Elle ne voulait pas se l'avouer, mais, malgré elle, son errance se faisait recherche, ses pas égaux, poursuite, et le repos à une terrasse, attente.

Un jour, à une station d'autobus, au moment d'entrer dans le 94, Porte de Champerret-Gare Montparnasse *via* les berges de la Seine, elle s'arrêta net. Mille portes s'ouvraient devant elle avec le même bruit sec de piège, et toutes donnaient sur le vide, à l'infini.

— Vous montez ? Où allez-vous ma petite dame ?

Elle ne voulut pas répondre « je ne sais pas » à cet employé qu'il lui semblait avoir vu tant de fois. Elle fit « non » de la tête, égarée, et la porte se referma avec un soupir d'impatience suivi d'un claquement de couperet.

Appuyée à un poteau du refuge, elle eut envie de pleurer. Il lui montait aux lèvres toute la pauvreté de ses fugues, et l'inutilité, et le ridicule de sa tenue de marcheuse sans destination. Elle s'était voulue ombre pour se mêler aux autres, leur ressembler, se fondre dans la vie de la rue. Elle ne leur ressemblait pas. Les autres avaient un but, des pensées, un visage, et la rue, pour eux, menait à une activité, à une maison vivante, à un amour. Elle seule était absente de la rue comme elle était absente de sa propre vie.

« J'ai trente-quatre ans. »

Elle se remit à marcher pour secouer l'horreur de cette pensée et son dégoût d'elle-même.

« J'ai trente-quatre ans et je ne vis pas. »

Ses pieds la portèrent d'instinct vers un quartier plus animé, car elle avait besoin de se noyer dans un mouvement. Pour se rassurer, ou mieux se désespérer — mais colorer au moins ce vide insupportable. Puis quand il fut bien pesé en elle que ni retour ni fuite n'avaient de sens, que tous ces kilomètres sur les trottoirs, tous ces visages entrevus l'avaient laissée aveugle et sur place, exactement sur place, elle ralentit, et par habitude, déjà, elle échoua dans un café des Champs-Élysées. Elle resta là, absente d'elle-même, suspendue, dans un état proche du sommeil, mais insupportablement éveillée. Le temps passait, simplement. Et le barman passa dix fois près d'elle sans la remarquer. Quand il s'arrêta enfin, elle leva vers lui des yeux égarés. Après un silence, il demanda :

— Vous désirez ?

— Un café, s'il vous plaît.

Elle eut un geste pour se raviser, mais il lui avait déjà rapidement tourné le dos et criait : « un express » en louvoyant entre les tables. Qu'est-ce qui lui avait pris ? Elle ne buvait jamais de café. Qu'importe, ça la changerait. Cela lui donnerait peut-être l'illusion d'être une autre — une femme qui ne vit pas pour rien, qui fait des choses, qui s'intéresse aux autres, une femme qui boit du café pour se tenir éveillée dans la vie.

Elle le but à minuscules gorgées, absente, l'œil rivé presque méchamment sur la petite tasse qu'elle reposait avec un bruit sec. Elle continuait à la fixer, les mains sur les genoux, l'air dégoûté, et quand elle se décidait à boire une nouvelle gorgée, elle faisait à chaque fois une petite grimace avec un mouvement de la tête pour avaler plus vite.

Elle venait de reposer la tasse pour la sixième fois avec une sixième moue écœurée quand un rire discret et masculin lui fit relever la tête.

— Il ne faut pas boire du café quand on n'aime pas ça.

A deux tables de là, assis confortablement les jambes croisées, le buste rejeté en arrière, un bras paternellement appuyé sur le dossier de la chaise voisine, un homme la regardait avec un petit sourire tout à la fois indulgent et moqueur. Elle tourna son visage vers lui machinalement, sous le coup de la surprise, un reste de moue dégoûtée aux lèvres. Cela le fit rire encore.

— C'est amer, hein? Voulez-vous autre chose pour vous débarrasser de ce goût affreux?

Il s'appuya encore plus confortablement sur son dossier et lui dédia un sourire franc. L'imperméable ouvert sur un col roulé bleu fumée, le pantalon de tweed un peu mou, il était décontracté sans aucune ostentation. Il l'observait sans agressivité, calmement, un éclair de gentillesse amusée dans l'œil gris-vert. Il n'était ni beau ni laid, les cheveux ni courts ni longs d'un châtain moyen, un visage tout à fait ordinaire, avec une légère asymétrie qui étirait son sourire sur la droite, un seul œil plissé, alors que le gauche restait plus grave. Il n'avait rien de remarquable, sauf peut-être cette aisance absolument naturelle, cette absence de composition dans l'attitude. Il était là et la regardait, simplement.

Claire prit tout à coup conscience qu'elle le dévisageait et détourna brusquement la tête.

— Non, merci.

— S'il vous plaît, ne vous pincez pas. Les femmes se pincent toujours quand on leur dit deux mots. On dirait des huîtres sous le citron.

171

— Non, merci, répéta-t-elle avec une obstination obtuse qui ne lui laissait aucun autre vocabulaire.

— Je ne vous proposais pas des huîtres.

Il eut un petit rire de dérision découragée et secoua la tête, l'air de dire que c'était toujours la même chose.

— Je ne vous propose rien, d'ailleurs. Vous m'avez simplement fait rire tout à l'heure avec cet air d'être sur le point de vomir dans votre soucoupe. J'en aurais dit autant à un homme, peut-être... Peut-être pas, ajouta-t-il honnêtement.

Claire, gênée, regardait toujours fixement sa tasse sans oser la finir. Elle pensa qu'elle devait avoir le nez luisant car elle avait marché vite tout à l'heure. Pensée incongrue.

Il la jaugeait, la tête un peu penchée. Puis il détourna son regard et observa les passants, sans plus s'occuper d'elle. Le barman débarrassait une table à côté, bruyant, affairé, entrechoquant les verres et les tasses, les jetant sur son plateau brutalement comme à plaisir, assouvissant sans doute une obscure vengeance vis-à-vis de ces choses qu'il était obligé de manier chaque jour. Claire songeait, en le voyant faire, que sa marchande de légumes avait les mêmes gestes, jetant les tomates et les fruits avec rage sur le comptoir comme si elle voulait les écraser haineusement avant même de les faire payer. La même absence amère sur le visage que cet homme. La même fatigue dans le dos, une telle fatigue que Claire embarquait ses tomates meurtries sans jamais oser faire une réflexion.

— Écoutez, je ne veux pas vous gêner, mais je me sens un peu seul. Voulez-vous que nous causions un peu? Apparemment, vous n'avez, vous non plus, rien de mieux à faire.

Non, elle n'avait rien de mieux à faire, rien de mieux vraiment, au sens le plus profond du terme, se dit-elle. Pourtant, elle se sentait bloquée, rétive. Tout son atavisme de fille, de femme, lui nouait la gorge. Ça ne se faisait pas de parler ainsi librement à un inconnu, si simple et si charmant soit-il. Car il était, oui, simple et charmant. Une rougeur lui montait aux joues et elle remuait vaguement la tête de droite et de gauche sans s'en apercevoir, comme quelqu'un à qui l'air manque. Et ce barman qui était reparti brutaliser des verres ailleurs sans qu'elle ait eu le temps de régler son café.

— Vous savez, en principe nous sommes des adultes et ça ne dérange personne, que nous parlions. Nous sommes grands ! ajouta-t-il en se penchant un peu vers elle, facétieux.

Elle le regarda, frappée de ce qu'il ait, instinctivement, adopté vis-à-vis d'elle un ton narquois et légèrement paternaliste — ce ton qui convient aux enfants et aux êtres immatures et qui convenait si bien à ce qu'elle pensait d'elle-même, précisément à cet instant. Il était tombé pile. Et, après s'être dit qu'il était simple et charmant, elle se dit aussi qu'elle n'avait pas affaire à un con. Ceci expliquant cela.

Ayant accroché son regard, il poursuivait, joueur.

— Sinon, dans l'ordre des choses ridicules à faire, plusieurs solutions s'offrent à vous. Vous pouvez vous lever brusquement et vous sauver en renversant mon verre avec votre sac. Tiens ? Non, vous n'avez pas de sac, c'est curieux. Ou alors m'écraser furieusement les pieds au passage. Vous pouvez aussi continuer à hypnotiser cette tasse qui ne vous a rien fait en niant obstinément mon existence.

Claire sourit machinalement.

— Vous pouvez aussi tout simplement me dire bonjour.

Elle leva la tête vers lui, le sourire éteint, le regarda un moment.

— Bonjour.

L'inconnu changea brusquement d'expression. Il s'arrêta de jouer et la considéra un long moment. Il vit le visage las, pâle, les yeux lavés. C'est lui qui semblait tout à coup désarçonné et mal à l'aise.

— Pardon. Je suis désolé de vous importuner comme ça. Vous avez peut-être des ennuis.

— Oh ! Non, pas d'ennuis, dit-elle avec une pointe d'amertume qui ne lui échappa pas.

— Ne vous en plaignez pas, moi j'en ai. Rassurez-vous, je n'ai pas la moindre envie de les raconter, ça non ! J'aimerais plutôt leur échapper ! Si vous voyez ce que je veux dire...

Elle voyait. Elle voyait à peu près. Elle comprenait en

173

tout cas qu'ils avaient, pour des raisons sans doute tout à fait différentes, besoin l'un et l'autre d'échapper à leur vie pour un moment. Ils se sourirent discrètement, puis le silence tomba. Étant admis qu'ils allaient se parler, ils n'eurent plus rien à se dire.

Une demi-heure plus tard, pourtant, l'inconnu était à la table de Claire, lui avec une bière, elle un Orangina, et ils avaient parlé beaucoup — lui surtout — en réussissant à ne rien dire d'eux-mêmes. Elle savait, toutefois, qu'il était de Blois, elle savait aussi à présent que ce n'était pas une ville gaie, qu'il venait de temps en temps à Paris « pour affaires » mais qu'il n'y connaissait pratiquement personne. Pour le reste il était brillant, drôle et totalement imperméable. Elle n'avait d'ailleurs pas spécialement envie d'en savoir plus sur lui. Elle l'écoutait deviser avec l'agréable sensation d'être elle-même une inconnue pour lui. Elle n'avait pas la tentation, surtout pas la force de le faire, mais elle aurait pu pour une heure lui raconter une femme différente, s'inventer une autre vie, une personnalité, jouer un rôle à son avantage. Elle ne le fit pas, elle n'inventa rien, se contentant de rester vague et assez mystérieuse, mais la possibilité de colorer à sa guise un anonymat, si elle le désirait, lui faisait oublier pour un temps ses tourments. Elle était ailleurs, allégée, la conversation de cet inconnu lui offrait une parenthèse dans son angoisse et elle s'abandonnait à ce soulagement sans culpabilité, sans doute grâce à cette aisance, à ce naturel qu'il avait, même dans le silence. Car parfois il se taisait soudain et son regard se perdait au-delà de la vitre du café. Les ennuis, sans doute, se disait Claire en observant un moment le profil un peu soucieux. Il lui rappelait quelqu'un. Ce physique de monsieur tout-le-monde avait pourtant un charme, une sorte de force tranquille et sourde qui lui rappelait quelqu'un... Trintignant ! C'est ça. Trintignant, oui. Elle s'amusa de ce qu'un nom d'acteur lui soit venu ainsi à propos de cet inconnu, elle qui n'allait pratiquement jamais au cinéma. Depuis combien de temps n'avait-elle pas vu un film, un spectacle, quoi que ce soit qui la sorte d'elle-même et de... Elle se secoua mentalement pour ne pas se laisser reprendre par des pensées défaitistes. Non, elle ne voulait pas briser tout de suite sa parenthèse. Pas encore.

Elle lui dit la comparaison qui lui était venue à l'esprit, pour dire quelque chose. Il tourna la tête vers elle, un étonnement amusé dans l'œil. « Ah bon ? » dit-il, sans que cette comparaison semble lui faire le moindre effet supplémentaire. Par contre, cela dut l'aider à sortir lui aussi de ses pensées car il se mit à parler spectacle. Ceux qu'il avait vus à Paris, bien sûr, car Blois était si pauvre en spectacles. La tentation de se renfermer en elle-même s'évanouit et elle se laissa aller de nouveau à cette même sensation d'être étrangère à soi. Le temps passait, suspendu, et elle savourait avec plaisir cette échappée à ses soucis.

C'est donc légère, détendue et sans aucune défense que la cueillit sa proposition d'« aller terminer l'après-midi dans un hôtel pas loin. Il y en avait justement un, très bien, dans la rue à côté ».

Elle resta un moment suffoquée, sans voix. Un sang froid lui battait aux tempes.

— Si vous voulez, s'entendit-elle répondre.

Éberluée, clouée sur place par ce qu'elle venait de dire, elle le regardait, épiant sa réaction. Il n'en eut aucune. Du moins aucune de celles qu'elle aurait pu prévoir. Il n'avait pas l'air vainqueur, il ne pétillait pas dans ses yeux un joyeux « salope », il ne souriait pas d'un air sûr de lui, il était aussi naturel qu'avant — comme s'il avait connu la réponse avant de poser la question.

— Bon, dit-il, simplement.

Puis il ajouta après un petit temps :

— Mais j'ai une course à faire qui me prendra vingt ou vingt-cinq minutes au plus, ça ne vous ennuie pas ? On se retrouve là ?

Encore en plein trouble d'avoir si facilement, comme malgré elle, acquiescé à la proposition de l'inconnu, elle encaissa ce nouveau choc avec stupéfaction. Il lui proposait de coucher avec lui mais il avait une petite course à faire. Mais oui, pourquoi pas ? Après tout quoi de plus naturel. Au point où elle en était, il n'y avait plus à s'étonner de rien.

— Heu... bien sûr, oui.

Il consulta sa montre rapidement.

— Tenez, disons à 15 h 30 au cas où je serais retardé cinq minutes. A tout de suite.

Il lui dédia son large sourire franc, s'en fut dans une envolée des pans de son imperméable mastic, affairé, en prenant toutefois le temps de régler les consommations au barman fatigué qui passait. Il repassa devant elle de l'autre côté de la vitre, lui adressa un signe fraternel de la main et elle lut « à tout de suite » sur ses lèvres. Il descendait les Champs-Élysées et se fondit parmi les passants.

Elle prit conscience de son air stupide, là, les deux fesses bêtement écrasées sur sa chaise, deux mains bêtes posées sur les genoux, et une rougeur lui monta aux joues, à retardement. Elle se leva d'un bond, bousculant la table, et se retrouva sur le trottoir, les pensées en désordre. Son sac lui manquait, subitement, pour se donner une contenance. Instinctivement, elle se lança dans la direction opposée à celle qu'il avait prise. Elle allait fuir cet endroit, ce quartier, et le plus vite possible. Mon Dieu, qu'avait-elle failli faire, se disait-elle, révoltée contre elle-même. Cette course intempestive lui apparaissait comme un signe du destin. Et quel culot. Bon sang ! Quel culot tranquille chez cet homme qui n'avait pas eu l'air une seconde effleuré par la crainte qu'elle puisse ne pas être au rendez-vous. Comme si tout cela était parfaitement anodin. Qu'est-ce qui lui avait pris ? Qu'est-ce qui lui avait pris à cette folle qu'elle était ? Elle ne comprenait pas, vraiment pas, elle était... Et lui ? Dans son désarroi, incapable d'entrevoir la moindre justification de sa propre attitude, elle essayait d'y échapper en cherchant à comprendre l'inconnu. Qu'est-ce qui peut pousser un homme à proposer une chose pareille à une femme et à abandonner subitement le terrain conquis sous le prétexte d'une course à faire alors qu'il lui avait dit au début de leur conversation — oui, elle s'en rappelait parfaitement — qu'il n'avait rien à faire ? Ce n'était pas possible. Il n'y avait pas de course. C'est lui qui avait fui. Elle était tombée sur un fou, un maniaque de la proposition galante qui engluait les femmes, endormait leur résistance et plantait là ses victimes dès qu'il avait obtenu leur accord, satisfait de cette seule victoire. Elle revoyait cette bizarre précipitation à la quitter et pourtant... Elle revit aussi le signe de la main, le sourire. Bizarre, oui. Cet homme était bizarre, mais il n'était pas fou. Il lui avait parlé simplement, intelligemment. Il avait tenté peut-être avec elle une expérience ? Il avait vraiment une course à faire ? Ou alors... Il effleura Claire soudain que l'inconnu lui avait offert une porte de sortie, une chance de se raviser. Elle se moqua aussitôt de cette pensée ridicule. Il était improbable qu'un homme sur le point d'entraîner une femme qu'il ne connaissait pas sur un lit ait la suprême délicatesse de lui laisser peser seule sa décision, et assez longtemps pour que le poids de cette décision ne manque pas de lui tomber lourdement sur les épaules. Pas une sur mille ne resterait. Et pourtant... Un homme si peu conventionnel n'en était-il pas capable ?

Toutes ces suppositions lui permirent de ne pas s'apercevoir qu'elle avait ralenti le pas et que, au lieu de fuir comme elle en avait fermement l'intention au départ, elle avait obliqué dans une galerie marchande où elle errait de vitrine en vitrine au rythme de son incertitude. Après sa révolte, son agitation, un calme étrange l'envahissait. Elle renonçait à comprendre. Elle était simplement en train de vivre quelque chose, elle qui s'était accusée si peu de temps auparavant de ne pas vivre. C'est cette sensation qui annihilait tout raisonnement. Ce n'était pas pour l'inconnu qu'elle restait là au lieu de fuir, c'était pour cette parenthèse qui la sauvait un moment du néant. Elle ferma les yeux et une pensée précise se posa en elle : je vais tromper Jean pour la première fois. C'était dit. Cela allait être fait. Elle en avait à présent une certitude tranquille. Et tranquillement il fut tout à fait clair en elle que ce n'était pas pour l'inconnu, ni pour la parenthèse, ni pour la sensation de vivre quelque chose qu'elle était restée. C'était pour cela. Uniquement pour cela. Elle allait tromper Jean pour la première fois. Et cela fait, elle saurait, elle saurait...

Non, il n'était pas l'heure de penser. Elle se remit à marcher, puis elle entra dans un magasin. Sur un ton de froide détermination, peut-être un peu excessive, elle dit :

177

— Je voudrais un slip, s'il vous plaît.

Après quelques essayages, elle en choisit un en soie qui, sans être sexy, était tout de même plus joli que la large culotte de coton dans laquelle était si à l'aise pour marcher tous les après-midi. Elle camoufla celle-ci roulée en boule dans le fond de sa poche, eut un coup au cœur quand on lui annonça les quatre-vingt-deux francs à payer qui lui en laisseraient exactement dix-huit pour rentrer chez elle, et ressortit. Il était 15 h 25.

Il faisait gris, de ce gris neutre de fin d'hiver, qu'on ne peut appeler mauvais temps et qui hésite interminablement à virer au beau. Et l'on se dit que cette lumière égale, blanchâtre, que cette température molle peuvent durer éternellement. Un temps qui ne vous pousse à rien. Sauf peut-être à l'attente.

Il n'était pas là. Il était presque la demie et il n'était pas là... Elle avait redescendu jusqu'au café en empruntant le bord du trottoir, pour que la contre-allée et le flot des passants la séparent de la terrasse. Arrivée à sa hauteur, à demi dissimulée derrière un platane, elle avait regardé attentivement les consommateurs, beaucoup plus nombreux que tout à l'heure. Aucun d'eux ne ressemblait à Trintignant. Elle consulta sa montre encore une fois et décida de ne pas regarder le café avant que l'heure convenue ne soit passée.

Elle s'assit sur un banc et, face à la circulation, frotta ses mains à son slip de coton comme à un mouchoir. Elles étaient moites de trac, de déception, de honte, elle ne savait pas. De tout cela à la fois. Un chaud-et-froid intérieur qui lui faisait les joues brûlantes et les doigts glacés.

A moins vingt-cinq, il y avait encore plus de monde à la terrasse et toujours pas d'inconnu. Adossée à l'arbre, une brusque colère la saisit contre elle-même. Bien sûr, il ne viendrait pas. Sa première supposition était la bonne. Elle était là, ridicule, comme une gamine planquée au sortir de l'école attendant obstinément de faire sa bêtise. Il avait joué avec elle, simplement, l'avait plantée là, bête, bête, et ce signe de la main à travers la vitre avait été une suprême moquerie. Les muscles raidis, par bravade, pour en avoir le cœur net et consommer sa honte jusqu'au bout, elle décida de faire le tour du café car elle ne voyait pas d'ici le fond de la terrasse, noyé dans l'ombre. Et elle constata encore une fois son absence avec une amère jubilation. Bien fait pour toi. Il ne faut pas jouer les femmes fatales et se coller des slips en soie sur les fesses quand on est madame tout-le-monde, totalement anodine — et pour l'heure parfaitement grotesque. Elle se voulut soulagée — Jean ne saurait jamais à quoi il avait échappé — et se lança dans la contre-allée en direction du Rond-Point.

— Excusez-moi, je savais bien que je serais en retard.

Elle avait sursauté à la voix, tout contre son oreille, et au contact du bras familièrement passé sous le sien.

— Je vous ai fait peur, je suis désolé. C'est juste dans la rue plus bas.

Il avait emboîté sa foulée, sans ralentir, l'avait à peine regardée et, continuant à marcher d'un bon pas, le flanc appuyé au sien, il ne devait pas s'apercevoir de son trouble. Elle avait pourtant blêmi et marchait à son rythme, le souffle court. C'était trop tard. C'était fait. Elle l'avait cherché, en s'aventurant en terrain découvert jusqu'au café. Il ne disait rien de plus. Il souriait vaguement et elle fut certaine tout à coup qu'il n'était pas parti loin, qu'il l'avait épiée, suivie — cette course à faire lui avait d'ailleurs laissé les mains aussi vides qu'auparavant. Il avait observé de loin son désarroi, ses hésitations, avec une délectation de chasseur. Il l'avait vue l'attendre, sans doute lui-même dissimulé un peu plus loin, savourant son trouble. Et il l'aurait laissée attendre aussi longtemps qu'elle serait restée plantée là, déçue et honteuse, pour la rattraper au dernier moment, remettre la main sur elle, comme il l'avait fait, avec cette même aisance naturelle. Rien ne lui avait échappé — et sans doute pas non plus l'épisode du magasin de sous-vêtements. Il n'était plus temps d'avoir honte, elle s'en foutait. Elle était embarquée dans l'événement. Elle se foutait de tout, et elle entra dans l'hôtel avec la même apparente décontraction que lui.

— Une chambre, s'il vous plaît.

Elle s'arrêta devant la réception. Il avait lâché son bras en passant la porte et elle garda entre eux une distance qui se voulait respectable.

Elle s'obligea à détailler le nombre de clés suspendues aux casiers, le plan de Paris affiché au-dessus et, après avoir machinalement noté qu'il ne devait pas être facile de le consulter à cette hauteur et qu'il témoignait simplement d'un manque d'imagination pour la décoration, elle s'abîma dans la contemplation de la moquette bleue à ramages.

— Vous réglez?

— Tout de suite. Nous ne garderons pas la chambre ce soir.

Le chaud lui monta aux joues et elle le regarda fixement, pour lui reprocher ce qu'elle prenait pour une provocation. Il pourrait faire semblant... Non, il ne ferait semblant de rien, ni de la connaître ni de passer la nuit ici, et il comptait ses billets, calmement, froidement. Elle attendait de l'employé un sale regard de connivence ou de jugement. Il passa du tiroir-caisse aux casiers sans paraître la voir — transparente. L'habitude, sans doute.

Combien de femmes comme moi passent par ici? Combien par jour? Combien dans Paris? Elle imagina tout à coup une foule infinie de corps inconnus les uns pour les autres et pourtant vautrés les uns sur les autres, des mains crispées sur des chairs anonymes, des vêtements jetés pêle-mêle sur des moquettes à fleurs.

Tout entière axée sur la folie qu'elle était sur le point de commettre, elle se croyait unique — « unique dans ma déchéance », aurait-elle dit étant plus jeune, quand elle lisait beaucoup de romans. Mais combien de mères de famille, combien d'épouses, combien de folles?...

Il montait l'escalier devant elle d'un pas égal, comme on monte chez soi. Il lui vint tout à coup une sorte de respect pour ce dos solide, pour ce calme, cette absence de tricherie. La tricherie n'était pas là, non, elle était pour plus tard, pour la rentrée chez soi, justement. Combien en a-t-il eu, lui, de femmes comme moi? Il détenait la clé d'un monde insoupçonné, et les corps vautrés de tout à l'heure lui apparurent soudain détendus, échangeant des sexes avec aisance comme on échange des banalités dans un cocktail, et des mains gracieuses palpaient des verges, le petit doigt en l'air, comme on s'assure de la fraîcheur

180

d'un petit four. Comment peuvent-ils ? Elle était toujours rentrée crevée des cocktails. L'esprit tendu, les traits tirés, elle luttait contre une timidité de toujours, elle imitait des gestes, des mouvements de tête. Petite fille qui copiait les grands.

Elle avait mentalement douze ans quand elle arriva à la porte de la chambre. Il la poussa doucement par les épaules pour la faire entrer et referma la porte. Il ne souriait pas.

— J'ai trente-quatre ans, dit-elle soudain.

— Ha ?

Il ne sourit pas davantage et fit le tour de la chambre. Claire sentit toute la stupidité de ses pieds plantés là dans ses chaussures de marche.

Elle reçut l'ordre de se déshabiller. L'avait-il dit ou avait-il fait un geste ? Non, il n'avait rien dit, rien fait. Mais elle avait pourtant reçu l'ordre. Elle s'assit au bord du lit et défit les lacets de ses chaussures.

— Non, debout.

Elle s'arrêta et le regarda, giflée. Son sang fourmilla sous ses joues et au bout de ses doigts qui se mirent à trembler. Elle voulut se lever brusquement, muscles raidis, traverser la chambre à grands pas et sortir sans lui faire l'aumône d'une injure. Elle serait sauvée.

Sentir l'air comme une pierre dans la poitrine à force de courir, comme quand elle avait douze ans, qu'elle arrivait à la maison les cuisses tremblantes, les mains tendues, les cheveux lissés dans le corridor, avec le tablier qu'on cache pour marcher dans la rue, remis à la hâte avant d'entrer — non, maman, je ne me suis pas attardée. Non, je te jure, je n'ai pas été avec des garçons... Elle avait échappé encore une fois. Ils étaient partis seuls, sur leurs jambes brutales, derrière la palissade, seuls ou avec d'autres filles, aucune importance. Elle avait droit à la confiture ou au chocolat et mangeait la tartine, la jupe retroussée sur les genoux, bravant le regard de sa mère avec des yeux trop clairs.

Mais elle n'avait plus douze ans et ne voulait plus être sauvée. Elle était presque nue, debout, et regrettait simplement de ne pas avoir enlevé son soutien-gorge tout à l'heure au magasin de sous-vêtements, afin que les marques rouges qu'il lui laissait sous les seins aient le temps de disparaître. Lui se déshabillait en allant et venant, sérieux, impénétrable, la regardant à peine. Pourtant, dès qu'il disparaissait de sa vue, derrière elle, elle sentait son attention, comme un point chaud posé sur ses reins ou sa nuque.

Elle ne se décidait pas à retirer son slip. Chez le médecin aussi, elle le gardait jusqu'à la dernière limite et attendait, les genoux serrés, qu'il lui ordonnât de l'ôter. Tant qu'elle gardait sur elle un morceau de tissu, elle ne se sentait pas comme un pauvre animal. Et puis celui-là était si joli. Ce n'était pas la peine d'avoir...

Il s'immobilisa derrière elle et, en silence, encore une fois, elle crut recevoir un ordre. En silence aussi, elle retira le petit bout de soie et de dentelle, devint animal et attendit.

Elle avait toujours eu horreur qu'on la regarde nue de dos. Elle se faisait depuis toujours un complexe d'une fesse un peu lourde, oblongue, une fesse anachronique, en opposition totale avec le profil de la fesse actuelle, étroite et ferme et qui nargue abondamment sur tous les magazines les porteuses de fesses d'avant-guerre. Claire avait depuis longtemps renoncé au pantalon à cause de cela. Jean lui-même ne l'avait jamais vue nue de dos, elle en était certaine. Du moins, pas debout. Elle avait acquis une grande technique de la marche en crabe le long des murs, et du volte-face sous un prétexte quelconque au milieu d'un parcours. Quand il était encore au lit et qu'elle se dirigeait nue vers la salle de bains par exemple. Bon nombre de verres d'eau proposés à Jean n'avaient pas d'autre but.

L'inconnu était toujours derrière elle. Par où allait-il l'attaquer ? Allait-il lui saisir les cheveux, lui plier la tête jusqu'à ce qu'elle s'agenouille ? Non, il allait lui prendre les seins ; les lui mordre peut-être. Elle avait toujours été un peu conformiste en amour — les seins d'abord.

La respiration lui manqua. Il avait passé son bras entre ses cuisses et une main abrupte enfermait son bas-ventre. Elle sentait son poignet entre ses fesses, précis comme une selle de vélo. Mais ce fut le contact du métal qui la troubla. Le métal, froid et cuisant au milieu de la tiédeur. Elle pensa rapidement qu'il aurait pu retirer sa montre. Il la soulevait presque et, renversée en arrière, sur la pointe des pieds, il lui vint des images de chairs encerclées de fer, de visages embellis dans la douleur, de ces images qu'elle recherchait quand elle était adolescente, dans quelques livres de son père. Cachée derrière l'angle de la bibliothèque, le cœur battant, elle s'arrêtait sur celles qu'elle préférait, fixait certains détails avec une fascination mêlée de dégoût, puis elle allait s'enfermer dans les toilettes et, là, la jupe retroussée, elle allongeait ses jambes par terre jusqu'à ce que le froid du carrelage lui fasse mal. Elle avait lu aussi quelque chose sur les mortifications qui l'avait beaucoup marquée. Les vieux fantasmes enfouis en elle resurgissaient soudain. Sans chercher à assouvir sa curiosité, elle s'était toujours demandé comment les autres faisaient l'amour et, elle ne savait pas pourquoi, elle avait toujours supposé que ce devait être assez différent de ce qu'elle vivait avec Jean — Jean si doux, si calme. Elle ne se sentait pas frustrée de violence, non, mais elle ne savait rien. Et, à l'heure de sa première aventure, elle s'attendait automatiquement à vivre l'inverse de ce qu'elle connaissait.

— Qu'est-ce que tu veux ? souffla-t-il à son oreille.
— Moi ?

S'attendant à être jetée sur le lit d'une seconde à l'autre, elle restait muette, désarçonnée. Désarçonnée par la question ? Par le tutoiement ? Ou bien par ces bras qui l'entouraient à présent chaudement ? Toutes les images de violences s'évanouirent et une bouche douce appuya un baiser sous son oreille en murmurant des choses familières. Elle y répondit en murmurant aussi et se laissa bercer en fermant les yeux. Il la menait au lit en dansant. Il ne se passa ensuite rien de ce qu'elle aurait pu prévoir ou imaginer. Elle s'attendait à être choquée par la nudité de ce corps étranger, elle en fut à peine surprise. Il était ferme et doux, sans grande beauté mais sans défauts, un corps classique, comme un prolongement logique des traits de son visage. A quelques détails près, il n'était pas si différent de celui de Jean. L'odeur de la peau, si, était très différente, et Claire, les yeux fermés, respirait cette peau pour mieux se dépayser. Car, peu à peu, elle constata avec une étrange inquiétude qu'elle ne l'était pas. Elle s'était attendue à cette violence qu'elle ne connaissait pas, elle avait pensé, souhaité peut-être, être prise presque malgré elle, les gestes de cet homme rencontré deux heures plus tôt auraient dû la heurter, la choquer, bouleverser une si longue habitude de voluptés tranquilles. L'homme est souple, habile, il l'enserre et la caresse avec une sensualité harmonieuse. Il n'est ni brutal ni maladroit, il ne cherche pas à l'impressionner, ni même à la surprendre, il ne se compose pas un personnage de mâle qui plie une femme à son désir, il la cherche, elle, tout simplement, sans se presser, sans rien forcer, avec une honnête générosité. Elle a ouvert les yeux et le regarde, à présent, étonnée de n'être étonnée par rien. Ce qui se passe là est si peu déroutant qu'elle en est profondément troublée. C'est donc à cela que la mène cette unique aventure ? A retrouver les mêmes gestes, les mêmes mots, la même familiarité tranquille ? Tous les hommes se ressemblent-ils donc et aurait-elle fait tous les voyages en épousant le corps d'un seul ? Ou alors, par un hasard extraordinaire, serait-elle tombée sur une sorte de double de Jean — hasard ? instinct ? —, ou une étrange destinée la poussait-elle vers ces hommes-là, infailliblement ? C'est cela, oui ! Elle aurait dit non à tous les autres. Toute tentative de séduction trouble ou agressive l'aurait rebutée dès l'abord et elle n'aurait pas échangé trois phrases, n'aurait pas fait trois pas avec un inconnu chez qui elle aurait senti une volonté de domination, du mépris ou un vice. Celui-là l'avait rassurée, et le terrain où il l'avait amenée à s'aventurer n'était pas dangereux. Elle n'était pas déçue, non, mais surprise de s'adapter si simplement à cette peau étrangère, de participer si naturellement à ses caresses. Cela aussi la troubla. Elle aurait pu se contenter de le laisser faire, or elle rendait baiser pour baiser, attention pour attention, et se laissait aller, maintenant, aussi naturellement que lui, avec une sorte de stupéfaction détachée. Elle aurait dû être maladroite, gênée, engluée dans son inexpérience de femme fidèle. Qui était-elle, celle-ci qui s'emboîtait si aisément à ce corps de passage ? C'était donc si facile de passer d'un homme à un autre ? Elle avait cru pendant des années que la chose la plus terrible qui pouvait arriver à leur couple serait la trahison physique de l'un ou de l'autre. Elle n'avait jamais pensé, jamais osé imaginer que la trahison viendrait d'elle et, en tout cas, si cela avait le malheur de se produire dans une heure de folie, d'égarement, elle croyait qu'elle la ressentirait comme un choc et une déchirure épouvantables. Ce n'était donc que cela ?

Elle était pourtant bel et bien en train de subir un choc mais ne s'en apercevait pas — pas encore —, tant il ressemblait peu à ce qu'elle aurait pu craindre. Un choc bien plus subtil et plus irrémédiable que celui qui l'aurait laissée le cœur battant, pleine de culpabilité et de remords échevelés.

C'était si simple, si doux. Qu'était donc ce lien sacré qui se laissait briser ainsi, avec une douceureuse facilité ? Un fruit de son imagination, de sa naïveté, un produit de son éducation bourgeoise, un simple respect des conventions qu'elle avait paré de sentiments romantiques ? Rien. Si ce n'est Jean, ce peut être un autre.

Une révolte soudaine l'arracha des bras de l'inconnu. Elle roula sur le côté pour fuir son contact et se retrouva assise au pied du lit, la tête dans les mains.

Il la regarda un moment en silence sous le coup de la surprise. Appuyé sur un coude, il voyait le dos courbé, les cheveux blonds qui dégoulinaient entre les doigts et qui touchaient presque le genou.

— Qu'est-ce que tu as ?

— Je ne sais pas ce que je suis en train de faire.

Un rire lui échappa.

— Je vais te l'expliquer, dit-il en lui saisissant l'épaule pour la ramener à lui.

Elle se dégagea assez rudement et demeura roulée en boule sur le lit, lui tournant le dos. Il la regarda avec incertitude et un léger soupir d'impatience lui échappa. Il resta là un moment à demi allongé. Son regard se promenait sur la chambre, la fenêtre où le jour se faisait plus gris, il revint au dos obstinément tourné, tomba finalement sur son sexe inutilement brandi. Il se leva d'un bond et décrocha le téléphone.

— Voulez-vous demander au barman de nous apporter deux scotches, s'il vous plaît.

Elle n'avait pas bougé. Il alluma une cigarette et, la gardant aux lèvres, il tira le drap de dessous elle, la recouvrit entièrement et s'assit en tailleur à l'autre bout du lit, tirant le reste du drap jusqu'à sa taille. Il fuma sa cigarette en silence, les yeux mi-clos, la tête en arrière, en attendant les scotches qui devraient débloquer la situation. Il contemplait cette bosse sous le drap, cette femme inconnue qui s'avérait un peu plus compliquée qu'il ne le croyait jusqu'à présent. Dans son nuage de fumée, il souriait doucement. Claire n'eût pas aimé ce sourire.

Dix minutes plus tard, elle était dressée sur le lit, les joues en feu, la chair de poule le long des bras et une main crispée sur son estomac — elle avait avalé son double scotch d'un trait.

Une fois la porte refermée sur le barman discret, il avait délicatement soulevé le coin du drap et posé le verre en équilibre sur le matelas, juste devant son nez. Puis revenu à sa place, à l'autre bout du lit, le dos appuyé au mur, il avait attendu calmement en sirotant le sien. Quelques instants après elle avait rejeté le drap d'un seul mouvement et, saisissant le verre d'une main ferme, dressée sur son séant, elle avait fixé le scotch d'un air farouche, puis l'avait bu jusqu'à la dernière goutte avec la détermination suicidaire d'une Emma Bovary avalant son arsenic. Quand elle s'était tournée vers lui, l'inconnu avait rapidement effacé son sourire. Il l'avait trouvée belle, cette femme toute rouge dans sa blondeur et qui le regardait intensément, les yeux brillants. Elle ne devait pas avoir l'habitude de l'alcool car une larme restait accrochée à ses cils. Elle était belle, émouvante et aussi un peu comique. Il retint le sourire qui lui montait de nouveau aux lèvres et lui dit simplement qu'elle était belle, en taisant diplomatiquement le fait qu'elle lui semblait aussi comique. Il n'eut pas besoin de faire un geste car ce fut elle qui se jeta littéralement sur lui. Elle le fit après avoir pris une grande inspiration, comme on se jette à l'eau, et pour le coup, noyé sous les cheveux, il éclata de rire en la saisissant à bras-le-corps. Son rire s'étrangla peu à peu, submergé par cette

186

furie sensuelle qu'elle déployait à présent. C'est elle qui le prenait, avec une rage qui le stupéfiait. Celle-là était vraiment imprévisible.

Et Claire se regardait agir, brûlante en apparence et glacée à l'intérieur. Elle n'avait plus rien à perdre. Putain elle était, et elle allait donner à cet homme ce qu'il attendait d'elle — une putain ne plaque pas un client au milieu du travail. Elle se tordait, s'enroulait autour de lui avec une ardeur désespérée et froide. Elle lui faisait l'amour comme on se bat, avec une invention et une science dont elle ne se serait pas crue capable. Elle s'acharnait sur son corps avec une fureur haineuse. Elle allait l'abattre, cet inconnu qui l'avait menée là sans savoir quelle catastrophe il provoquait. Et il en aurait pour le prix du trois-étoiles qu'il avait choisi pour cela. Elle allait l'abattre avec... Elle s'arrêta soudain, la tête rejetée en arrière, alors qu'elle le chevauchait violemment. Elle s'arrêta net, une main crispée sur sa poitrine et l'autre perdue en l'air, suspendue. Elle avait senti une onde de plaisir l'envahir sournoisement. Elle la refusa de toute la raideur de ses muscles — non. Une putain ne jouit pas. Non. Surtout pas ça, c'était pire que tout, pire que la honte, pire que... Il lui saisit les hanches et l'agita furieusement. Elle lutta sur lui de toute son énergie, hoquetante, arc-boutée sur sa poitrine, elle résistait de toutes ses forces. Elle ne voulait pas. Il y avait encore quelque chose à sauver et elle le sauverait à tout prix. Elle opposa une résistance désespérée à ces mains, à ce sexe. Mais il fut le plus fort — lui, ou la nature —, et elle, qui voulait l'abattre, se laissa vaincre dans un sanglot. C'est elle qui mourut. Et avec elle quelque chose d'infiniment précieux, le dernier lien du pacte intime qui l'unissait à Jean.

Elle pouvait jouir avec n'importe qui.

15

Jean dormait paisiblement et la nuit de Claire n'en finissait pas. Jean passait une nuit ordinaire après une soirée ordinaire et Claire se sentait malade de froid et d'amertume. Il n'avait rien vu, rien senti. C'était normal, d'ailleurs. Claire s'était employée à donner le change avec une impression de calme cynisme — comme d'habitude. Quoi de si différent ce soir-là ? Presque rien...

Ils avaient quitté cette chambre d'hôtel comme deux assassins tranquilles abandonnent le lieu du meurtre sans prendre la peine d'effacer les indices. L'employé de la réception avait à peine levé la tête sur leur départ. L'inconnu n'avait pas oublié de régler les scotches. Ils s'étaient quittés tout simplement, sans émotion, sur les Champs-Élysées grouillant de l'agitation de six heures du soir. Avant de se fondre dans la foule, il s'était retourné et avait dit une dernière petite phrase qui lui avait arraché un sourire. Il avait dit : « On devrait rencontrer souvent des femmes aussi claires que vous. » Il avait déjà disparu qu'elle souriait encore à cette coïncidence. Claire. Aussi claire... Ils n'avaient même pas éprouvé le besoin d'échanger leurs prénoms et il était tombé sur le sien sans le savoir. Par hasard. Par erreur — ce mot et ce nom lui allaient si mal. Elle était partie de son côté d'un pas ferme, avait pris un autobus, changé à Châtelet pour un autre.

Arrivée chez elle, la porte fermée, elle avait regardé sa montre. Trois quarts d'heure pour prendre un bain, se changer, réchauffer le repas. Trois quarts d'heure pour donner le change avec un visage intact — son visage de tous les jours que lui renvoyait le miroir de l'entrée — et des mains qui ne tremblaient même pas. C'était amplement suffisant.

Intacte, oui, et presque tranquille, du moins en apparence, c'est ce qu'elle avait pensé en se noyant dans un

188

bain jusqu'aux oreilles. Le froid l'avait envahie plus tard, une fois finie la nécessité de sauver la face, quand Jean s'était endormi. Elle se sentait froide et pauvre. Et un peu sale. Elle en éprouva au milieu de la nuit le besoin de prendre une douche, elle qui s'était déjà décapée des pieds à la tête. Elle la prit allongée dans le fond de la baignoire afin que le bruit de l'eau ne risque pas de réveiller Jean, en tombant de toute sa hauteur.

Et elle resta allongée là, gisante, toute mouillée, indifférente au froid qui la saisissait encore davantage. Elle revit ses escapades dans Paris, ses stations dans tous ces cafés, cette tenue de passante terne qu'elle s'était inventée et qui lui apparaissait maintenant comme un masque grossier plaqué sur son attente, sa recherche. Car elle l'avait cherché, oui. Sans se l'avouer, bien entendu. Elle reconnaissait bien là son hypocrisie vis-à-vis de ses propres sentiments. Elle revit la rencontre, ce consentement sorti d'elle si aisément — malgré elle, avait-elle pensé. Ce n'était pas malgré elle. Elle avait consenti à quelque chose de ce genre dès le premier jour où elle avait fui sa maison, dès le premier voyage en autobus, dès la première terrasse. Elle avait eu ce qu'elle voulait. Elle avait cherché longtemps et elle avait finalement rencontré l'homme exact pour cela, elle s'était amenée à être dans l'état exact qui lui permettait de ne plus se mentir. Rien n'était hasard. Ce qu'elle n'avait pas su, par contre, c'est la suite, le résultat de cette aventure. Elle n'aurait pas pu prévoir qu'elle la laisserait aussi froide et vide.

Jean dormait à côté et elle restait là, allongée au fond de la baignoire. L'eau séchait sur elle, sur ses seins crispés, sur son ventre, ce sexe qui avait trahi ce qu'elle appelait son amour. Elle s'effrayait de ne ressentir ni honte, ni remords, ni déchirure — juste un peu de froid. C'est si douloureux la perte d'une illusion, qu'on puisse la regarder s'enfuir comme on regarde avec indifférence un objet brisé qu'on a cru chérir pendant des années ? Ce n'était donc que cela — un petit amas de débris informes à mettre à la poubelle, un petit vide de rien du tout ? Elle se rappelait avoir pensé fugitivement, tandis qu'elle faisait le pied de grue devant la galerie marchande, qu'une fois sa trahison accomplie elle saurait. Elle savait, à présent.

Un peu plus tard, elle se glissa dans le lit, le plus loin possible de Jean, pour qu'il ne la sente pas glacée et frissonnante. Pour ne pas le toucher aussi. Elle s'endormit sans s'en apercevoir. Ce fut lui qui la réveilla le matin. Elle n'avait pas bougé, toute droite sur l'extrême bord du lit, les bras le long du corps. Il lui souriait, elle sourit aussi et leva une main curieusement insensible pour saisir la tasse de café qu'il lui tendait. Elle le vit s'habiller, lui sourire encore, sortir de la chambre. Elle vit aussi la longue journée vide qui l'attendait. Une journée sans escapade, sans autobus, une journée sans rien, pareille à toutes celles qui suivraient désormais. C'était fini.

Cet après-midi-là, elle regarda son journal. Elle n'avait pas envie d'écrire quoi que ce soit sur son aventure. Elle se demanda honnêtement si la crainte que Jean ne le découvre un jour ne la retenait pas de mentionner sa rencontre avec l'inconnu. En quoi cela serait-il pire que les horreurs qu'elle avait pu écrire sur elle et sur Jean lui-même ? Non, ce n'était pas cela — pas cette vieille peur bourgeoise d'épouse infidèle qui ne veut pas être découverte. Elle n'avait pas envie, tout simplement. Elle n'avait rien à en dire. Et cette journée-là ainsi que toutes celles qui suivirent s'écoulèrent indifféremment vides, ainsi qu'elle l'avait prévu.

Elle n'allait pourtant pas avoir à attendre longtemps pour qu'une nouvelle anxiété la saisisse. Dix jours, quinze jours à peine à passer avant de découvrir une nouvelle peur bien précise, bien vivante. Que l'angoisse remplit la vie à renaître pour un détail, à s'en aller et réapparaître sous une autre forme ! Quinze petites journées à mourir les unes après les autres, froides et grises... c'est vite passé.

Ce matin-là, elle était dans la cuisine, elle faisait la vaisselle comme d'habitude, et son regard tomba sur le calendrier suspendu au-dessus de l'évier — un calendrier dont Jean tournait scrupuleusement une page tous les mois et qu'il rependait ensuite à son clou. Le regard de Claire passa d'abord avec indifférence sur le pêcheur à la ligne photographié dans une lumière idylliquement rose de fin d'après-midi, les cuissardes plongées jusqu'aux genoux dans une petite rivière serpentant dans un sous-bois, et qui devait illustrer une probable ouverture de la pêche à la truite ce mois-ci. Elle s'immobilisa soudain et son regard revint au calendrier. Quel jour était-ce ? Elle ne savait plus. Ils passaient si uniformément pareils les uns aux autres. Elle compta. Et d'un seul coup la peur fut là. Un pince-ment d'abord, au creux de l'estomac, le sang qui se retire des joues ensuite, et du bout des doigts. Et le creux qui s'élargit, la peur qui grignote. C'était aujourd'hui le 25. Elle s'accrocha au bord de l'évier, les yeux écarquillés sur la date. On était le 25 et elle n'avait pas ses règles.

Elle connut ensuite les mêmes affres que connaissent toutes les femmes dans pareil cas — les mêmes pensées, les mêmes gestes. Elle s'assit d'abord, les jambes coupées, l'air hagard, en pensant : « ce n'est pas possible ». Quand ces quatre mots stupides eurent tourné dans sa tête assez longtemps, elle les repoussa avec quatre autres, tout aussi stupides : « j'ai dû m'être trompée ». Elle qui ne notait jamais la date fit un terrible effort de mémoire. Quel jour était-ce la dernière fois ? Ce jour-là... Ce jour-là, oui, elle se promenait déjà dans Paris. Cela l'avait prise un après-midi, c'est ça, elle se rappelait être rentrée plus tôt à cause de cela. Mais quand ? Tous ces après-midi à divaguer au hasard dans les rues avaient été si semblables. En même temps, elle tentait désespérément de se calmer. Ce n'était vraiment pas possible. Avoir passé tant d'années sans le moindre signe de fertilité et justement cette fois-là, cette unique fois-là, avec ce... Et depuis, elle avait fui tout contact avec Jean sous n'importe quel prétexte. Elle avait même plusieurs fois fait semblant de dormir avant qu'il se glisse dans le lit à côté d'elle. De toute manière, jamais... Et elle qui voulait se rassurer fut saisie d'une panique plus grande. C'était Jean. Elle avait justement pensé dernière-ment que c'était peut-être à cause de lui qu'ils n'avaient jamais eu d'enfant. Si c'était vrai, rien ne l'empêchait d'être enceinte d'un autre. D'autant que cette folie, cette connerie, cette horreur avait eu lieu juste au milieu de son cycle.

Elle sentit ses paumes, ses poignets se tremper de sueur et, plantant là sa vaisselle, elle courut chercher l'agenda que Jean lui offrait tous les ans bien qu'il ne lui serve à rien, pour faire un nouvel effort de mémoire. Il fallait absolument qu'elle situe un jour, une date. Un peu plus tard encore, il lui revint la vision d'elle-même cet après-midi-là place d'Italie. Oui, elle en était sûre. Elle avait même pensé que cela lui donnait une bonne raison de quitter ce quartier qu'elle n'aimait pas du tout. Mais précisément, quand était-ce ? Elle chercha, chercha, tenta de se remémorer des trajets, les cafés, de leur donner un ordre. Et un quart d'heure plus tard, elle était certaine — ou crut l'être, ce qui revenait au même — qu'elle avait au moins quatre jours de retard.

L'ampleur de la catastrophe la cloua là, devant l'agenda. Elle se serait battue, tuée de colère contre elle-même. Puis elle se leva d'un bond, s'habilla à toute vitesse. Maintenant il ne s'agissait plus de se lamenter, il fallait être sûre. Et vite. Dans sa précipitation, elle faillit sortir sans argent, sans clés pour rentrer, elle qui avait perdu l'habitude de prendre son sac. Elle courut à la pharmacie du coin acheter un test de grossesse.

Elle lut attentivement la notice en la posant sur le bord du lavabo tant ses mains tremblaient. Elle fit tout ce qui était indiqué et posa la petite éprouvette sur la tablette de la salle de bains. « Évitez toute vibration qui pourrait troubler le résultat. Ne posez jamais l'éprouvette sur un réfrigérateur, par exemple. » Qui pouvait bien avoir l'idée de poser ça justement sur un Frigidaire ? se dit-elle machinalement, au milieu de sa panique. Une heure à attendre. Une heure entière à tourner, retourner, revenir dix fois, vingt fois, essayer de déceler la formation du fatidique petit rond rouge. Une heure à se torturer, à s'insulter, avec les pensées affolées qui partent dans tous les sens, qui cherchent immédiatement des solutions, des échappées, petites ouvrières vulgairement affairées qui vont tout de suite à l'efficacité la plus basse. Combien de temps cela prend-il, un avortement ? Deux, trois jours ? Et qui ? Non, elle ne pourrait pas mettre son médecin dans la confidence, il faudrait en trouver un autre, s'absenter pendant ce temps. Et quel prétexte inventer pour un voyage ? Aller voir sa mère, peut-être. Oui, ça, c'était possible. C'était ça, la solution. Et les pensées allaient malgré elle, œuvraient sans scrupule, profitaient de l'agonie de son père, du désespoir de sa mère. Oui, c'était ça le plus crédible. A elle de se débrouiller ensuite pour que sa mère n'évoque jamais devant Jean cette visite qui n'aurait pas eu lieu. A moins que ça ne se passe là-bas et qu'elle puisse passer chez eux rapidement, pour parer à tout recoupement possible plus tard ? Pourquoi pas ? Il suffirait, une fois sur place, de trouver n'importe quel prétexte pour s'échapper vingt-quatre ou quarante-huit heures. Et l'esprit de Claire, déjà, pesait le meilleur du mensonge, l'étayait de détails plausibles. C'était ça la vraie peur, la plus vulgaire, la plus crue — se servir de tout, mentir à sa mère, marcher sur le corps de son père, pour s'en tirer à tout prix, se sauvegarder soi, soi d'abord.

L'heure passée, elle revint à la tablette. Il n'y avait pas de rond rouge. Le soulagement tomba comme une douche tiède sur elle. La peur lavée d'un seul coup et, avec elle, toutes les salissures de ses pensées, le sang qui circule à nouveau. Après avoir fixé l'éprouvette quelques instants, elle releva la tête et se vit dans la glace. Elle fut frappée soudain par la laideur de son propre visage. Comment devenir si laide en si peu de temps ? Laide, laide et stupide, avec les joues grises, l'œil dur et creux, la bouche qui tombe. Elle s'assit sur le bord de la baignoire. Il était trop tôt pour se rassurer tout à fait. Il n'en restait pas moins qu'elle avait quatre jours de retard... ou alors, il y avait un délai plus important à attendre pour que ces tests soient efficaces ? Ce devait être indiqué sur la notice. Elle s'en était tenue, dans sa précipitation, aux seules indications sur la manipulation. Elle la relut fébrilement. Non, ça allait. Ce n'était pas ça.

Elle commençait à se détendre, à se rassurer vraiment quand son œil tomba sur une petite phrase ajoutée en caractères gras tout en bas de la notice : « Attention ! Utilisez impérativement la première urine du matin ! » Elle garda un moment l'œil rivé sur le papier, et la petite phrase résonnait dans sa tête d'une manière insupportablement goguenarde, avec ses ironiques petits points d'exclamation. Tout était à refaire demain matin... Vite, jeter tout ça, prudemment enveloppé dans un papier journal, au cas où Jean mettrait de trop près son nez dans la poubelle de la cuisine, vite le manteau, le sac, la pharmacie, un autre test — et devant elle l'horreur de toute une soirée à tricher, toute une nuit avec les peurs et les sales pensées. Et une grande heure encore à épier l'innocente petite éprouvette posée sur son coquet petit miroir... Elle qui avait passé quinze jours à s'ennuyer dans un vide mortel, seconde après seconde, vécut là les heures les plus misérablement pleines qu'il lui avait été donné de vivre depuis longtemps. Elle était saoule d'angoisse et d'insomnie quand elle constata au matin, une heure dix exactement après que Jean eut fermé la porte, qu'il n'y avait toujours pas de petit rond rouge. Pas de petit rond, mais pas de règles non plus. Il fallait attendre, attendre encore. Et dans sa tête l'horreur continua.

Elle dura encore deux jours et deux nuits. Tout ce temps à se haïr, se fustiger, mettre au point son plan. Elle collectionna les adresses et les téléphones des gynécologues, se renseigna sur les cliniques à proximité de chez ses parents. Elle pensa à l'argent aussi. Elle ne savait pas à combien lui reviendrait la réparation de sa folie, mais quelques milliers de francs au moins. Or c'était Jean qui tenait les comptes, et il ne manquerait pas de s'étonner de ce trou dans leur budget. Tout était en commun, elle n'avait rien à elle. Aucune économie, aucun pécule personnel — rien. Évidemment, tout était si simple jusqu'à présent. Clair, si clair... Il faudrait camoufler ce trou.

Le premier jour, pour la première fois depuis ses escapades, elle fuit sa maison et passa la journée à marcher, errer dans les rues, les magasins, chauds, bruyants, remplis de monde et de choses, pour mieux s'étourdir. Cela lui donna une idée. Elle allait faire à Jean le numéro de la femme frivole saisie brusquement d'une irrépressible envie de garde-robe nouvelle. Il en serait ravi car il prendrait à coup sûr comme une preuve de santé morale ses envies de coquetterie. Il la laisserait faire, il l'encouragerait même, sans s'inquiéter car il la savait d'une grande mesure dans ses dépenses. Or elle allait dépenser beaucoup. Trop. Elle prendrait du liquide — c'est tellement plus pratique de payer en liquide dans les magasins, n'est-ce pas ? À elle ensuite de se débrouiller pour acheter quelques robes, quelques chaussures qui aient l'air cher et qui ne vaudraient pas grand-chose. Elle ferait bon usage du reste, le moment venu.

Elle fit tout cela. Le soir et le matin encore, elle joua à l'épouse futile saisie d'une frénésie printanière de dépenses. Elle joua bien. Et, comme prévu, elle vit l'éclair de joie dans l'œil de Jean. Et il l'encouragea, comme prévu, à acheter tout ce qu'elle voulait. Il était content, Jean.

Elle partit dès le matin. Auparavant, elle avait pris le soin d'un coup de fil à ses parents, un coup de fil très tendre, très câlin, qui laissait entendre, peut-être, quelques jours de visite ces temps prochains, peut-être, elle ne promettait rien, mais... Puis elle sortit sans se regarder dans la glace, pour ne pas voir les yeux de cette femme-là.

La banque, les rues, les Galeries Lafayette, d'autres magasins. Elle rentra le soir, percluse, les pieds enflés, étourdie, n'ayant rien mangé, avec une demi-douzaine de paquets au bout des bras — des choses très bon marché qui faisaient beaucoup d'effet, et trois mille francs en poche. Précieux fardeau qu'elle allait cacher soigneusement dans ses affaires — sa sauvegarde, sa planche de salut.

Elle fut bien obligée de se regarder dans la glace, car il fallait réparer les dégâts de toute cette fatigue, cette horreur. Il fallait jouer encore. Parader devant Jean avec ces pauvres choses et les mettre en valeur, s'il vous plaît, comme une professionnelle qui se maquille artistiquement pour faire oublier qu'elle ne porte qu'un chiffon sur elle. Et se jeter, le lendemain matin, sur un nouveau test. Elle n'avait vraiment pas le temps d'avoir honte d'elle-même. Elle n'était qu'un nœud d'angoisse aveugle qui se durcissait d'heure en heure. Elle ne dormait pas. Ou, du moins, elle n'en avait pas l'impression. Elle se forçait à entrer dans une sorte de torpeur agitée, sans pensées précises, et elle sortait du lit avec la sensation d'avoir couru toute la nuit.

Ce matin-là pourtant, le troisième, elle n'avait pas entendu Jean se lever. Elle émergeait lentement, par paliers, d'une profondeur lourde et vide. Soudain, elle ouvrit les yeux. Elle se sentait différente. Un apaisement inhabituel la clouait au matelas. Elle referma les yeux pour bien peser son impression, la définir. Elle bougea un peu les jambes dans le lit et reconnut enfin précisément la sensation chaude et poisseuse... Sous les draps, elle releva la chemise de nuit, passa sa main entre ses cuisses. C'était ça. C'était ça... Elle resta les yeux fermés, le cœur battant, sans bouger. Elle eût été incapable de bouger tout de suite, de parler surtout. Elle restait là, paralysée et muette. De toute manière, Jean n'allait pas tarder à partir. D'ailleurs, elle l'entendait prendre son manteau, approcher de la chambre. Elle voulut garder les yeux fermés, faire semblant de dormir encore, mais elle les ouvrit machinalement quand il posa sa serviette sur le bout du lit. Et elle le vit... Il ne la regardait pas. Et quand leurs yeux se croisèrent, vite, il sourit.

— Eh bien ! dit-il, l'air malicieux.

C'était trop tard. Elle l'avait vu. Elle l'avait vu soucieux et triste, si triste, avec ce découragement dans les épaules, dans l'inclinaison de la tête et cette désespérance au coin de la bouche. Il avait vite effacé tout ça avec son sourire. Trop vite.

— C'est fatigant, les magasins, hein ?

Il prenait l'air gamin. Il jouait. Il jouait comme elle, tous les jours, à tous les instants...

— Oui, dit-elle d'une voix faible, c'est fatigant.

La fin du mot s'étrangla dans sa gorge. Elle se força à sourire un peu, elle aussi. Elle fit ce qu'elle put. Jean devait voir le lit trembler. Il y eut un curieux moment suspendu pendant lequel leurs regards restèrent accrochés — dupes ni l'un ni l'autre, pour un instant. Puis il ramassa brusquement sa serviette, ne l'embrassa pas, dit : « à ce soir » très vite et s'enfuit.

Le claquement de la porte lui fit mal. Il résonna douloureusement jusque dans ses os. Elle laissa s'éteindre la résonance, s'apaiser la petite douleur. Il fallait voir maintenant, après avoir senti. Elle rabattit le drap doucement, lentement, souleva la tête, les épaules, elle vit les taches sur sa chemise, sur ses cuisses. Elle resta un moment appuyée sur les mains, la tête courbée, fixant son ventre, ses cuisses écartées, comme une accouchée après le travail — une accouchée de quelques gouttes de sang, de quatre jours d'angoisse stupide, de rien. Un spasme la secoua tout entière et dans cette posture animale elle fut saisie d'une énorme crise de larmes. Elle qui ne pleurait plus depuis longtemps se retrouva le visage tordu, dégoulinant, hurlant en longs sanglots son soulagement, sa honte et sa bêtise.

Plus tard, elle alla à la salle de bains, se lava, jeta la chemise dans le panier de linge sale, mit une serviette hygiénique. Elle sortit de derrière les flacons le test qu'elle n'aurait pas à utiliser et ses larmes redoublèrent. Il ne fallait pas oublier ça là. Le jeter. Jeter ça tout de suite. Pieds nus sur le carrelage de la cuisine, elle fut prise d'un vrai malaise. Elle ne sentait plus ses bras et ses jambes. Si faible qu'elle étouffait. Vite, elle retourna se coucher avant de tomber, de vomir. Elle resta au lit les trois quarts de la journée, tour à tour prostrée ou reprise par les larmes, anéantie par le choc. Quatre jours d'horreur pour rien. Quand elle fut plus calme, elle se demanda pourquoi elle gardait ce froid dans la poitrine, un nœud d'amertume solidement ancré en elle, alors qu'il aurait dû être balayé par le soulagement. Elle se demanda même, dans un grand effort de lucidité, si d'aventure elle n'était pas déçue d'avoir échappé à un vrai drame. Toujours ce besoin éperdu de vivre quelque chose à tout prix, même quelque chose d'aussi méprisable et sordide. N'importe quoi, même ça, plutôt que de retrouver son vide, son angoisse ordinaire. En était-elle arrivée à ce point ?

Au milieu de l'après-midi, elle se força à se lever. Elle se sentit aussi faible et étourdie que si elle était restée au lit depuis quinze jours, mais sans ressentir cet élan de vie, même diffus, fragile, qui accompagne les convalescences. C'était pénible et lourd. Le nœud était toujours là. Elle passa son visage bouffi à l'eau froide, longtemps. En relevant la tête, elle se regarda dans la glace et se rappela son visage de l'autre soir — son visage du plus fort de la peur. Elle s'assit au bord de la baignoire, comme ce soir-là. Non, elle n'était pas déçue d'avoir échappé à cette horreur. Elle était pesante et amère d'une nouvelle certitude sur elle-même. Elle se savait ordinaire, sans engagement, sans passions, mais, jusqu'à présent, elle ne se savait pas capable d'une telle vulgarité de sentiments. Elle n'avait jamais su ce qu'elle aimait vraiment, mais elle savait au moins ce qu'elle détestait — c'était ça, ces femmes-là, celles qui trichent, qui mentent, qui s'arrangent, avec une subtile invention et la plus profonde vulgarité d'esprit pour sauver les apparences, qui maquillent habilement petites et grandes noirceurs pour sauvegarder leur impunité de femelles établies. Ce qu'elle avait toujours pensé le plus méprisable au monde. Elle en avait quelquefois rencontré, de celles-là, au cours de dîners, chez des gens. Elle s'était toujours écartée avec une saine répulsion. Elle ne savait pas à quoi exactement elle les reconnaissait : à certains signes, certains mots, une manière d'être, de vous évaluer des pieds à la tête. Venait toujours le moment aussi où elles cherchaient à établir une complicité au nom d'une prétendue fraternité de sexe. Elle avait remarqué que ces tentatives de rapprochement commençaient souvent par « nous, les femmes... ». Et Claire avait toujours découragé toute confidence, toute complicité, même en apparence, de peur d'être malgré elle embarquée « dans le même panier ».

Elle y était. Elle était dans le panier jusqu'au cou. Elle y avait plongé la tête la première sans rien envisager d'autre que mentir, tirer ses plans, tromper sa mère, soutirer du fric. Tout. Elle avait tout fait.

Et elle n'avait pas à échapper à cette certitude en se disant que finalement rien ne s'était passé, qu'elle avait simplement failli... Non. Elle allait le faire. Elle l'aurait fait. Elle avait hardiment commencé, comme en témoignaient les trois mille francs planqués sous ses collants — trois mille francs bien tangibles qui attestaient irrémédiablement de son appartenance à la race du « panier ». Jamais elle ne se serait crue capable d'une chose pareille. C'était ça le nœud amer qui ne se dénouait pas. Et il allait falloir vivre avec celle-là. Cohabiter jour après jour, semaine après semaine avec ça. Pour toujours. Et soigner son apparence, continuer à jouer, à mentir. Au point où elle en était, ce n'était finalement pas bien grave. Elle s'arrangerait avec « ça » aussi.

Les jours et les semaines passèrent et Claire ne s'habituait pas très bien, elle s'arrangeait mal avec cette nouvelle connaissance d'elle-même. Mais elle ne s'en apercevait pas. Elle ne s'apercevait plus de grand-chose. Elle avait perdu une certaine lucidité qui lui permettait encore de discerner ce qui était vraiment grave et ce qui ne l'était pas. Elle s'était perdue... Elle ne voyait même pas que Jean s'inquiétait de plus en plus — d'autant plus qu'il se produisait un fait nouveau : Claire se refusait à lui régulièrement, sous n'importe quel prétexte, avec une douce obstination qu'il voyait en passe de devenir définitive. En fait, il ne pouvait plus la toucher. Pour quelqu'un pourvu d'un aussi solide bon sens paysan que lui, perdre l'instinct de sensualité était aussi grave que cesser de se nourrir. La nature ne perdait ses droits que chez les êtres malades. Claire était gravement malade.

Quant à elle, elle s'étonnait simplement de ne pas arriver à tricher sur ce point, elle qui trichait par ailleurs tout au long de leur vie commune. Elle avait beau tenter de se plier au désir de Jean, la bête rechignait, rétive, et refusait de sauter l'obstacle. Elle avait peur. Elle n'arrivait pas à la raisonner. Quelle séquelle inconnue lui avait donc laissée son aventure d'un après-midi ? C'était passé, avalé depuis longtemps, et l'amertume avec, et les quatre jours d'horreur. Et pourtant il lui restait une peur bien précise, une refus indéfini mais tenace.

Elle le définit pourtant. Un après-midi, il lui apparut enfin nettement la raison de sa résistance. Cela l'amena à écrire dans son journal la chose la plus grave qui soit. Elle, qui avait omis de mentionner sa rencontre avec l'inconnu en partie — elle devait se l'avouer ensuite — par crainte que Jean ne le découvre un jour, nota cet après-midi-là, sans hésiter, la condamnation la plus irrémédiable de leur couple. Jean aurait pu tout comprendre, tout pardonner, ses égarements, son aventure, tout, sauf ça. Sauf cette négation totale du prolongement possible de leur lien et surtout d'eux-mêmes. Un plus un égale zéro... C'est ce qu'elle écrivit ce jour-là, presque tranquillement, tout à fait consciente de la signification fatale contenue dans les mots qu'elle traçait. Elle le fit sur la table de la cuisine pour surveiller plus commodément la cuisson du repas du soir. Et d'une main régulière, levant de temps en temps sur la casserole un regard étrangement calme, elle commit là son premier véritable assassinat — celui d'un enfant qui n'aurait peut-être jamais vu le jour. En tout cas, celui de sa propre survivance dans ce monde, et, plus gravement, de celle de Jean.

28 mars.

Aujourd'hui est un grand jour, j'aurai décidé au moins une chose dans ma vie : je ne veux pas d'enfant. Je n'en veux pas. A aucun prix. J'ai toutes mes raisons pour cela — bonnes ou mauvaises, peu importe, ce sont les miennes. Et cela passe bien au-dessus du fait de savoir si je peux avoir un enfant ou pas — j'entends physiquement —, cela ne change rien à ma décision. Elle est pesée, définitive, et savoir si réellement je suis bonne « pour le service maternité » ou pas m'indiffère totalement. Si je ne peux vraiment pas avoir d'enfant, c'est un merveilleux hasard. Je dis hasard, car je ne pense pas qu'il faille chercher là une quelconque sélection naturelle. Si la nature était clairvoyante en ce qui concerne l'amélioration de l'espèce, il y a beau temps que ça se saurait et que des milliards d'imbéciles ne seraient jamais nés. Pour ma part, je n'ajouterai pas un maillon de plus à cette chaîne sans fin, je ferai le nécessaire pour cela.

Du coup, je me sens plus tranquille, plus légère. Je suis soulagée d'un poids dont je ne soupçonnais pas l'origine. Comme c'est bizarre... J'avais dû longtemps tourner ces questions tout au fond de moi sans même m'en rendre compte. C'est clair, à présent. Plus simple. Je sais que ça s'arrêtera là. Je ne perpétuerai pas ma médiocrité et cette certitude m'allège. Je pourrai mieux assumer ce que je suis sans cette crainte.

Je vois d'ici la tête que ferait une femme comme Viviane si je lui jetais au visage mon refus d'offrir un nouveau bambin en pâture au monde. Elle serait si triste pour moi. Pauvre Viviane. Comment pourrais-je lui expliquer ? Elle me donnerait toutes ses bonnes raisons et je les réfuterais une à une. Le simple plaisir, d'abord, de pétrir et de nourrir ce petit bout de chair. Je pense que si j'avais été pourvue de cet instinct-là, l'envie d'enfant m'aurait tenaillée depuis belle lurette — d'autant que ce n'est pas mon emploi du temps ni le souci de mener une carrière qui m'auraient empêchée d'y penser ! Que de temps libre, mon Dieu, pour cultiver une obsession de maternité ! Quand je pense à toutes ces femmes débordées, écartelées entre leur épanouissement social et celui de leurs rejetons, et moi... Quelle rigolade. De toute manière, je pense que cette envie, si elle est naturelle, vous saisit très tôt. J'en ai vu effectivement beaucoup de ces toutes jeunes femmes, à peine sorties de l'adolescence, qui rosissent et s'émeuvent à la seule vue d'un nourrisson. C'est tout à fait charmant, ces mains qui se tendent et qui trouvent les gestes tout de suite, qui bercent, qui câlinent d'instinct. C'est d'autant plus charmant que cela émane parfois d'une jeunesse bardée de jeans et de cuir. Quel adorable spectacle, cette contradiction entre le pur instinct femelle et l'attitude garçonnière affichée !

Mais moi, non. Non, vraiment. Je n'ai jamais ressenti une attirance particulière pour les nouveau-nés, ni une répulsion, d'ailleurs. Et les enfants de n'importe quel âge ne m'ont jamais procuré qu'un tiède intérêt. Alors si cette envie ne vous saisit pas très tôt, il ne peut s'agir, à mon avis, que d'une décision mûrie, prise plus tard en toute connaissance de cause, réfléchie. Plusieurs raisons peuvent pousser à prendre cette décision-là. La moins respectable d'abord : la peur de louper quelque chose, cette expérience que l'on dit irremplaçable pour une femme, la trouille de passer à côté vous pousse à la tenter avant qu'il ne soit trop tard. J'ai, personnellement, loupé tant de choses, qu'une de plus, une de moins, franchement... Ou pour se remplir la vie ? Quel meilleur moyen, effectivement ! Ça occupe, ces petites bêtes-là. La peur de vieillir tout seul, aussi. Toutes ces raisons-là, je crache dessus.

Alors, voyons du côté des plus nobles. Perpétuer l'espèce ? J'ai dit plus haut ce que j'en pensais. D'autres milliers de femmes feront cela très bien à ma place. Je passe tout de suite sur les plus hautes considérations religieuses, je n'en ai aucune. Le grand espoir, alors ? Le GRAND espoir en un monde meilleur, construit par une génération nouvelle pleine de beaux sentiments fraternels et surtout, surtout ! bourrée d'humour... Elle aura intérêt à en avoir ! J'ai toujours vu les enfants des autres rejeter avec obstination ce qu'on essayait justement de leur inculquer. Partir à l'inverse, au hasard, de zéro et surtout contre... On dit toujours que l'expérience des autres ne profite de rien — cela me semble extraordinairement juste en ce qui concerne les parents. Si je ne crois pas à l'éducation, donc, je crois par contre très fort à l'imprégnation insidieuse du milieu, à la transmission profonde et silencieuse de nos angoisses, de nos impuissances, elles-mêmes transmises par nos parents, qui les prenaient eux-mêmes des leurs, etc. Tout cela ancré comme un limon au fond de chacun de nous, malgré les préceptes et la meilleure volonté des parents de faire des enfants différents, envers et contre toutes nos révoltes, adolescentes ou tardives. Chères petites têtes blondes... Petites éponges... Je suis moi-même une pure descendante de l'impuissance créatrice de ma mère, et petite-fille de milliers de femmes absolument pas libérées depuis des générations et des siècles. Les êtres libres n'existent pas. Il est donc tout à fait vain d'avoir la présomptueuse ambition d'en fabriquer un. En tout cas, je n'ai pas la force de le croire. J'admire toutes celles qui croient et ont la foi en une descendance meilleure et épanouie. Ma fille sera mieux que moi, elle s'en tirera. Bravo, et bonne chance, vraiment, de tout cœur bonne chance à elles. Moi, non, merci bien. Reste aussi, et ceci n'est pas à négliger, la chance sur un milliard de mettre au monde un être d'exception. Suis-je une sorte de Marie promise à enfanter un sauveur de l'humanité ?? Merde, alors... Un sauveur qui échappe injustement au martyre ! Un Mozart assassiné avant même d'exister ! Une chance sur un milliard, dites donc, il y a de quoi tenter sa chance ! Et moi qui n'ai jamais été joueuse...

Trêve de plaisanteries et de digressions, venons-en directement à moi, à nous, au cœur du problème.

Je ne veux pas d'enfant. Je ne veux pas faire un autre

petit moi-même. Toutes les raisons de mon refus, je les ai dites, déjà. Il tient clairement (toujours !) au mépris de ce que je suis. Mais toi, Jean ? J'aurais pu m'acharner à t'offrir ton petit double ou ta petite femelle miniature. Quoique je ne t'aie jamais vu déchiré par ce besoin. Mais que sais-je de tes frustrations ? Tu en meurs d'envie peut-être… Quoique ça dérangerait beaucoup ton univers. Tu es si bien, si équilibré entre ton travail, l'ordre de ta maison, l'appel de la nature qui te reprend sagement, régulièrement tous les printemps. Tu ne te révoltes contre rien, tu te suffis à toi-même. C'est extraordinaire d'être à ce point en paix avec le monde. C'est même tellement extraordinaire que ça m'en semble assez suspect. Ce n'est pas possible, tu dois mentir, tricher quelque part. Mais si c'est vrai, vraiment vrai comme disent justement les enfants, je trouve ça effrayant. Et je ne te ferai pas d'enfant pour le baigner dans cette tiédeur, cet ennui. Je ne le ferai pas. C'est injuste sans doute. Avec ton équilibre et ta tranquillité, que j'appelle, moi, tiédeur et ennui, tu serais peut-être justement un être des plus aptes à élever un enfant. Je n'ai sans doute pas le droit d'être seule juge et de te refuser cela sans te demander ton avis. Tant pis. Je ne te le demanderai pas. Tu n'avais qu'à me parler plus tôt, me dire ton manque, me montrer ta faille, s'il y en a une… Tu ne l'as pas fait. Maintenant, c'est trop tard. Il ne fallait pas me regarder me noyer sans faire un geste.

De toute manière, si cette envie te saisit un jour, tu pourras toujours en faire un, plus tard, avec quelqu'un d'autre. Quand je ne serai plus là. Les hommes ont cet avantage de pouvoir faire des enfants très tard. Un charmant bambin, peut-être, agrémentera ton heureuse vieillesse.

Moi, je prends le droit de te le refuser pour cause d'indifférence. C'est donc en connaissance de cause, encore saine d'esprit — du moins, il me semble — que je te dis que notre couple ne vaut rien et que je ne veux pas donner un prolongement à ce rien.

Je ne veux pas d'enfant, et un plus un égale zéro. J'arrête là la catastrophe, et le monde se débrouillera bien sans notre petite contribution à sa continuité.

16

Jean n'était pas si tranquille que Claire le pensait. Ces derniers temps il se sentait peu à peu envahi par le découragement. Par une inquiétude grandissante aussi. Elle en perturbait même parfois son travail. Il avait des mouvements d'humeur que nul ne lui connaissait jusqu'à présent et qui étonnaient, là-bas. Il allait falloir contrôler ça aussi.

D'abord il s'était étonné, puis alarmé, que Claire ne réponde pas au téléphone lorsqu'il l'appelait l'après-midi. La première fois, cela lui avait semblé normal. Elle était sortie faire une course sans doute et il n'avait pas rappelé. Peu à peu, la régularité de ces absences l'avait intrigué, puis carrément inquiété. Elle ne sortait pratiquement jamais. Du moins pas si longtemps, car il en était arrivé à appeler cinq, six fois dans l'après-midi. Rien. Personne. Il avait bien tenté de la questionner — oh! avec tact, en douceur, l'air de rien, au début. Il ne voulait pas l'effaroucher avec des airs d'inquisiteur. Elle était libre de faire ce qu'elle voulait après tout. Puis il l'avait interrogée avec plus d'insistance, car Claire s'obstinait étrangement à ne rien lui dire. Réponses évasives, regard flou, elle passait rapidement à autre chose ou faisait même semblant de ne pas entendre. Peu à peu, ce mutisme avait fait naître en lui le doute classique — Claire avait-elle une liaison? Cela l'avait taraudé plusieurs jours. Il avait même pensé — il en avait encore honte —, il avait pensé la faire suivre. Le ridicule vaudevillesque de la chose lui avait presque immédiatement sauté aux yeux. Bon sang! Quelles idées saugrenues on peut avoir pour deux ou trois coups de fil et quelques questions sans réponse! Il s'appliqua à rire de lui-même et à chasser ces doutes absurdes. Il y parvint en peu de temps et sans trop de mal. Mais il restait soucieux, mal à l'aise. Claire n'allait pas bien. Elle n'allait vraiment pas bien, malgré ses efforts pour le lui cacher. Elle voulait sans doute lui épargner le poids de ses problèmes alors qu'il rentrait fatigué de sa journée de travail. Dans le fond, il lui était reconnaissant de cette délicatesse. Claire était si gentille... Mais tout de même, il n'était pas tranquille et se disait qu'il n'était pas bien de laisser les choses aller ainsi. Mais que faire ? Toutes ses tentatives pour l'aider s'étaient révélées nulles. Elle s'était désintéressée des sorties, des spectacles qu'il avait cru bon de lui offrir au début. Ce psychiatre, ensuite, qu'on l'avait poussée à aller consulter. Combien de fois avait-elle été le voir ? Une fois ? ou plusieurs ? il ne se rappelait plus très bien. En tout cas, elle était sortie de chez lui dans le même état qu'elle y était entrée, et le brave homme, après tout, ne s'était apparemment pas trop inquiété pour sa patiente, sinon il l'aurait retenue, ou aurait passé un coup de fil à André, puisqu'elle y avait été envoyée de sa part. Trouver du travail, oui, cela avait été sa meilleure idée. Échec sur toute la ligne. Claire n'avait manifestement pas plus envie de travailler qu'avant. Alors vraiment, pourquoi se serait-il acharné à la pousser dans cette voie malgré elle, pour le seul plaisir de la voir rentrer le soir aussi crevée que lui et mettre ainsi en péril leur équilibre domestique ? A quoi bon ? Pourtant il fallait faire quelque chose. Et toutes les solutions extérieures étant épuisées — du moins il n'en voyait pas d'autres —, il ne restait que lui. Il avait souvent voulu lui parler. Lui parler à cœur ouvert et l'amener à lui dire, enfin, ce qui n'allait pas. Il n'avait jamais réussi à le faire. C'était incroyable, d'ailleurs, à bien y penser. Lui qui arrachait des confidences à tous ces jeunes bourrés de problèmes — et quels problèmes, bon sang ! plus graves et importants que ne pourrait jamais en avoir une femme comme Claire —, qui arrivait, pratiquement sans peine, à dénouer leur résistance, n'était toujours pas parvenu à parler à sa propre femme. A la limite, n'était sa réelle inquiétude, ce serait presque comique. Elle avait forgé entre eux une barrière insurmontable, une distance subtile qu'elle maintenait avec souplesse et fermeté. Jamais il n'était parvenu à la franchir. Elle se rétractait dès le premier mot, le premier pas. Il avait essayé aussi de l'attaquer de biais, prenant un cas lointain, largement hors du sujet, pour enfin arriver à parler d'elle. Elle le voyait venir à distance, avec un pur instinct animal, et se dérobait avec diplomatie. D'où lui venait donc cette intelligence et cette finesse qui ne lui appartenaient pas avant ? On aurait pu faire un très joli graphique de leurs évolutions mentales — une sorte de tango avec trois mètres de distance entre les partenaires qui ne se touchent jamais. Et malgré les efforts et les contorsions intellectuelles de Jean, c'est elle qui menait la danse, il le sentait bien. Ou alors, il aurait fallu être moins habile que lui... Claire le connaissait trop. Elle était parfaitement habituée à son tempérament et à ses techniques et pouvait donc lui échapper sans trop de peine, puisqu'elle était avertie des règles du jeu. Peut-être aurait-il fallu la brusquer, n'utiliser aucune circonlocution, pour qu'elle ne le voie pas venir, lui sauter dessus à l'improviste, la prendre au dépourvu par une violence soudaine. Ce serait mieux, oui... Jean faisait un effort pour s'imaginer, comme dans un très mauvais film, plaquant Claire brutalement contre le mur au moment où elle s'y attendait le moins, et lui aboyant dans le nez : « J'en ai marre ! Parle ! Crache-le, ton problème ! Ou je te casse la gueule ! » Cette vision-là remplissait Jean de découragement et d'amère impuissance. Il n'avait vraiment pas le caractère de l'emploi. Il jouerait mal. Et, de toute manière, il n'aurait pas Claire, car elle ne VOULAIT pas parler et elle trouverait un moyen d'échapper à la confrontation. Et Jean se creusait la tête pour trouver un moyen de sortir de ce rôle de témoin où elle l'avait enfermé sans lui laisser la moindre porte de sortie. Il n'arrivait même plus à la toucher physiquement. Ça, c'était nouveau. Et il en souffrait profondément. Non pas d'une banale frustration d'homme en manque d'activité sexuelle, mais d'une réelle peine ; son amour et sa tendresse étaient blessés. Car il aimait Claire. Il n'y avait aucun doute, il aimait cette femme-là, quels que soient ses problèmes pour l'instant.

Parfois Jean flânait un peu. Il prenait un pot en sortant du travail — non pas au café voisin où professeurs et élèves se mêlaient souvent, mais plus loin sur le chemin de la maison, seul. Là, devant un scotch, il pouvait pour un moment rêver à cette femme qui lui échappait, l'imaginer comme elle était avant, vivante, chaude, ou comme elle serait plus tard, quand elle serait revenue à elle — à lui. Claire. Ma petite Claire... Les larmes lui en montaient aux yeux, parfois. Mais il ne voulait pas se laisser aller à la mélancolie. Pleurer devant elle, il ne manquerait plus que ça ! Et ce n'était pas l'orgueil qui le poussait à se recomposer une attitude et un visage tranquilles, mais à quoi servirait de lui donner le spectacle de son désarroi et d'être deux à sombrer ? Du beau travail, vraiment. De quoi plonger définitivement Claire dans la neurasthénie, la culpabiliser en plus, et au bout du compte en arriver à perdre son propre équilibre. Ce serait le comble... Non. Puisqu'il ne trouvait aucune solution efficace pour l'aider, il se devait de lui offrir au moins sa propre solidité. Elle lui tendrait bien la main un jour, quand elle n'en pourrait vraiment plus. Mais pour cela il fallait qu'il la rassure, qu'il continue d'être celui sur qui on peut compter. Celui qui ne change pas... Mais, bon sang, quand parlerait-elle ? Quand se déciderait-elle à franchir ce mur de silence qu'elle construisait entre eux ? Et voilà qu'elle se refusait maintenant à venir se réchauffer dans ses bras. C'était trop moche, trop triste. Il n'en pouvait plus.

Il se secouait toujours, raisonnait sa douleur. Il sortait du café et arpentait quelques rues, le temps de laisser remonter en lui cet optimisme fondamental qui faisait partie de sa nature. Il était doué pour le bonheur, oui. C'était ça sa chance et sa force. Et il fallait qu'il cultive cette aptitude à être heureux s'il voulait la sortir de là et l'amener à la partager de nouveau avec lui.

Tout à ses réflexions, il faillit marcher un jour sur un gamin d'un ou deux ans qui batifolait en travers du trottoir. Il l'évita de justesse, sourit à la mère qui s'excusait d'avoir laissé son petit traîner sur le passage. Ce n'était vraiment rien. C'était lui qui... C'était charmant, les enfants. Bruyant mais charmant. Il continua son chemin puis s'arrêta. Il se retourna lentement, regarda la petite chose qui s'éloignait en trottinant accrochée à sa mère. Il y avait une éventualité à laquelle il n'avait jamais pensé. Ce fut à peine une pensée, juste un éclair de doute, une petite lumière fugitivement entraperçue... Il regarda sa montre. Il avait une demi-heure de retard et deux cours à préparer pour le lendemain. Deux heures de travail au moins. Deux heures à échapper au regard de Claire, à cet hermétisme de tout son visage qui le gênait de plus en plus.

Allons ! La belle saison allait arriver et avec elle la grande vague du renouveau. Il était impossible que Claire ne la ressente pas. Elle allait en bénéficier automatiquement, comme tout être et toute chose dans la nature. Il lui parlerait alors. Il en aurait le courage. Il briserait le silence, malgré elle, dès que les premiers rayons du soleil auraient amolli sa résistance. En attendant, il n'y avait qu'à laisser mourir l'hiver à son rythme. Il ne servait à rien de brusquer les choses quand le temps n'en était pas encore venu. Il retrouverait alors tout son bonheur avec elle et il l'emmènerait en Camargue, tiens, où ils avaient été si bien. Pourquoi pas ? Il la ramènerait dans le dernier endroit où il l'avait vue parfaitement heureuse avant que la saisisse cet étrange malaise. C'était l'idéal, oui. Ce paysage de là-bas, lui-même, l'aiderait à se retrouver, si lumineux, si pur, ascétique. Face à un horizon si dégagé on ne pouvait échapper à soi-même et à sa vérité intérieure. Lui-même se découperait si nettement sur cet horizon qu'elle serait bien obligée de voir qu'il l'attendait, qu'il la voulait, elle, telle qu'elle était avant ou différente, peu importe. Il voulait retrouver sa femme. Là, sans travail, sans horaire, il serait entièrement libre pour elle et il trouverait bien le moyen de l'attacher à lui définitivement. Elle pourrait toujours essayer de lui échapper ensuite...

Voyons, on était début avril et il prenait normalement ses vacances en août. Quoique... Oui, il pourrait facilement s'arranger avec un de ses collègues pour permuter leurs périodes de vacances. S'il partait en juillet, il restait trois mois à peine. Seulement trois petits mois à attendre. D'ici là, il avait largement le temps de voir venir le moment propice pour lui parler enfin.

Et, parti de son travail tout à fait accablé, il arriva chez lui regonflé d'espoir. Même pas trois mois et le beau temps qui arrivait.

17

18 avril.

Papa est mort. Mon père est mort depuis dix jours et maintenant enterré et depuis tout ce temps je me sens étouffée, bloquée, j'ai un terrible besoin de clarifier mes pensées — je préférerais dire mes sentiments — et je n'y arrive pas. J'aurais voulu écrire que je suis triste, bouleversée, déchirée, alors que je suis incertaine de ce que je ressens. Je ne peux dire qu'une chose : mon père est mort et je n'ai pas pleuré.

Pas un sanglot, pas une larme. Je ne sais pas quelle sorte d'émotion m'habite car je ne la reconnais pas. C'est une douleur sèche, enfermée en moi. J'aurais dû être submergée par le chagrin alors que la nouvelle m'a pétrifiée — oui, c'est cela, pétrifiée. Le voyage là-bas et l'enterrement ont été horribles, avec cette boule nouée dans mon ventre qui ne voulait pas se libérer. Oh ! le regard des autres, et le regard de ma mère sur cette fille qui restait glacée devant le corps de son père.

Me suis-je révoltée, pourtant, contre cette faculté de pleurer trop facilement ! Je voulais vomir d'un coup toutes les larmes de ma vie, croyant qu'elles dressaient un mur entre les autres et moi. Aurais-je été exaucée au-delà de mes souhaits ? S'il y avait une occasion, une seule occasion où pleurer m'eût rapprochée des autres, c'était bien celle-là. Et je ne le pouvais pas...

Cette sécheresse me fut un calvaire — un calvaire de deux jours pendant lesquels je lus dans leurs yeux la surprise d'abord, l'incrédulité, qui se mua finalement en une franche aversion à mon égard. Je ne suis pas encore tout à fait indifférente au jugement des autres, car ces regards m'ont fait souffrir. Et je souffrais tant de mon impuissance à partager leur émotion que je pensais — comme décidément c'est mon habitude — plus à moi qu'à mon père.

Oserais-je dire à quoi je pensais au beau milieu de son enterrement, au point culminant de la douleur commune ? Il faut bien que je le dise... Je pensais à ce petit chien que j'ai perdu voilà quelques années et que j'aimais tant. Je me rappelais comment, après qu'il était mort, j'avais hurlé de chagrin devant son plat inutile oublié sur un coin du carrelage de la cuisine. Cela avait duré des jours et des jours... Et comment un soir, au moment de sortir avec Jean, j'étais restée en arrêt devant la laisse suspendue à la patère en décrochant mon manteau. Un sanglot m'avait saisie de surprise, et Jean m'avait retrouvée dégoulinante, les joues pleines de Rimmel. Il m'avait carrément engueulée, ce soir-là — engueulade bénéfique car les crises de larmes s'étaient arrêtées net. Mais longtemps après, lorsqu'il arrivait qu'on parle d'animaux familiers en notre présence, Jean coulait encore vers moi un regard inquiet et s'arrangeait pour détourner la conversation, craignant un débordement d'humidités incongrues. Ce n'était plus la peine, c'était fini. Mais je garde le souvenir de cet arrachement.

Pour un chien... Mon Dieu, tout ça pour un chien ! C'est la dernière fois, je crois bien, que j'ai eu les entrailles tordues par un véritable désespoir. Et là, dans cette petite église froide, j'avoue avoir cherché à raviver en moi ce souvenir, j'ai fait appel de toutes mes forces à la mémoire de ce petit chien pour qu'elle m'aide à exprimer mon émotion. En vain. Je me disais aussi que ce désespoir que j'avais cru ressentir n'était peut-être pas un véritable désespoir, mais une simple réaction PHYSIQUE de manque, auquel je réagissais aussi physiquement par mes larmes. Après tout, je n'avais jamais eu autant d'intimité avec mon père qu'avec cet animal. Il dormait sur mes pieds, il mangeait dans ma main, il me léchait le visage, il m'offrait en somme une affection charnelle que mon père n'a jamais voulu — ou jamais pu — me donner, maintenant entre nous une distance physique qui lui permettait de mieux me jauger. De m'aimer aussi, sans doute, mais de loin, sans se compromettre en manifestations de tendresse qu'il devait juger mièvres et inutiles. Je ne peux même pas me rappeler quand il m'a serrée dans ses bras

pour la dernière fois. Est-ce de cela que mon corps se ven-
geait à sa mort, refusant les manifestations physiques de
mon chagrin à celui qui m'avait refusé celles de son affection ? Je ne sais... Ce que je sais, c'est que c'était horrible, c'était honteux de penser à ce chien devant son
cercueil. Je dois avouer ça. Comme je dois avouer que j'ai
courbé les épaules au sortir de la cérémonie et baissé la
tête avec la volonté précise de cacher non pas mes larmes,
mais le fait que je ne pleurais pas. Ignoble tricherie. Et
j'ai regretté les voiles noirs d'antan qui masquaient si bien
les vrais et les faux désespoirs.

Quelle honte. Quelle sorte de monstre suis-je donc devenue ? Ai-je vraiment tué en moi toute véritable émotion ?
Je suis partie. Je suis partie honteuse et sèche, et malade
d'impuissance. Je n'avais même pas pu vraiment parler
à maman. Et j'ai senti dans mon dos les regards me poursuivre — des regards si durs que je crois d'ores et déjà
pouvoir affirmer que je n'ai plus de famille...

Mais de quoi est-ce que je parle ? Dans quel embrouil-
lamini suis-je encore repartie à écrire mes souvenirs sur
mon chien, ma honte, mon manque de larmes, mon ceci,
mon cela, alors que c'est de lui — d'eux — que je voulais
parler. Je n'ai pas ouvert ce cahier après dix jours d'hésitations pour y étaler toutes ces bêtises. J'ai autre chose
à dire, et qui m'effraie... Quelle importance que tes petites glandes lacrymales aient fonctionné ou pas, pauvre
conne !

Une heure après.

Ça va mieux. J'ai été obligée de me morigéner moi-
même comme une enfant de deux ans pour stopper ce flot
de considérations infantiles qui me permettaient encore
une fois d'échapper à la vérité. Vraiment, je me giflerai
quand je me laisse aussi lâchement aller à la dérive.

Voilà ce que je veux dire, ce que je brûle depuis dix jours
de dire : quand maman m'a téléphoné pour m'annoncer
sa mort j'ai vraiment reçu un choc épouvantable, un coup
de poing dans le ventre qui m'a laissée sans souffle. C'était

si brusque, si inattendu, malgré la maladie. Bon sang, je lui avais encore parlé l'avant-veille! Et si je ne pouvais pas voir son visage, sa voix, ce qu'il me disait, sa manière d'être avec moi étaient celles d'un homme en pleine — ou presque — possession de ses moyens. Rien ne laissait présager une fin aussi brutale. J'étais si bouleversée que je parlais, je parlais, je questionnais ma mère, l'accablant de mon désarroi, lui demandant des détails et des explications sans même écouter les réponses. En écoutant si peu, en fait, que je n'entendis pas tout d'abord une petite phrase étrange : « Il était temps... »

Et je continuais à parler, sourde à ce qu'elle tentait de me faire comprendre, à tel point qu'elle finit par se taire. Quand je fus un peu calmée, elle laissa passer encore un long silence et répéta, aussi fermement et nettement que quelqu'un qui appuie une deuxième fois sur une sonnette qu'on n'a pas entendue : « Il était temps. C'est bien mieux ainsi. Nous l'avons décidé tous les deux. » Pour le coup je restais sans voix. Je n'osais pas comprendre. Ça tourbillonnait dans ma tête et j'articulai bêtement, machinalement : « comment ? ». Elle se tut encore un long moment, et la ligne grésillait insupportablement à mon oreille. Elle se taisait encore, et encore, laissant le vide et ce bruit me manger la tête comme un insecte grignoteur. Je dus répéter : « comment ? » plus fort — trop fort, peut-être —, et elle fut obligée de m'expliquer qu'il n'aurait jamais été à l'hôpital, qu'il ne le voulait pas, que dans ces conditions cela allait prochainement devenir insupportable, et pour lui et pour elle, et que la dignité, la lucidité qu'il voulait garder, etc.

Est-ce que je l'écoutais encore? Je ne sais pas. Je ne sais pas ce qui m'a pris. Tout à coup quelque chose s'est révulsé en moi, une vague de révolte incoercible m'a fait raccrocher violemment en criant : « salauds ! » A-t-elle entendu? Ai-je crié juste avant ou juste après? Je ne sais pas. Je ne sais vraiment pas. Je ne pensais pas — surtout pas — à quel point ce coup de téléphone avait dû être douloureux pour elle, que ses silences atroces me criaient son désespoir, je ne pensais pas que j'aurais pu la tuer avec cette injure et le déclic du téléphone comme un coup de poing en pleine face, je ne pensais à rien, rien du tout. Juste quelques mots obsédants qui battaient à mes tempes : «ils l'ont fait, ils l'ont fait...», et la colère qui m'étouffait, une rage impuissante surgie des tréfonds de mon être. « Ils ont fait ça sans moi, sans rien me dire, sans me prévenir, sans que je puisse une dernière fois le voir et lui parler. Ils ont fait ça tous les deux, en cachette, en douce, en me rejetant loin d'eux, moi leur unique enfant. » Je crois que j'ai dû m'allonger un moment pour que le sentiment de cette horrible trahison ne me jette pas au sol.

Après j'ai réfléchi, bien sûr. Je pense — quoique je n'en sois pas certaine — avoir tempéré mes sentiments. Mais sur le coup la révolte l'emportait. Ils n'avaient pas le droit de me faire ça, de me rejeter à l'écart de cet acte aussi grave comme si ça ne me regardait pas, comme si surtout j'étais incapable de comprendre, de partager et d'assumer. Mais peut-être après tout avaient-ils raison. Peut-être aussi ont-ils voulu m'épargner, m'éviter de partager ce terrible poids en me mettant devant le fait accompli, et sans doute encore s'épargner à eux-mêmes la remise en question d'une décision qui devait être prise depuis longtemps. Il est certain que j'aurais tenté de les dissuader. Je n'aurais pas eu les épaules, pas le courage d'assumer une chose pareille. Je les aurais accablés de tous les arguments imaginables, de toutes les culpabilités, pour les faire renoncer à leur projet, pour au moins l'ajourner le plus longtemps possible, jusqu'à ce qu'ils deviennent incapables de l'accomplir. Ils ont eu raison... Ils ont certainement eu raison, mais je ne peux pas l'accepter. J'ai beau me raisonner, me forcer à comprendre ce geste horrible et magnifique, tout est confusion en moi et je reste irrémédiablement blessée — blessée et rejetée. Avaient-ils vraiment le droit de faire ça ? De ME faire ça ?

Pourtant, connaissant mon père, j'aurais dû me douter depuis longtemps qu'il ne se laisserait pas crever misérablement dépendant des autres et d'une médecine dont il savait trop bien les limites. Il lui était facile de se prescrire à lui-même le nécessaire pour en finir à son heure. Depuis combien de temps ? Depuis quand savent-ils ? Des mois ? Des semaines ? Et maman ?... Depuis quand s'est-elle résolue à l'aider pour mourir ? A-t-elle partagé tout de suite sa décision, ou est-elle parvenue à l'accepter après une longue lutte ? Après quelles souffrances ? Mon Dieu, et dire que j'ai pu mépriser ma mère.

Ils ont eu raison, oui, de me tenir à l'écart de leur réso-lution — je suis même incapable d'imaginer comment on peut vivre la dernière journée, les dernières heures. Et la dernière minute... Comment lui a-t-il fait comprendre que le moment était venu ? Par des paroles ou en silence ? Ont-ils passé avant une journée ordinaire, avec les mêmes ges-tes quotidiens, chacun revivant dans sa tête tout ce qui avait uni leurs vies ? Quelle dose de courage et d'amour faut-il pour préparer la seringue ou les pilules, remplir le verre d'eau ou imbiber le coton d'alcool ? Mais peut-être suis-je trop romantique et l'a-t-il mise aussi devant le fait accompli, décidant de son heure en solitaire. Pourtant, connaissant mes parents comme je commence à le faire depuis peu, je sais bien que cela ne leur ressemble pas. Ils n'ont pas dû avoir peur d'affronter ensemble les der-niers instants.

Et moi, moi, je me sens si petite et si misérable. A-t-il seulement pensé à moi ? Moi qui tournais et retournais ici mes pensées égoïstes et stériles au lieu d'aller le voir plus souvent. Il eût été justice qu'il m'oublie aussi. Je ne le sau-rai jamais... Pourquoi aussi suis-je restée ici avec ce poids sur le cœur au lieu de me précipiter là-bas pour parler à ma mère ? J'ai attendu sagement, lâchement, le jour de l'enterrement, et je suis partie avec mes doutes et mes ques-tions noués dans la gorge en oubliant complètement que nous aurions difficilement l'occasion d'être seules et que le pénible devoir de faire face aux autres la rendrait indis-ponible pour moi. J'avais réussi à oublier aussi que j'avais raccroché brutalement sur une injure - je ne m'en suis sou-venue que lorsque j'ai vu son visage de marbre. Et je vou-lais encore m'étonner après cela de n'avoir pas pu pleurer à l'enterrement de mon père alors que c'est moi qui me suis exclue, moi seule qui suis responsable de tout ce gâchis. Et je sais que jamais plus je n'aurai le courage de parler à ma mère. Je me suis faite moi-même orpheline de tout ce qui m'était précieux.

Je ne m'en relèverai pas. Je sais maintenant que je ne m'en relèverai jamais. J'ai trop mal agi envers eux et envers moi-même pour que la catastrophe soit réparable. Elle ne le sera jamais plus en tout cas envers lui. J'ai tout ignoré, tout piétiné, de ce qui était beau et chaleureux, tout ce qui pouvait me sauver, peut-être. C'est impardonnable. Ma mère ne peut pas me pardonner et je ne le lui demanderai pas. Je sens obscurément aussi que son amour, s'il surmontait tout cela, me ferait plus de mal que son mépris. Il me rabaisserait encore plus bas, encore plus loin d'elle, moi qui suis incapable de la moindre générosité et qui n'ai pas cultivé une once de sa grandeur d'âme. Il serait injuste qu'elle m'offre le cadeau de son pardon, j'en suis totalement indigne. Il vaut mieux que je reste avec le poids de mes fautes, j'en serai davantage punie.

Et voilà. Voilà ce que je voulais dire. En fait j'espérais me soulager alors que je me sens... Mais puis-je dire que je sens encore quelque chose au point où j'en suis arrivée ? Il me semble subir un étrange destin qui me fait couper tous les liens qui me retiennent à ceux que j'aime et à la vie. Je n'y peux rien, c'est plus fort que moi. J'ai beau me débattre, mes révoltes désordonnées ne font que m'enliser davantage et c'est moi qui meurs. Pourtant, je sais que je ne ferai pas le geste qui me permettrait de suivre mon père, je n'aurai pas le courage, moi, d'écourter mon supplice, et je vivrai mon cancer jusqu'au bout. Quelque chose me pousse à suivre coûte que coûte le chemin épouvantable qui se trace devant moi. Pourquoi ? Instinct de conservation ? Masochisme ou simple curiosité malsaine ? Je ne sais pas. Je ne saurai jamais sans doute ce qui m'a fait dévier de ma route. Aurais-tu pu m'aider à comprendre, toi ?

Je t'ai loupé, papa. Je vous ai loupés tous les deux. Il ne me reste plus qu'à continuer seule vers le bout du chemin.

Et s'il n'y avait vraiment rien au bout, ce serait presque marrant.

10 mai.

C'est fini, je n'écrirai plus.

Il ne s'agit pas là d'un de ces sursauts puérils que j'ai quelquefois eus, abandonnant ce cahier quelques jours pour me précipiter sur lui à nouveau. Non, c'est définitif. Je n'ai plus rien à écrire, que ceci :

Je ne souffre plus. Je ne suis plus malheureuse. Je ne sais pas comment qualifier l'état d'esprit dans lequel je suis à présent. Point zéro... Le désert ?... *Rien* est peut-être simplement le meilleur mot. Même pas le sentiment d'être dans une impasse. Je ne sens rien, plus rien. J'ai aussi cessé de m'en inquiéter. Je suis arrivée au bout... De quoi ? De mes efforts ? Pas de ma vie, malheureusement. Il me reste encore — du moins je le suppose — un long temps devant moi. C'est là le problème. De quoi va-t-il être fait, ce temps ? Dans quel état vais-je avoir à le vivre ? Je n'en sais rien, rien... Décidément ce mot est le bon. Il qualifie mon passé, mon présent, et voilà que je le retrouve sur le chemin de mon avenir.

J'ai trop cherché, je me suis trop débattue, tout cela sans doute à tort et à travers, je n'en peux plus. D'ailleurs, la machine s'est arrêtée toute seule. Un beau matin, crac ! La panne. J'en avais été avertie quelque temps auparavant par une tiède torpeur intérieure, tout à fait comparable à celle que procure l'anesthésie. Et tout à coup, plus de peur, plus de larmes, presque plus de pensées. Je ne pesais plus rien. Quelle surprise ! Je n'ai pas été assez sotte pour prendre ce vide mortel pour un mieux. J'ai tout de suite su que j'arrivais au pire. Au bout. Au RIEN.

Est-ce que j'aurais pu l'éviter ? Comment ? Avec le Dr Jouvain ? Je suis certaine que non. Je ne pouvais pas échapper... Pendant un temps, j'ai eu l'impression que « quelque chose » m'envahissait malgré moi. Je définissais même cette sensation par l'image très fantaisiste d'une « bête tapie en moi ». Faux. C'étaient les émotions, qui m'étouffaient. Maintenant que je n'ai plus d'émotions, je me sens si légère que je sais que rien ne m'envahissait — c'est le contraire. Je me suis vidée... Littéralement vidée de tout ce qui pouvait ressembler à un élan ou à une cha-

leur. Et je ne crois pas que qui que ce soit aurait pu empêcher cela. Même pas moi… Comme si toute ma vie avait
été dans une grande poche, et qu'un jour il y ait eu là-
dedans un accroc. On essaie de colmater, on s'affole. Je
t'en fiche ! Ma vie est partie par là, en tournoyant comme
dans un entonnoir. Et même mes grands sanglots devaient
ressembler au bruit horrible et drôle des lavabos qui se
vident. Plus rien. Il me reste la poche. La peau.

Je ne saurai jamais comment et quand tout cela m'est
arrivé, et je m'en fous complètement. Je suis arrivée là,
c'est tout. Et maintenant je ne pleure plus, je ne vais pas
continuer à baver des larmes d'encre sur ce cahier. Finie,
cette comédie.

Ce que je veux dire simplement ici, c'est qu'il me reste
un espoir…

Oh ! Oh ! Comme ce mot sonne étrangement !
Comment, chère amie, savez-vous que c'est hors de prix,
rarissime, un espoir ! Vous vous déclarez au bout de tout,
pauvre entre les pauvres, et voilà que vous exhibez inno-
cemment cette chose inestimable ? Que c'est drôle ! C'est
vrai qu'il me ferait presque rire, ce mot, rien qu'à le voir
écrit. Il est ridicule… Malheureusement, le ridicule ne tue
pas, sinon je serais soulagée. Mais je le lui devais, ce mot,
à ce journal, puisqu'il m'est venu à l'esprit. Un petit au
revoir, au lieu de l'abandonner comme ça. Une politesse.

Oui, il me reste un espoir. C'est-à-dire que je crois
encore en une chose. Oh ! il pourrait prendre des tas de
formes ! On n'a jamais vu un espoir aussi imprécis et aussi
vague : une ombre d'espoir !

ÇA NE PEUT PAS DURER COMME ÇA ÉTERNELLEMENT.
Voilà. C'est tout. Rien de plus. Ça ne peut pas durer
comme ça éternellement, ça n'est pas possible, ça n'est pas
humain. Je ne vais pas rester dans cet état néant sans qu'il
arrive quelque chose. Ho, je ne sais pas quoi ! Je ne sais
pas sous quelle forme. A la limite, ça ne me regarde plus,
moi. J'ai joué ma partie. C'est fini, la machine s'est arrêtée. Alors je vais rester là. Et je vais vivre. Oui, vivre. Et
attendre… Moi, je ne peux plus rien, mais il paraît qu'il
y a des surprises, dans la vie. Dans la vie des autres, surtout ! Moi, j'ai marché, tourné, cherché, sans trouver la

moindre issue. Maintenant, je reste sur place. Si le hasard veut bien faire un geste, il saura au moins où me trouver. Je promets même de m'occuper de moi, pour qu'il me trouve en forme. Je serai sage comme une image. Je ferai attention aux vêtements que je porte, je sourirai, je parlerai, je me mettrai du rose aux joues... Mon Dieu, que j'ai changé ! Je ne me reconnais plus, si creuse et si raide. Du massacre, il ne reste que mes cheveux. Ils n'ont jamais été aussi beaux, aussi fous. Comme si tout ce qui restait de vivant en moi s'était concentré en eux. C'est eux que je soignerai avant tout. Et je les laisserai libres. Ils sont le symbole de ce que je n'ai pas su être. A part ça, j'essaierai de faire de mon mieux tout ce que font les gens normaux et vivants — ce que je faisais avant.

Et j'attendrai.

Je ne peux pas imaginer comment cela peut venir. Mais ça DOIT venir. Il se passe des choses, quand même, çà et là — il serait extraordinaire que ma vie seule se déroule comme un long ruban plat, sans accidents, sans rencontres qui la bouleversent. Un événement quelconque va bien me tomber dessus et me forcer à me retrouver ! Ou bien alors...

Allez, assez tourné autour du pot, le voilà, le véritable espoir : QUELQU'UN va me deviner un jour. Quelqu'un va percer mon masque et voir que ça ne va pas, que c'est mort, là-dedans. Car, bien sûr, tout le monde va clamer que je vais beaucoup mieux, ils se contentent de si peu. Oh ! je vois ça d'ici ! Un peu de maquillage, un sourire, deux bouchées avalées, et la voilà en pleine forme ! Ça va bien me faire rire... Tant que je vais m'appliquer à parfaire ma tricherie, pour rendre mon espoir plus difficile, et plus pur. Si quelqu'un décèle sous cet aspect factice la morte que je suis devenue, c'est qu'il m'aura vraiment regardée. Celui-là, je pourrai l'écouter. Et alors, pour ce regard, peut-être retrouverai-je mes élans, ma force et ma joie ?...

Oh ! je sais tout ce que je ne serai jamais ! J'ai arrêté de me révolter inutilement contre moi-même. Je suis devenue bien moins exigeante ! Si je pouvais retrouver au moins ce que j'ai perdu... Retrouver mes éclats de rire, ma jeunesse, le petit, tout petit grain de folie qui était en moi, qui me croyais si sage. Très peu de chose... Mais au moins ça. Qui aura l'œil assez lucide et généreux pour me faire croire que c'est encore possible. Un homme ? Une femme ? Aucune importance, s'il me prouve que je ne suis pas tout à fait invisible. Jean ? Oui, Jean, pourquoi pas ?... Il va bien craquer, un jour ! Me dire qu'il en a marre de ce fantôme auprès de lui, que j'arrête de jouer la comédie, qu'il veut revoir la femme qu'il aimait ! Ou alors il va me quitter... En fait, ça reviendrait au même : une révolte...

Voilà, c'est tout, c'est fini. J'ai été trop longue, je me suis une dernière fois étendue sur ce papier, pour dire une si simple chose :

Je suis là, je n'ai pas mal, il ne me reste rien.

J'attends.

18

PALAIS DE JUSTICE
Troisième jour du procès

Le juge avait levé le doigt, mais son geste était resté suspendu, comme tout s'était suspendu, pendant l'audience reprise depuis peu, à l'image de cette femme qui avait quitté sans prévenir la barre des témoins, en pleine déposition, et qui traversait la salle, mains tendues, trébuchante, qui s'accrochait à présent à la rambarde de l'avocat de la défense, tendue, tendue à l'extrême, presque sur la pointe des pieds, le visage levé vers l'accusée inaccessible, là-haut.

— Claire ! Claire, réponds-moi, je t'en supplie ! Regarde-moi, parle-moi ! Tu ne peux pas rester comme ça... Claire !

Elle étendit un bras pour tenter d'agripper quelque chose d'elle, hissée à l'extrême. Un petit bout de combinaison rose dépassait de ses vêtements. On crut un instant qu'elle allait tenter l'escalade du box des accusés.

— Claire !

L'autre, là-haut, toujours impassible, immobile, gardait ses deux mains croisées sur le manteau bleu marine qu'elle n'avait pas quitté depuis le début du procès, les yeux fixés dans le vide, pâle sous ses cheveux blonds coupés à ras. Elle avait les yeux fixés dans le vide, droit devant elle, et ne semblait pas s'apercevoir de la présence pourtant toute proche de cette femme implorante, jetée vers elle, qui tentait désespérément d'accrocher son regard, comme on tente d'accrocher un grappin à un noyé pour le ramener à la chaleur et à la vie.

Me Bertin même, repoussé de côté par le corps de la femme dressé devant lui, semblait impressionné. Tout le monde l'était.

— Claire, je t'en supplie ! C'est moi, Viviane !!

Un sanglot lui échappa, comme un cri, puis ses bras retombèrent doucement, à regret. Ses vêtements cachèrent à nouveau le petit bout de combinaison rose. Elle se retourna vers l'assistance, vers les jurés, vers la cour, la bouche tremblante et tous ses traits à la dérive. Elle piétinait presque sur place, comme le font les enfants dépassés par leur chagrin, impuissante.

— Ce n'est pas possible... Elle n'est pas dans son état normal, je vous le jure ! Laissez-moi seule avec elle et je vous promets... Laissez-nous sortir un instant toutes les deux, je vous en prie !

Ses paroles devinrent indistinctes, noyées par les larmes. Elle eut encore le temps de dire une fois : « ce n'est pas possible », et on l'emmena. Elle avait fait l'essentiel de son témoignage, et l'on n'en tirerait rien de plus intéressant. On avait retrouvé le numéro de téléphone et l'adresse de cette femme, notés sur une feuille volante coincée entre deux pages du journal intime de l'accusée. Elle y parlait d'elle avec attendrissement et admiration, évoquant leurs souvenirs de lycée. Elle y disait aussi combien elle avait hâte de la revoir. La suite était moins claire — après leur rencontre, elle semblait regretter une offense qu'elle lui avait faite. Le témoin n'en gardait aucun souvenir. Elle était seulement pleine d'amitié envers l'accusée, parlait aussi de l'enfant chaleureuse qu'elle avait été. Pourquoi ne l'avait-elle pas revue, alors ? Elle n'en savait rien. Claire n'était pas revenue chez elle, c'est tout.

On avait bien espéré, pourtant, qu'elle parviendrait à sortir Claire de son mutisme — quoi de mieux, pour y parvenir, qu'une amie d'enfance ? Me Bertin l'avait cru un instant, quand il l'avait vue, si bouleversante, traverser la salle les mains tendues vers elle. C'était bon, très bon, ça. Eh bien, non, c'était raté ! La femme était sortie, maintenant, et l'autre était restée de marbre.

C'était foutu. L'enquête sur la personnalité était terminée, on allait à présent reprendre les faits un par un, une fois de plus, tenter de tirer sans son aide une conclusion de tout cela. Et la conclusion ne serait pas indulgente — il n'y avait qu'à sentir, dans tous les regards braqués sur le box de l'accusée, la sourde animosité qui s'amplifiait contre elle. Me Bertin lui-même résistait à une aversion grandissante envers sa propre cliente... Il ne se retournait même plus vers elle, c'était par trop décourageant. Que tirer d'une personne qui était restée insensible à l'émotion de son amie d'enfance ? Et même insensible à la présence de sa propre mère dans cette salle ! La pauvre femme avait bien tenté, elle aussi, d'attirer vers elle le regard de sa fille, sans plus de succès que cette amie. Elle avait déposé avec une grande dignité, parlé d'elle avec amour, raconté sa jeunesse d'une voix calme, égale. De temps en temps, elle avait laissé planer un silence, tournant son visage vers elle, espérant un regard, une réaction quelconque en réponse à ce qu'elle disait, comme si elle laissait le temps à ses messages d'amour de parvenir à sa fille, à travers la salle, de l'atteindre, de la pénétrer — un vide sec et obtus lui revenait en écho. Claire ne bougeait pas, exactement semblable à ce qu'elle avait été depuis le début. Peut-être, après ces trois journées de procès à peu près stériles, son visage s'était-il creusé un peu plus, ses yeux fixés dans le vide ombrés de cernes plus larges. Peut-être aussi cette expression absente s'était-elle durcie, les prunelles agrandies par on ne sait quelle volonté farouche d'impassibilité, ses lèvres décolorées obstinément serrées sur son secret. Sa pâleur faisait ressortir l'estafilade à la tempe qu'elle s'était probablement faite en se coupant les cheveux — probablement, car le mystère restait entier là-dessus comme sur tout le reste. Ce visage, qui aurait dû être émouvant, se déshumanisait, se faisait statue.

Puis la mère avait renoncé à se tourner vers elle, et avait continué à répondre aux questions de sa voix ferme et posée. Simplement, de grosses larmes coulaient sur ses joues sans qu'elle semble s'en apercevoir — sans doute en effet ne s'apercevait-elle pas qu'elle pleurait.

Assise dans la salle, à présent, elle regardait sa fille, ou plutôt elle semblait s'absorber en elle, concentrée, et, dans cette fixité douloureuse, elle se mettait peu à peu à lui ressembler. Les larmes continuaient à couler sur son visage, mais elle ne les essuyait pas, elle battait seulement des cils de temps en temps et continuait à la regarder sans qu'aucune intervention ne la détourne d'elle, là-bas, si loin, enfermée dans le box entre deux policiers. Elle aussi, à sa manière de mère, elle essayait de comprendre.

Le président résumait les événements, point par point. Il laissait parfois un temps entre ses phrases, et regardait l'assistance comme s'il voulait que chacun se pénètre bien de ces informations, alors que tous les connaissaient déjà par cœur. Les regards, d'ailleurs, se détournaient de lui pour se reporter sur elle — elle, l'énigme, elle qui aurait dû leur dire tout le texte, et qui n'avait pas prononcé une syllabe. Personne, ici, ne connaissait le son de sa voix. Était-elle douce? Légère ou grave? Il est certain qu'après tant d'heures de silence, au milieu de cet auditoire chargé de tout le poids de son attention, un seul mot d'elle eût fait l'effet d'une bombe.

Le président poursuivait l'énoncé des faits, semblant ignorer que personne ne l'écoutait. Tout le monde le savait qu'il faisait beau ce jour-là, que son mari était heureux de partir en vacances avec elle, qu'il était heureux, aussi, qu'elle aille mieux, ainsi qu'il l'avait confié à un de ses collègues, que sa journée de travail s'était bien passée et qu'il était rentré chez lui à l'heure et à pied, au dire des voisins. Point. A partir de là, suivait un énorme trou d'une soirée et d'une nuit, et le lendemain matin on retrouvait le mari la tête fracassée, dans le fauteuil où il était en train de boire un pastis, et la femme, qui était censée aller mieux, le crâne quasi rasé, aussi muette et inexpressive que si elle avait été frappée par la foudre. Depuis, les choses n'avaient pas avancé d'un pas. Au contraire, tous les témoignages sur elle que l'on avait pu recueillir ne faisaient qu'épaissir le mystère. Elle était une femme intelligente, sensible, aimante... Et alors? Justement, comment en arriver là, au meurtre, avec toutes ces qualités réunies? Il fallait bien que ce soir-là il se soit passé quelque chose de grave.

Le président était en train, pour la énième fois, de lui poser la question. Tout au plus, dans la manière de l'appeler « chère madame » en s'appuyant lourdement sur ses avant-bras, les paupières à demi fermées, pouvait-on déceler en lui une pointe d'énervement.

— Voyons, chère madame, au point où nous en sommes, ou plutôt où nous ne sommes pas, il serait fortement de votre intérêt de sortir de votre mutisme pour nous dire ce qui s'est passé entre vous et votre mari avant que vous ne le frappiez.

Silence.

— Voyons, soyez raisonnable. Qu'a-t-il dit, ou fait, qui ait pu provoquer ce geste?

Pour toute réponse, Claire pencha légèrement la tête de côté, son regard flottant dans le vague, et ses doigts se mirent à triturer un coin de son manteau.

Il s'échangea entre juge, avocat, procureur et greffiers des regards exprimant une commune lassitude, et l'on renonça désormais et définitivement à la questionner.

Personne ne saurait donc jamais que Jean était rentré ce soir-là d'humeur effectivement très sereine. Il avait passé une bonne journée. Les cours qu'il avait eus à donner dans la matinée avaient été assez calmes et routiniers pour qu'il laisse de temps à autre son regard vagabonder par la fenêtre, qui donnait sur le marronnier de la cour. Les feuilles en étaient grandes ouvertes maintenant, d'un vert profond, et il avait suivi ainsi tous les jours, à travers l'apparition, puis l'éclosion des bourgeons, toutes les étapes de la grande renaissance printanière. Il aimait beaucoup ce marronnier. Il était la seule présence de verdure dans cet établissement austère, et Jean s'attribuait le plus souvent possible cette classe plutôt sombre et exiguë, uniquement parce que ses fenêtres donnaient sur l'ARBRE. Personne ici ne comprenait la raison de son engouement pour cette pièce inconfortable, et il se serait bien gardé de l'expliquer à qui que ce soit. Il n'était pas si naïf, et savait bien que, si intelligents que puissent être ses collègues, pas un ne comprendrait qu'on puisse se charger de la rééducation des éléments les plus difficiles du centre, tout en suivant en même temps du coin de l'œil la progression des petits bourgeons. Qu'on pouvait faire ceci ET cela, que ce n'était pas incompatible, surtout pas risible, que c'était même profondément complémentaire, et qu'il

224

y puisait des forces qui... Mais non. Mieux valait leur laisser croire qu'il abandonnait aux autres, par générosité et modestie naturelle, les classes les plus spacieuses.

Puis il avait déjeuné dans un petit café avec certains de ses élèves qu'il avait entraînés à sa suite, comme il le faisait parfois, comme cela, pour sortir, pour changer, et aussi pour marquer d'une faveur particulière un ou deux esprits récalcitrants qu'il espérait séduire ainsi. Il savait maintenant par expérience que les plus endurcis ne résistaient pas longtemps à ce genre de gâteries. *Ecce homo...* Tout en mangeant sa démocratique saucisse-frites, il avait été à la fois paternel et amical, conseiller et complice, comme il aimait à se montrer à eux en dehors du centre. Toujours sur leurs gardes, au début, il fallait les apprivoiser avec un cocktail soigneusement dosé de libéralisme et de lucidité. Un poil de trop de ceci ou une légère insuffisance de l'autre côté et c'était foutu. Il les sentait se raidir, pas dupes, vaguement rigolards. Aujourd'hui, il était en forme, au mieux de son charme et de sa persuasion. Il avait guetté sur leurs visages fermés la première surprise, le premier sourire, le premier abandon. Puis, la « méfiance du prof » s'étant peu à peu éteinte, les jeunes s'étaient enhardis à plaisanter avec lui, et Jean avait encouragé allégrement leur familiarité, en jalonnant çà et là son vocabulaire de quelques mots d'argot à la mode. Alors, la confiance étant totale, il les avait entraînés vers des sujets de discussion plus profonds, et déployé devant leurs yeux attentifs — certains même admiratifs — sa sagesse et son intelligence d'homme mûr. Mais pour bien montrer que son expérience — sa supériorité, pourquoi ne pas le dire ? — ne devait pas créer de barrière entre lui et ces jeunes qui se cherchent, il avait quelque peu chahuté avec eux sur le chemin du retour. Il faisait très doux, une légère brise jouait dans ses cheveux, et sa petite mèche rebelle balayait son front. Elle devait lui donner un air plus juvénile et, les mains dans les poches, il ne la ramena pas en arrière comme à l'accoutumée. Il shoota gaiement dans un petit caillou avant de passer la porte. C'était une journée charmante. Et l'après-midi s'écoula sans que rien ne vienne troubler l'excellente estime de lui-même qu'il retirait toujours d'un dialogue avec ses élèves.

Puis il rentra chez lui. A mi-chemin, cependant, il s'accorda une petite balade dans le bois qu'il traversait au prix d'un léger détour. Il marcha quelques instants sous les arbres, en bénissant cet horaire d'été qui lui permettait le soir de profiter une heure de plus du soleil et de la lumière. Puis il songea qu'il ne voulait pas inquiéter Claire par un retard, et regagna sa voiture.

Souvent il avait été tenté de flâner beaucoup plus longtemps, et même de ne pas rentrer de la soirée, pour fuir le moment où il allait la retrouver les yeux rougis — qu'elle croyait cacher habilement sous le maquillage —, avec ses traits tirés, et ce regard à la fois vide et curieusement inquisiteur qu'elle posait sur lui au cours du dîner. Il s'était demandé parfois si elle n'était pas jalouse. De qui, grands dieux ? Mais qui pouvait savoir ce qui se passait dans la tête de Claire ? Elle ne disait rien, elle regardait, c'est tout.

Parfois, cela avait été vraiment très pénible. Elle avait un regard à la fois si pitoyable et si dur qu'il avait physiquement souffert de le sentir sur lui. Ce regard le brûlait, le transperçait, il en avait mal. Il avait pris sur lui, toujours, pour ne pas craquer à son tour, et il avait dépensé des trésors d'énergie pour rester naturel, exactement semblable à ce qu'il avait toujours été avec elle. Et pourtant, certains soirs... Il lui était venu des envies de renverser la table, de la frapper même, ou simplement de hurler pour rompre le silence, pour qu'il se passe quelque chose, pour respirer, car il étouffait, il étouffait. Oui, il y avait eu des moments très durs. Et dans ces moments-là, à l'heure de rentrer la retrouver, la tentation était grande, irrésistible, de déserter la maison et l'insupportable regard de Claire. Il avait résisté pourtant — il en connaissait peu qui en auraient été capables —, et, après ses journées de travail exténuant au centre, il était revenu immuablement tous les soirs, à l'heure, jouer son rôle auprès d'elle. Et pour l'avoir tenu, sans faillir, pendant des mois quoi qu'il advienne, uniquement pour la rassurer, il aurait mérité au moins un oscar.

Mais il ne regrettait pas ses efforts, car il avait eu raison — raison d'opposer à ses doutes et à sa fragilité sa propre santé, sa fidélité et son équilibre. C'était le seul moyen que tout rentre dans l'ordre, petit à petit. La preuve en était que Claire allait mieux. Oui, vraiment mieux. Depuis quelques semaines il la sentait plus détendue, et elle avait sur son visage une sorte de calme détermination — reflet intérieur de son désir de surmonter ce mauvais passage, sans aucun doute. Bien sûr elle se taisait toujours, elle avait aussi de ces absences singulières, mais elle recommençait à manger avec plus d'appétit, et parfois même elle souriait. Un curieux sourire, d'ailleurs. Qui ne montait jamais jusqu'à ses yeux et qui étirait ses lèvres légèrement vers le bas, en plissant le menton comme les enfants qui se retiennent de pleurer. Mais qu'importe, c'était au moins un sourire. Claire ne pleurait plus, plus jamais, il le voyait bien. C'était un grand progrès. Et il était normal qu'elle garde dans ses expressions quelques traces de cette dure période. Cela marque, ces choses-là.

Claire avait certainement beaucoup mûri, ces derniers mois. C'était un bien. En fait, jusqu'à présent, elle avait été trop impulsive, trop enfantine pour son âge. Il avait souvent ressenti ce décalage entre eux, cette impression d'être à la fois le mari et le père d'un être charmant, soit, mais à qui il manquait une certaine dimension — cette dimension humaine que seuls la souffrance et le retour sur soi peuvent amener. Elle était si simple, si naturellement extravertie que leurs rapports intellectuels ne pouvaient qu'en être limités. Mais à présent qu'elle avait souffert... Souffert comment ? Pourquoi ? C'était sans réponse. Et d'ailleurs sans aucune importance. Sait-on pourquoi certains êtres se développent plus tardivement que d'autres ? Si l'on peut déterminer quelle dose d'humidité, de chaleur, de lumière, est indispensable pour qu'une plante s'épanouisse, si l'on peut même la recréer artificiellement, il n'en est pas de même pour les humains. Et c'était magnifique, justement, que ces êtres qui savent domestiquer la nature restent le plus insondable et le plus imprévisible de ses éléments. Claire avait soudain évolué, et par une mystérieuse mutation intérieure était en train de devenir une femme. Après avoir stagné dans une sorte d'éternel printemps, elle allait entrer enfin dans l'été de sa vie. Il le sentait. Elle était encore sous le choc, à peine sortie d'une gestation douloureuse, mais il la voyait avec bonheur devenir plus posée, puis réfléchie, et quand cela serait totalement accompli, nul doute que leurs rapports en soient enrichis.

Il avait eu raison, oui, raison d'attendre que cela se fasse naturellement, au lieu de suivre tous les conseils que ses amis de bonne volonté lui avaient donnés à tort et à travers. D'après eux, qui voulaient tant l'aider, il aurait fallu la secouer, la forcer à parler à tout prix, il aurait fallu l'envoyer ici ou ailleurs, ou bien la mettre en clinique, la bourrer de calmants, ou de spectacles. En tout cas tous s'acharnaient à vouloir la traiter en malade et à le transformer, lui, en persécuteur. Non. Tout cela était trop sensible, trop important. Il ne faut pas brusquer inconsidérément les cheminements de la nature. Or Claire étant un être parfaitement naturel, le plus simple était de lui faire confiance. Et puis surtout, surtout, il ne fallait pas que les malaises de Claire influent sur lui, et l'entraînent peu à peu à perdre sa propre santé. Il s'était justement opposé à cela. Parfois, au cours de leurs longues soirées, il avait lu dans ses yeux comme un appel, et il rôdait autour d'eux dans le silence une sorte de danger, une tentation de se perdre à sa suite. Où en seraient-ils maintenant, tous les deux, s'il l'avait suivie sur ce chemin hasardeux ? Il fallait au contraire qu'il reste lui-même, et continue à lui offrir une solidité et un équilibre où elle pourrait reprendre pied et se retrouver, une fois la tempête calmée. Il y a des gens qui se jettent à l'eau sans réfléchir dès qu'ils voient une personne en difficulté, et d'autres qui, sachant lucidement qu'ils ne sont pas de force, cherchent une bouée, ou tendent une main sûre et secourable — l'autre solidement agrippée à la rive. Attitude ingrate… Mieux vaut plonger la tête la première pour être taxé de courage, quitte à ce qu'il y ait au bout du compte deux noyés au lieu d'un ! Jean avait préféré à ce rôle glorieux celui plus modeste, mais plus prudent, de la bouée. Et que l'on ne vienne pas lui dire que ça avait été plus facile. Oh non ! Il pensait au contraire qu'il aurait été bien plus aisé de « prendre les choses en main » que de s'astreindre à cette constance inébranlable auprès d'elle. Mais qu'importe, puisque à présent, grâce à cela, il allait être récompensé de sa longue patience par une vie avec une compagne mieux accordée à lui. Bien sûr, il regretterait peut-être parfois son côté femme-enfant d'avant, ses élans primesautiers, sa simplicité lumineuse. Et s'il ne les regrettait pas vraiment, il y penserait du moins parfois, comme on garde avec attendrissement le souvenir d'un enfant qui, entretemps, est devenu un adulte. Claire avait enfin grandi. A trente-quatre ans, il était temps qu'elle acquière un certain poids, même si elle devait y perdre une partie de ce qui faisait son ancien charme. Ce qu'elle allait gagner de nouvelles qualités en serait plus précieux encore. Il est bon et indispensable que certaines choses meurent pour donner naissance à d'autres, c'est la grande loi de la nature. Il est absolument fou de prétendre pouvoir s'y soustraire, et inutile de le déplorer. C'était au contraire une chance de laisser derrière soi une enfance inconfortable et encombrante, comme les serpents abandonnent leur peau à certaines saisons. Il plaignait sincèrement ceux qui s'accrochaient à leur jeunesse passée et qui, entièrement consacrés à leurs regrets, ignoraient les joies nouvelles qui les attendaient. Bien sûr, une certaine nostalgie était normale — lui-même n'y échappait pas. Mais cela ne l'empêchait pas de regarder vers l'avenir avec confiance, et surtout, surtout, de s'y préparer subtilement. C'était très important. Il ne fallait pas se laisser surprendre par l'âge. Il voyait autour de lui beaucoup d'hommes qui vivaient dans le présent et dans les restes du passé, et qui « attrapaient » soudainement la cinquantaine, comme on attrape une grippe carabinée. C'était le drame. Comme si, du jour au lendemain, un compte à rebours s'était brusquement déclenché et les poussait : qui à travailler deux fois plus jusqu'à ce qu'infarctus s'ensuive, qui à s'essouffler derrière des minettes de vingt ans... Il faut regarder sa montre de temps en temps pour que l'heure tardive ne vous prenne pas au dépourvu. Et si un accident ou une maladie ne viennent pas tout détruire plus tôt, il faut s'attendre à vivre un peu vieux, vieux, puis très vieux. Alors pourquoi chasser de notre esprit ce temps de notre vie comme s'il ne devait jamais arriver ? C'était une grande erreur.

Personnellement, il y pensait très sérieusement, régulièrement, il faisait même, pourrait-on dire, des « exercices de vieillesse », comme d'autres font des exercices d'assouplissement. Il imaginait comment son corps s'alourdirait, et comment, avec l'inaction, il aurait le loisir de goûter des heures au charme différent, de découvrir et de savourer des moments qui lui étaient inconnus dans sa vie dite « active ». Ils étaient tous tellement pressés qu'ils ne voyaient rien, ne prévoyaient rien et, soudain catapultés dans le troisième âge, ils se trouvaient affolés, démunis, dans un monde tout à fait étranger auquel ils ne s'étaient pas préparés.

Il avait parlé souvent de cela avec ses collègues — c'était son dada, reconnaissait-il avec humour — et c'était devenu un sujet de plaisanterie général. Avait-il un moment d'inattention dans une discussion ? « Tiens, il pense à sa retraite. » S'absentait-il cinq minutes pour aller aux toilettes ? « Où est Jean ? Il est parti à la retraite. » On s'était même habitué à l'appeler « Pépé », et ce surnom lui était resté, car chacun s'accordait à dire que, finalement, il lui allait très bien. Tout cela ne le gênait pas, pas du tout, et il souriait avec indulgence, persuadé que ces sarcasmes étaient empreints d'une grande tendresse à son égard.

Le temps était vraiment magnifique, ce soir-là. Le soleil donnait aux murs des immeubles de sa rue des teintes orangées, et il fit calmement deux fois le tour du pâté de maisons avant de trouver une place où se garer. Il était content de retrouver Claire, content malgré tout, malgré son silence. Et il se sentait si merveilleusement bien que, s'il lui voyait un visage détendu, il fallait qu'il lui confie ses pensées, et dans quel état de ravissement le plongeait l'approche d'une nouvelle saison, cet été, par exemple. Il se faisait une fête de repartir avec elle sur les routes. Cela allait approcher très vite, on était déjà à la mi-juin. Ils allaient avoir devant eux un mois pendant lequel ils ne se quitteraient ni de jour ni de nuit, et il comptait bien profiter de cette période pour l'amener à reprendre goût à tout ce qui était leur vie, à rétablir une complicité peut-être différente. Le dépaysement aidant, il espérait lui faire comprendre petit à petit que ce qui lui était arrivé avait été utile — non seulement pour elle, mais aussi pour lui. Et pour eux.

Il délaissa l'ascenseur et gravit leurs trois étages à pied, puisqu'il était en forme. Il trouva Claire assise devant la table de la cuisine, comme d'habitude, les deux mains croisées devant elle. Qu'elle s'asseye dans cette pièce, qui donnait sur la cour de l'immeuble, au lieu de s'installer dans le salon — qui servait aussi de bureau —, où l'on profitait, par les deux portes-fenêtres, de la lumière du soleil couchant, cela le dépassait. Il lui en avait fait gentiment la remarque une fois, deux fois, puis, la retrouvant tous les soirs à la même place, il s'y était habitué. Ce n'était qu'une des bizarreries de Claire. Et d'ailleurs, elle le suivait aussitôt là-bas pour prendre un verre en sa compagnie.

Il l'embrassa légèrement sur les lèvres, et elle lui fit en réponse son curieux petit sourire.

— Ça va ?

— Ça va, oui.

Il leva la main pour lui caresser les cheveux, et cette main se retrouva dans le vide — elle était déjà partie chercher les verres. Claire n'avait jamais aucun mouvement de recul, non, elle ne faisait rien pour se dégager de lui, et il avait pourtant l'impression qu'elle lui glissait des doigts. Depuis quelque temps, surtout. Il avait une femme dans les bras, et il la retrouvait à l'autre bout de la pièce sans qu'il sache comment elle lui avait échappé. A croire qu'elle se diluait insensiblement sous ses mains pour lui laisser le vide à sa place.

Il chassa cette impression, et la regarda aller et venir, chercher des glaçons. Elle avait vraiment meilleure mine. Elle était vêtue d'une robe bleu pâle qu'elle portait souvent l'été dernier, en Camargue, et ce détail lui sembla de bon augure. Ainsi, elle se préparait à l'été elle aussi, peut-être... Il la regardait bouger, avec cette aisance nouvelle qu'elle avait acquise depuis quelques mois. Auparavant, jamais elle n'aurait apporté, comme elle le faisait à présent, deux verres, une carafe d'eau et un bol de glaçons ensemble sans casser quelque chose. Cela lui allait bien, le bleu. Ces derniers temps, elle accordait plus de soin à sa tenue, et même à son visage. Cela aussi, c'était bon signe. Il n'y avait que ses cheveux qu'elle laissait totalement à l'abandon. Ils se répandaient dans tous les sens sur ses épaules, tombaient devant ses yeux sans qu'elle se donne la peine de les rejeter en arrière. Mais enfin ça n'était pas grave, chaque chose viendrait en son temps.

Il s'installa confortablement à côté du bureau dans son fauteuil préféré, un fauteuil large, confortable, avec le soupir d'aise qu'il poussait tous les soirs vers cette heure-là.

Claire traversait la pièce en direction des bouteilles placées dans un des compartiments de la bibliothèque, et avant qu'elle saisisse l'habituel whisky, il dit :

— Non, tiens, ce soir je prendrai un pastis. Il fait tellement beau.

On sentait l'été, les vacances toutes proches. Elle acquiesça en murmurant que oui, il faisait très beau.

— Tu n'en veux pas un aussi, pour te mettre dans le bain ?

Non. Elle aimait mieux son porto, même s'il faisait chaud.

Il la regardait revenir vers lui, en contournant souplement une petite table, et il s'étonna encore une fois de cette légèreté, de cette grâce qui étaient à présent dans tous ses mouvements. C'était incroyable, une telle transformation. Claire était auparavant la personne la plus maladroite qu'il ait connue. Traverser une pièce, et à plus forte raison une rue, était une entreprise hasardeuse où elle frôlait un danger permanent. Le contour des choses était une insulte à tous ses gestes, et elle se heurtait à ce qui l'entourait avec une surprise toujours renouvelée, comme si les objets eux-mêmes venaient l'attaquer et entraver sa route. Il ne se passait pas de jour sans qu'elle rate une marche, se cogne dans une porte fermée qu'elle croyait ouverte, ou pose une casserole juste à côté de la table, comme si celle-ci s'était soudainement déplacée à son insu. L'aisance avec laquelle elle bougeait à présent tenait du miracle. Elle glissait dans l'espace, se faufilait entre les meubles, et saisissait les choses en ayant l'air de les toucher à peine — comme ces dompteurs d'une si grande expérience qu'il leur suffit d'un regard ou d'un geste imperceptible pour que les fauves s'alignent et exécutent leur volonté. Claire avait domestiqué ce qui auparavant l'assaillait, et tout s'ordonnait sans effort autour d'elle. C'était très beau à voir, d'ailleurs.

Elle avait bu une gorgée de son porto, et regardait par la fenêtre. On entendait le bruit de la rue qui décroissait, à cette heure. C'est curieux comme les bruits rendent un son différent suivant le temps qu'il fait, la qualité de l'air. En s'éveillant le matin, Jean avait toujours su avant même d'ouvrir les rideaux s'il faisait gris ou si le ciel était bleu, suivant que les sons étaient sourds, mats, ou qu'ils résonnaient avec légèreté, presque gaiement, comme tout de suite.

Claire appuyait son front contre la vitre, et il voyait entre deux longues mèches la ligne penchée de son cou, suivie par la courbe douce de l'épaule, puis le bras, et la main fine au bout de ce bras, qui tenait le verre de porto comme s'il n'existait pas, entre trois doigts indifférents. On aurait dit qu'il pouvait tomber à tout moment.

Il y avait un tel abandon dans cette silhouette immobile dans la lumière du soir, à demi cachée par le voilage, que Jean s'en émut. Il ne devait pas laisser s'installer le silence, pas ce soir. Mais fallait-il lui dire tout ce qu'il avait pensé sur le chemin du retour ? Il hésita, but une gorgée, poussa un nouveau soupir, puis ne résista pas. Il le lui dit. Tout.

Au début, il voulut simplement lui confier la profonde joie de vivre qu'il ressentait avec la venue de cet été, puis il enchaîna sur la nature, et combien il se sentait en accord avec elle et avec ses lois, fussent-elles parfois cruelles — toujours il en renaissait quelque chose de bon. Cela l'amena peu à peu à Claire elle-même, à cette dure période qu'elle avait vécue, et dans laquelle il n'avait pas voulu intervenir, sentant qu'il se passait là quelque chose d'important qui lui amènerait une nouvelle femme. Il la sentait à présent plus qu'avant prête à épouser ses désirs, à totalement partager avec lui sa philosophie de la vie — la seule qui puisse les amener à vivre ensemble jusqu'à une merveilleuse vieillesse. Il devenait lyrique, et ressentait un

233

immense soulagement à lui parler ainsi. Il avait patienté si longtemps, attendant qu'elle fût prête à le suivre.

Claire avait d'abord légèrement tourné la tête, comme surprise, puis son cou s'était lentement redressé, ses épaules avaient pivoté vers lui, elle lui faisait entièrement face, maintenant, et le regardait intensément. Il continuait à lui parler d'elle, de ce qu'elle pouvait devenir, de cette enfant charmante qu'elle avait été, qui n'existait plus, et combien il accueillait ce changement avec gratitude. Maintenant ils étaient prêts à être un vrai couple.

Le soir tombait, et Jean parlait, parlait. Relevant les yeux vers elle, il la vit toujours immobile, raide, et il lui sembla qu'elle était devenue livide. Non, ce devait être la nuit tombante qui donnait cette impression de pâleur. Ou alors elle devait être très émue — rien d'étonnant, puisqu'il l'était lui-même. Elle avait peut-être cru pendant tout ce temps qu'il ne s'intéressait pas à elle. Il ne lui avait pas prodigué assez de marques d'attention, même de ces toutes petites attentions qui prouvent que l'on regarde l'autre.

— Tu sais ce qui me ferait plaisir ? Je voudrais que tu te fasses couper les cheveux.

Cela lui était venu d'un seul coup. Une inspiration. A voir ces longues mèches embrasées à contre-jour par le soleil couchant, il lui sembla qu'elles n'étaient plus de saison. Bien sûr, il avait adoré ses cheveux longs, ils étaient très beaux, ce n'était pas ce qu'il voulait dire. Mais ces frisons, ces boucles folles éparpillées sur ses épaules allaient mieux au visage frais et enfantin qu'elle avait avant. A présent qu'elle avait une expression plus grave, des joues plus creuses et ces yeux réfléchis, légèrement marqués, ils paraissaient autour de son visage une parure un peu artificielle, incongrue, pourrait-on dire — comme si elle avait les cheveux d'une autre, ou une perruque. Cela contrastait bizarrement avec ce regard plein d'acuité — ce regard, tiens, qu'elle avait tout de suite en le regardant. Oui, il était certain que, l'âge venant, une coiffure plus sage et plus ordonnée lui siérait mieux. Ne voulait-elle pas le faire demain ? Ou alors juste avant qu'ils partent en vacances ?

Il distinguait mal son visage, dans la pénombre qui envahissait peu à peu la pièce, mais il ne voulait pas allumer la lampe posée à côté de lui sur le coin du bureau. Il sentait que cela aurait rompu le charme, troublé ce moment important qui se passait entre eux. Il devina pourtant qu'elle baissait les paupières — sans doute était-elle d'accord — et il la vit se diriger à petits pas vers la table basse, devant lui, et y déposer lentement son verre de porto à moitié plein. Puis elle se redressa, aussi lentement, comme on bouge au ralenti dans certains rêves, et passa à côté de lui.

Il lui saisit le poignet au passage, et elle s'arrêta aussitôt sur place, le visage détourné, mais la main abandonnée dans la sienne, molle. Mon Dieu, qu'elle était glacée ! Glacée et tremblante. Il en fut désarçonné. Avait-il parlé trop tôt, alors qu'elle n'était pas encore prête à l'entendre ? Mais alors elle n'aurait pas compris ce qu'il voulait lui dire, et n'aurait eu aucune raison d'en être bouleversée à ce point. Peut-être au contraire avait-elle attendu avec anxiété cet instant, espérant tous les soirs qu'il parle enfin, et redoutant qu'il ne le fasse jamais. Et lui qui l'avait fait languir, par excès de prudence. Il se rappelait ce regard qu'elle posait souvent sur lui, cette attente qu'il y lisait, et aussi cette appréhension. Avait-elle pris son silence pour un détachement, un rejet de ce qu'elle était devenue ? Avait-elle tant redouté qu'il ne l'aime plus ? Jamais il n'avait senti une main aussi froide, comme si tout le sang s'était retiré d'elle. Fallait-il qu'elle ait eu peur...

Il frotta maladroitement cette main morte entre les siennes, puis en tapota le dos. Il fallait à tout prix qu'il la rassure. Très lentement, par ce même glissement qui était dans tous ses gestes, la main de Claire s'en fut des siennes et il ne chercha pas à la retenir. Il la sentit passer derrière lui, et venir s'appuyer sur le bord du bureau, dans son dos. Sans doute voulait-elle lui cacher son émotion, il comprenait très bien cela. Claire était un être plein de pudeur. Et d'ailleurs, il serait plus à l'aise pour continuer à parler, sans son regard étrangement fixé sur lui.

Elle ne devait pas avoir peur. Oh ! non. Et surtout ne rien regretter. Cela ne servirait qu'à lui faire inutilement du mal. On franchit parfois dans la vie certaines étapes qui sont des points de non-retour. Elle devait se résigner à ce que certaines choses meurent en elle. C'était normal, inéluctable. Il fallait s'accoutumer à ce que nos élans tiédissent et s'émoussent au profit d'un autre équilibre. On ne pouvait pas rester éternellement dans cet état de jeunesse primesautière, de fraîcheur toujours renouvelée qui avait été la sienne. Les années passant, cette légèreté pouvait même devenir un peu... ridicule. Et leur couple en aurait pâti, se serait écartelé. Qu'aurait-il fait, lui, homme vieillissant, d'une éternelle adolescente de trente-cinq, puis quarante, puis cinquante ans ? Leurs routes se seraient peu à peu séparées, et il serait resté seul. Or il ne voulait pas rester seul. Il avait besoin d'une compagne à ses côtés. Il aurait été impensable qu'elle continue à sauter comme un cabri autour de lui — immanquablement, un jour, elle aurait sauté plus loin à la recherche de quelque nouvelle verdure, et ne serait pas revenue. Cette pensée lui était insupportable. Non, il ne voulait pas rester seul. Et c'est pour cela qu'il n'était pas intervenu dans ce qu'elle était en train de vivre, c'était trop important. Sans doute lui en avait-elle voulu de son silence. Il pouvait bien le dire, maintenant, il avait souffert, lui aussi, de la voir se débattre, mais qu'aurait-il pu faire pour l'aider ? La pousser à se « soigner », comme tous le lui avaient conseillé ? Il l'avait fait, tout de même. Et le résultat avait été évidemment négatif — se soigne-t-on de certains bouleversements inéluctables qui se passent au plus profond de notre être ? Ce n'était pas une maladie. Ou alors de ces sortes de maladies où tous les médicaments, toutes les interventions, n'ont d'autre effet que d'en freiner l'évolution, et de sursis en sursis en retarder l'aboutissement, et parfois, au bout du compte, la guérison. Il valait mieux que cela s'opère naturellement, et qu'elle arrive par ses propres moyens à ce calme et à cet état de réflexion où il la voyait maintenant. Il l'avait attendue patiemment, avec confiance. Et, à présent, il était temps qu'il parle, qu'il lui dise que ce changement en elle était irréversible. Il le sentait. En cela, elle pouvait lui faire confiance, elle connaissait bien ce sens infaillible qu'il avait pour détecter les caps que les autres franchissent. L'entraînement du métier, sans doute. En tout cas, il fallait qu'elle le croie, c'était fini. Il n'y aurait pas de rechute, pas de retour en arrière, et ça n'était pas grave. Il l'aiderait à l'accepter — accepter, voilà, c'était le secret du bonheur, et elle était prête à le partager avec lui. Mais, il en convenait, elle avait pu se tromper sur son silence, craindre qu'il ne se détache d'elle. C'était le contraire. Car non seulement il l'aimait encore, mais il allait l'aimer mieux, maintenant. En un sens, il était heureux de ce qui lui était arrivé, ou plutôt de ce qui LEUR était arrivé. Car il pouvait aller plus loin, et lui confier aussi ce curieux sentiment qu'il avait ressenti à ses côtés pendant tout ce temps : plus elle allait mal, plus il la sentait démunie, et plus, par un étrange effet de contraste, cela confirmait sa propre aptitude à être heureux. C'était paradoxal, et pourtant c'était ainsi. Elle avait mis en lumière une sorte de plénitude qui était en lui. Il en éprouvait même une grande reconnaissance envers elle, car jamais, jamais il ne s'était senti si profondément en paix avec lui-même que depuis... tiens, depuis l'été dern...

Pan !

Claire sursauta. Personne ne s'aperçut de cette réaction surprenante, chez elle qui n'en avait aucune. Son visage impassible s'était animé, frémissant, les sourcils crispés, comme si ce coup avait éveillé en elle un écho douloureux. Une seconde. Et de nouveau elle se renferma en elle-même, absente, immobile, morte.

Pan ! Pan ! Pan !

Le juge frappait la table de son marteau, à coups redoublés, pour faire cesser le brouhaha qui avait interrompu l'avocat général.

— Je maintiens, et je répète que j'accuse cette femme non seulement d'assassinat, mais aussi de non-assistance à personne en danger !

C'était à son avis bien plus grave. Car en admettant qu'elle ait commis un acte irréfléchi, elle n'avait fait par la suite aucun geste qui prouve qu'elle le regrettait, ou qui tente de le réparer. Avait-elle appelé un voisin, une ambulance ? S'était-elle affolée, dans cette situation monstrueuse ? Avait-elle pleuré, crié, appelé à l'aide, voyant son mari gisant dans une mare de sang ? Pas du tout. Elle était restée stoïquement sur place, alors qu'il n'était peut-être pas encore mort. Qui sait si une intervention rapide ?...

On l'interrompit encore une fois pour lui rappeler le constat du médecin légiste. Le coup avait été si violent, le nez de cette statuette de Mazarin en bronze ayant littéralement sectionné la troisième cervicale, que la mort était survenue sans aucun doute quelques secondes après le choc.

Mais le savait-elle ? ! Le savait-elle ? explosa l'avocat général. Elle ne l'avait même pas touché ! Il aurait très bien pu être agonisant, dans le coma, qu'elle serait restée de la même manière toute la nuit tranquillement chez elle sans songer à alerter quelqu'un, ou, pire — et c'est là qu'il voulait en venir —, en ne VOULANT surtout pas que qui que ce soit intervienne. Elle aurait attendu sciemment que l'on ne puisse plus rien pour lui, et que la mort ait fait son œuvre !

La défense s'éleva violemment contre cette supposition. On n'avait aucun droit de sous-entendre une pareille ignominie, et Claire, infirmière de son ancien état, s'était certainement rendu compte très rapidement que son mari avait trépassé, sans avoir à le palper sous toutes les coutures.

Fort bien. Préférait-on cette version des événements ? Ce n'en était pas moins monstrueux. Après, donc, s'être assurée d'un coup d'œil professionnel que l'irréparable était bien accompli, cette brave femme n'avait bien évidemment plus aucune raison de se presser. Appeler les voisins ? Puisqu'ils ne pouvaient être d'aucune utilité, un esprit de charité l'a sans doute poussée à ne pas les déranger pour si peu de chose. Fuir cet appartement, terrifiée par ce qu'elle venait de faire ? Pensez-vous ! Quoi d'effrayant, dans ce corps étendu là, à ses pieds ? Ce n'était que celui, très familier, de son mari. Et quelle urgence y avait-il à courir au commissariat le plus proche pour s'accuser de ce crime ? Les rues ne sont pas très sûres pour une femme la nuit tombée. Et puis il faisait un peu frais le soir, en cette saison, peut-être. Il valait mieux attendre à l'abri et au chaud l'ouverture normale des bureaux, et aller paisiblement se dénoncer à l'heure où elle sortait habituellement pour faire son marché. C'était si simple, si naturel. Quoi d'étonnant, vraiment !

Me Bertin était accablé. On n'en sortirait jamais, de cette histoire. Qu'est-ce qui lui prenait à cet imbécile, en face, de s'acharner comme ça ? Est-ce que vraiment personne ici ne s'apercevait que tous leurs efforts étaient inutiles, qu'ils ne tireraient rien de ce personnage assis derrière lui sur le banc des accusés, et qu'ils allaient bien être obligés de prononcer une sentence tôt ou tard — alors pourquoi pas plus tôt que tard ? Allons, il n'y avait qu'à prendre une honnête moyenne entre la peine la plus forte et la plus faible, ne plus en parler, et rentrer chez soi ! Il était fatigué, fatigué.

— Je sais que ma cliente n'est pas très expansive, commença-t-il en se levant pesamment — et dans son for intérieur il ajouta : « et comment ! » — mais fallait-il pour cela supposer qu'elle s'était couchée sagement, en mettant le réveil à huit heures, pour avoir le temps de prendre son petit déjeuner à côté du cadavre avant d'aller, débonnaire, se livrer à la police ? Soyons raisonnables ! Elle s'était sans doute effondrée, elle avait tourné et retourné toute la nuit comme une bête folle, peut-être s'était-elle même évanouie un long moment. Est-ce que son journal ne disait pas assez la fragilité de cette femme ?

Fragilité qui pouvait faire place, à l'occasion, à une force de docker, lui répondit-on, témoin la façon dont elle avait manié un buste en bronze de plus de deux kilos !

Me Bertin ignora cette intervention stupide, et approfondit ce thème de la vulnérabilité de Claire. Après tout, il ne s'était pas assez servi de ce journal. On n'avait pu la faire parler après, soit, mais elle l'avait fait avant, par l'intermédiaire de l'écriture. Et c'était celle d'une femme intelligente, sensible — même sensée — qui s'était enferrée dans ses angoisses en culpabilisant à l'extrême tout ce qu'elle pouvait faire et ressentir. Elle tournait le moindre de ses sentiments ou de ses actes à son désavantage et s'en servait pour s'amoindrir, jusqu'à détruire toute considération envers elle-même. Saine d'esprit ? Sans doute. Mis

239

à part le fait que cette tendance avait fait d'elle une véritable psychopathe de la culpabilisation ! Alors, imaginait-on cette femme, cette malade, ne pas suivre le même penchant dans une circonstance aussi grave ? Elle qui se reprochait absolument tout, jusqu'à son existence peut-être, qui prenait prétexte de la moindre de ses faiblesses pour se fustiger, serait tout à coup restée de marbre après le plus terrible geste qu'un être humain puisse accomplir — après avoir tué ! C'était impensable. De quoi l'accusait-on, au juste, en plus de ce meurtre ? De ne pas avoir fait, justement, ce que toute personne équilibrée et en pleine possession de ses moyens aurait fait, c'est-à-dire appeler, crier, pleurer. C'est cela, au contraire, qui aurait été suspect, parce que trop normal. Elle n'était pas sortie de chez elle ? Mais aurait-elle PU le faire ? Qui savait la nuit de cauchemar qu'elle avait vécue, toutes ces heures interminables de terreur et de remords qu'elle n'avait pas cherché à écourter ? Il y voyait un certain courage, justement, la marque de l'exigence et de l'honnêteté envers elle-même qu'on pouvait trouver à chaque page de son journal. Elle cherchait à aller jusqu'au bout d'elle-même, comme elle avait été, après l'irréparable, jusqu'au bout de cette nuit. Elle n'avait rien fui, elle ne s'était rien épargné. Et il n'y avait qu'à regarder ce pauvre visage pour y lire les marques du désespoir le plus profond, le plus irrémédiable.

Me Bertin fit un large geste pour désigner Claire, et son regard, suivant le mouvement, vint se poser sur elle.

Les mains sagement croisées sur les genoux, elle regardait le plafond, semblant y suivre le vol de quelque mouche, à moins qu'elle n'ait été en train de détailler les rosaces qui ornaient les alentours du lustre. Le profond silence qui régna pendant quelques secondes dut troubler l'état contemplatif où elle était plongée et la ramener brutalement sur terre, car elle regarda tour à tour ceux qui la dévisageaient avec une expression de profonde surprise. Puis elle détourna la tête vers le mur, comme pour marquer sa volonté d'absence, avec ce pli amer et douloureux au coin de la bouche, qu'on pouvait prendre, de loin, pour une moue de dégoût. Elle leur tournait presque le dos.

Me Bertin faisait un terrible effort sur lui-même pour

ne pas se laisser aller à haïr sa cliente. Non pas que des sentiments personnels soient interdits à un avocat, mais ses émotions, quelles qu'elles soient, le gênaient toujours, et il savait bien que, professionnellement, il y perdait de ses moyens. Mais il avait beau résister à ce penchant avec toute la force de sa concentration, à la sentir derrière lui, ses pensées s'échappaient, attirées par elle, pour se perdre dans des sphères vagues et lointaines qui ne cadraient en rien avec ses fonctions présentes. Pourtant, il en avait connu, des criminels, et s'il fallait construire une défense sur la sympathie qu'ils vous inspirent ou non, voilà beau temps qu'il aurait changé de métier ! Au contraire, jamais il n'avait été si convaincant que dans des plaidoiries fondées sur des arguments créés de toutes pièces. Sans l'entrave de la réalité, son imagination fleurissait, il y donnait le meilleur de lui-même — fût-ce au bénéfice d'un monstre. C'était sa spécialité, en quelque sorte. Et voilà qu'aujourd'hui il se trouvait incapable de soutenir un raisonnement jusqu'au bout. Sa persuasion se dissolvait de phrase en phrase, et toutes ses interventions se terminaient en queue de poisson, lamentablement. C'était à cause de ce vide, là, à côté de lui. Rien n'était pire que cela. L'avait-elle elle-même assez dit et répété dans ce fameux journal ! S'était-elle révoltée contre ce vide où elle se débattait, avec ses images de chutes, de noyade ! Elle avait peut-être cru y échapper par un geste de violence. Peine perdue — il était en elle, autour d'elle, et voilà qu'il s'y était laissé prendre. On rencontre parfois, dans la vie, de ces êtres absents, légers, inoffensifs en apparence, qui ont le don, par leur seule présence, d'attirer les catastrophes. Quelques personnages de ce genre ont jalonné l'histoire — tous incarnés par des femmes. Il leur suffisait de passer, avec leur beau visage indifférent, pour tout détruire autour d'eux. Porteurs de ce vide que l'on appelle « mystère », miroir de nos propres illusions, révélateurs de passions et d'échecs, catalyseurs de malheurs qui les laissent eux-mêmes intacts, ils entraînent irrésistiblement les êtres sensibles et imaginatifs et les amènent à se perdre à leur suite. Marie-Thérèse, tiens... Mais oui, voilà ! Il avait enfin trouvé qui elle lui avait rappelé dès le début, depuis ce regard qui l'avait décidé à accepter de la défendre, il ne savait pourquoi. Maintenant il le savait. Elle avait les yeux de Marie-Thérèse. Ceux-là aussi, alors qu'il n'avait que trente ans et qu'il débutait dans le métier, avaient plongé dans les siens sans peur, sans coquetterie non plus. Il avait cru y lire un monde ouvert, un appel à toutes les passions, à tous les voyages — l'appel du vide... Et il avait failli s'y perdre. Il ne travaillait plus, il allait abandonner une Pénélope vivante et intelligente pour une Hélène inconsistante porteuse de mort. Il s'était ressaisi à temps, douloureusement, et l'avait laissée poursuivre ses ravages, avec la même indifférence, dans d'autres vies que la sienne.

Fort heureusement, aujourd'hui c'était moins grave. Mais il reconnaissait le même phénomène. Il s'était encore laissé avoir par une de ces petites personnes impénétrables qui déclenchent en vous l'irrépressible besoin de défendre, de protéger et, surtout chez quelqu'un comme lui, le désir de comprendre. Et à s'acharner à déchiffrer le pourquoi de leurs caprices et de leur vacuité, la plus grande intelligence se trouvait rapidement réduite à néant. On s'y cassait la tête et le cœur. Autant vouloir refermer les mains sur du vent.

Des êtres dangereux, oui, tant que l'on ne se force pas à ouvrir les yeux pour voir ce qu'ils sont en réalité, c'est-à-dire RIEN, des mirages. Celle-là au moins avait eu le mérite d'être lucide sur elle-même. Cela ne l'empêchait pas, encore à présent, de regarder d'un œil indifférent tout ce remue-ménage autour d'elle, à cause d'elle. Elle les laissait patauger dans l'inconnu, se lancer dans des impasses pour faire ensuite machine arrière, partir soudain dans des envolées grotesques, sans dire un mot, un seul, qui les eût éclairés. Une plaie... Ce n'était pas étonnant que la littérature et le cinéma foisonnent de ce genre de personnages — ils étaient malheureusement bien réels, et surtout fascinants. Il n'y avait qu'à les voir : tous, depuis le juge, en passant par les jurés, jusqu'à l'avocat général, en face, qui pérorait de plus belle, tous étaient fascinés. Ils ne s'en rendaient pas compte, mais c'est pour cela qu'ils étaient toujours enfermés dans une salle d'où ils auraient dû être sortis depuis longtemps. Ils pourraient passer huit jours à se casser la tête, à tourner et retourner x suppositions pour aboutir au néant et recommencer, inlassablement. C'était pour cela, aussi, que cette salle qui aurait dû rester à peu près vide comptait deux, puis trois, et à présent cinq journalistes à la recherche de quelque nouvelle star des faits divers. Il n'y avait pourtant pas grand-chose à dire de cette affaire banale — si tant est que l'on peut considérer un crime comme un événement banal, évidemment —, mais il y avait là par contre une petite silhouette assise aussi sagement que si elle avait été sur le banc d'un jardin public ou dans une salle d'attente quelconque, un joli visage impénétrable, et deux yeux bleus mystérieux car sans aucune expression. Cela, c'était extraordinaire ! Sur ce bloc de silence indéchiffrable, on pouvait bâtir tous les scénarii possibles, c'était le champ libre à tous les fantasmes, et l'on s'en donnait à cœur joie. Pour le moment, c'était de ce côté-ci de la barrière, mais, de l'autre, on prenait des notes. On tenait un « personnage », quelle aubaine ! On n'allait pas se priver de faire un raffut du diable autour d'elle, qui ne disait rien. Cela, il le sentait venir. On allait même faire assez de bruit pour qu'un éditeur en proie à des nostalgies « Albertinesarrazinesques » propose à Claire de publier son journal. Il aurait pu le parier. Comme si cette femme inintéressante valait qu'on lui consacre un livre ! Mais avec une publicité bien orchestrée, et en se dépêchant un peu pour profiter de celle du procès, on pouvait tirer quelque profit de ces pauvres pages. Et qui sait si le temps disponible qu'elle allait par force avoir devant elle, l'impossibilité de sortir de l'endroit où on allait l'enfermer, et son mutisme même n'allaient pas la pousser à reprendre le stylo ? On avait vu naître ainsi d'autres carrières littéraires. Les prisons en étaient une mine régulièrement exploitée.

Tout cela était parfaitement ridicule. Mais, pour le moment, il semblait être le seul à s'en apercevoir. Il avait eu, lui aussi, son heure de défaillance, mais il avait compris, Dieu merci — ou plutôt merci Marie-Thérèse ! Au moins son souvenir lui aura-t-il rendu service un jour. Il allait se ressaisir. Car on ne se priverait pas de dire et de répéter que Bertin avait été au-dessous de tout dans une affaire absolument ordinaire. Cela aussi, il le sentait venir. Il fallait qu'une fois pour toutes il choisisse une ligne d'argumentation et qu'il s'y tienne. S'ils s'égaraient tous à plaisir et au hasard, il allait être ferme, concis, et redresser la situation.

Voyons, par quoi avait-il terminé, avant que l'autre, là, qui bayait aux mouches dans son dos, ne l'ait désarçonné une fois de plus. Ha oui ! Les heures de remords qu'elle avait passées près du corps de son mari. Elle serait restée près de lui pour assumer... Cauchemar... Exigence... Ne s'était rien épargné... Jusqu'au bout d'elle-même comme elle avait été jusqu'au bout de cette nuit. Avait-il vraiment dit cela ?! C'était grotesque. Décidément il était grand temps de revenir à une plus juste et réaliste mesure de la situation. Voyons...

C'est ainsi que Mᵉ Bertin s'écarta résolument de cette vérité qui leur échappait à tous — et qu'il avait failli toucher.

19

Pas un cri. Juste les bruits. Un craquement sec quand elle avait abattu la statuette, puis le petit bruit assourdi par la moquette d'un verre qui tombe, après le deuxième coup. Jean était resté presque dans la même position, la nuque disloquée. Tout de suite, du sang s'était mis à couler de la première blessure en une traînée luisante et mouvante qui s'enfonçait dans le col de sa chemise. Il s'était affalé après le troisième coup dans une drôle de position tordue, presque à genoux et la poitrine contre terre, les deux bras en arrière, paumes vers le ciel et la tête bizarrement disjointe sur le côté, comme une poupée désarticulée jetée sur le sol. Il était tombé avec un dernier bruit mou. Et le silence, le silence…

Ce n'était pas cela. Non. Elle n'avait pas voulu cela. Elle voulait simplement arrêter les mots. Tout son être s'était convulsé pour stopper ce flot de paroles effrayantes et insupportablement calmes qui entraient en elle comme un poignard qu'on enfoncerait très lentement pour qu'il touche chaque nerf, qu'il pénètre petit à petit toutes les couches de la douleur jusqu'au spasme, jusqu'au cri. Mais Claire n'avait pas crié. Ce sont ses mains qui s'étaient révoltées. Elles s'étaient soudainement crispées sur le premier objet à leur portée et en avaient frappé directement la tête d'où sortaient les mots pour que cela cesse, tout de suite. Arrêter tout de suite d'entendre Jean massacrer calmement son dernier espoir, saccager sa dernière révolte possible en une paisible condamnation. Il n'y aura pas de retour en arrière, c'était irrémédiable, c'était fini, fini. Assez! Il fallait que cela cesse. Mais les mains n'avaient pas pu s'arrêter. Elles s'étaient abattues par trois fois et les chocs s'étaient répercutés en Claire, terribles, mats, précis, avaient couvert un temps le silence. Et ce cri qui n'était pas sorti d'elle tourbillonnait dans sa tête pour l'empêcher de l'entendre. Car ce n'était pas cela qu'elle avait voulu. Pas ce silence-là, plus effrayant que les mots. Elle le niait de tout son affolement. Et les mains qui avaient lâché la statuette repartaient à la recherche d'un autre objet, trouvaient les ciseaux, s'envolaient rageusement pour couper, tailler, attacher, blesser ce crâne où était enfermé le cri qui ne sortait pas. Punition ? Sacrifice ? Elle ne pensait à rien. Ses mains avaient simplement cette inspiration démente pour retarder par leur mouvement l'instant de la certitude et jetaient les cheveux sur Jean pour tenter de couvrir cette image et le sang. Elle se serait aussi bien crevé les yeux.

Mais elle eut beau s'acharner sur elle-même un long moment, se débattre pour secouer l'horreur de ce qu'elle avait fait, elle ne put y échapper longtemps. Le silence tomba, l'enveloppa, implacable, et l'image ne s'effaça pas. C'était fait. Elle tenta de fuir dans un dernier sursaut de panique mais ne se sauva pas bien loin. La réalité la cerna, l'enserra de tout son poids, l'accula au mur avant qu'elle ne puisse passer la porte, fauchée par une crise de tremblements qui lui sciait les jambes, l'empêchait de faire un pas de plus. Elle s'abattit dans l'angle de la bibliothèque, incapable de se relever ou de se traîner ailleurs.

La trahison de son corps la détourna charitablement un moment encore de l'acceptation définitive de la réalité. Ses jambes tremblaient si fort qu'elles battaient le sol devant elle, le sang lui cognait aux tempes, l'air lui manquait. Elle était en proie à cette nausée d'avant évanouissement qui peut durer, durer encore, en une lente torture qui fait souhaiter l'anéantissement final. Mais la bienheureuse chute dans l'inconscience ne lui fut pas permise. La nausée la quitta, son corps cessa de s'agiter, et la lucidité regagna le terrain, inexorablement. Elle ne s'évanouirait pas. Elle sentait, elle voyait. Elle était obligée de voir. Et le corps de Jean était là, à quelques mètres devant elle, terriblement familier et étranger à la fois. Une chose, déjà. Une chose inerte, chair morte, une joue écrasée sur la moquette lui fermant à demi un œil, l'autre ouvert et fixe. Elle ouvrit la bouche, souhaitant désespérément le cri libérateur qui la soulagerait quelques secondes encore. Mais aucun son ne sortit d'elle. C'était trop tard. Elle sentait, elle voyait, elle ne crierait plus. Il fallait accepter.

Cela se fit très lentement, par paliers. Son esprit repoussait l'évidence, s'affolait par à-coups, s'envolait en pensées désordonnées pour mieux fuir l'inéluctable, puis le silence se faisait dans sa tête, une plage vide où se posait l'effrayante vérité : j'ai tué Jean. Et son cœur cognait de nouveau, les pensées s'embrouillaient, refusaient encore pour bientôt céder la place au vide dans lequel grandissait l'idée, de plus en plus précise. J'ai tué Jean. J'ai tué Jean. Et l'idée s'enfla, s'imposa, la remplit tout entière et il ne lui fut plus possible de lutter contre elle. Elle était l'unique vérité. Elle avait gagné contre l'affolement, bataille perdue d'avance.

Mais son esprit rétif lutta si longtemps que la nuit tombante trouva Claire à la même place, assise contre le mur, les jambes affalées devant elle, ses mains qui ne tremblaient plus posées de part et d'autre de son corps, les yeux grands ouverts. Les battements de son cœur s'étaient apaisés, réguliers, ne couvraient plus le silence qui la pénétrait. Elle avait accepté. Et maintenant qu'elle l'avait fait, c'est elle qui aidait la réalité à la remplir tout entière, l'encourageait à prendre le pas définitif sur sa défaillance. Elle vivait et elle avait tué Jean.

Elle regardait à présent son cadavre avec une sorte d'avidité, se repaissant douloureusement de tous les détails. L'œil ouvert qui semblait la fixer, vitreux déjà, les mains, paumes offertes, dont les doigts étaient à peine crispés — il n'avait pas dû avoir le temps de souffrir —, la tête presque comiquement retournée vers le haut. Il ne s'était pas affalé sur le côté, il était resté ainsi, la poitrine écrasée au sol, presque à genoux, avec les fesses en l'air, le verre qui lui avait échappé des mains posé sur la moquette juste au-dessus de sa tête, comme un petit chapeau dérisoire. Et sa petite mèche rebelle hérissée en l'air. N'était-ce cette longue coulée de sang dans son cou et sur sa chemise, elle l'aurait trouvé drôle. Oui. Jean vivant l'eût fait rire, dans cette position incongrue.

Elle était calme à présent. Tout à fait calme et lucide. Elle regardait son œuvre, l'achèvement de toute une année d'angoisse. Il n'y aura pas de retour en arrière, c'était irrémédiable, c'était fini. Elle eut presque la tentation d'aller le toucher, palper cette chair déjà froide pour que tous ses sens se convainquent définitivement qu'elle avait atteint l'aboutissement. Mais elle ne le fit pas. Elle continua simplement à le regarder, s'imprégnant de cette image jusqu'à ce que la nuit la lui voile. Elle l'avait à présent gravée dans sa mémoire, avec tous les détails, et la porterait en elle jusqu'à la fin. La fin?

Elle bougea d'abord la tête. Sa nuque raidie si longtemps lui faisait mal, première petite sensation ordinaire qui revenait. Puis elle ramassa lentement, péniblement ses jambes sous elle, insensibilisées par l'immobilité. Elle massa doucement ses genoux, ses pieds engourdis, et le sang recommença à circuler normalement. Ses épaules se détendirent, elle s'appliqua à respirer profondément. Elle sentait avec une extraordinaire précision toute la mécanique de son corps fonctionner, vivre... Jean lui avait dit tout à l'heure, paroles cruellement insupportables, que l'épreuve qu'elle avait traversée avait mis en lumière sa propre aptitude au bonheur, et maintenant le cadavre de Jean, par contraste, faisait éprouver à Claire sa pleine appartenance au monde des vivants. Elle pouvait bouger, sentir, toucher, elle était chaude. Elle sut tout de suite qu'elle ne se tuerait pas.

L'idée lui en était venue, fugitive, inconsistante. Si inconsistante qu'elle l'avait examinée, retournée un temps dans sa tête comme une chose inutile et stupide qu'on regarde sous toutes les coutures avant de la rejeter. Elle avait même passé en revue les différents moyens à sa disposition pour que cette idée saugrenue prenne corps et réalité. Mais non. Non, cela n'entrait pas dans la réalité. Et l'idée s'en fut aussi légèrement qu'elle était venue. Elle pensa simplement « une mort suffit ». Elle s'attacha un instant à cette pensée étrange. Une mort suffit. Il fallait donc une mort? Trop fatigant. Trop fatigant de penser maintenant, de chercher à comprendre. L'heure n'en était pas venue, pas encore. Elle appuya sa tête contre le mur et laissa retomber ses jambes, vidée de toute force. Il fallait attendre un peu.

Elle s'habituait peu a peu à l'obscurité. Ou plutôt, c'est l'obscurité qui se faisait moins dense, la nuit devait être très claire — la pleine lune, peut-être. Elle distinguait tous les meubles, une clarté blafarde entrait par la porte-fenêtre et éclairait une grande plage de moquette où se détachait le corps de Jean — masse sombre sur laquelle brillaient de longues mèches blondes jetées çà et là.

Elle porta tout à coup les deux mains à sa tête, sentit les touffes courtes, irrégulières sous ses doigts. Ah oui ! elle avait fait cela aussi. Quelle drôle d'idée. Elle avait mal à la tempe, sa chair y était meurtrie et une coulée de sang séché lui raidissait la peau de la joue. Elle s'était blessée en se coupant les cheveux. Quelle drôle de chose vraiment ! Elle se rappelait à peine l'avoir fait. Ah oui ! Jean lui avait demandé aussi de sacrifier ce qu'elle considérait comme son bien le plus précieux, la dernière chose authentiquement belle qu'elle possédait. Oui, ce devait être à cause de cela que lui était venu ce geste stupide. Et par une curieuse distorsion du sens des valeurs elle trouva tout à coup plus insensé de s'être tailladé les cheveux que d'avoir tué son mari.

Se couper les cheveux n'avait aucun sens. Elle buta mentalement sur cette pensée, s'y arrêta. Un sens. Pourquoi ? La mort de Jean en avait-elle un ? Et l'épuisement l'accabla de nouveau, lui vida la tête, lui permettant d'échapper encore un temps aux questions qui dépassaient ses forces. Plus tard, plus tard.

Elle respirait doucement, la tête inclinée sur l'épaule. Elle avait la bouche sèche. C'était curieux comme cette pièce paraissait plus grande dans la pénombre. Elle entendait vaguement la télé des voisins, puis une chaise racla bruyamment le sol. Des pas, juste au-dessus de sa tête, puis le bruit d'une autre chaise. La fin du repas sans doute. Tout au début de leur installation, Jean leur avait demandé poliment si, d'aventure, ils n'avaient pas l'intention de poser une moquette chez eux. Il lui fut répondu tout aussi poliment que non. Plus tard il proposa plus aimablement encore d'en payer la moitié. Non, merci, ils n'aimaient pas la moquette. Un grand tapis, alors ? Non, ces gens-là n'aimaient pas les tapis non plus. Et Jean continua d'affirmer qu'ils avaient des voisins délicieux bien qu'ils reçoivent beaucoup, qu'ils se couchent bien tard et n'enlèvent jamais leurs chaussures.

Claire décolla son dos du mur et se passa la main sur les yeux. Qu'est-ce qui lui prenait de penser aux voisins et à leur manque de goût pour la moquette et les pantoufles ? Était-ce l'heure propice, vraiment, pour divaguer sur les tapis ? Ah oui, c'est ça ! Faudrait-il les appeler, monter leur dire... leur dire quoi ? Claire imaginait parfaitement la scène qui s'ensuivrait et les allées et venues, les exclamations d'horreur, les sales regards. Non, vraiment, tout ce boucan était inutile, répugnant. Le cirque commencerait bien assez tôt. Et puis elle avait le sentiment impérieux qu'il lui restait quelque chose à faire. Elle ne savait pas quoi, mais elle pressentait que toutes ces heures à venir allaient être capitales et que, loin de lui sembler interminable, cette nuit allait être trop courte. Pourquoi ? Pour en arriver où ? C'était vague, confus, dans sa tête, mais elle sentait qu'elle n'était pas au bout du chemin. Elle avait besoin de toute sa nuit.

D'abord il fallait bouger, s'obliger à se lever, étirer ses membres endoloris. Depuis combien d'heures était-elle assise là, à demi abrutie ? Une fois debout elle contempla un instant le corps de Jean, puis détourna les yeux. Elle l'avait regardé assez longtemps. C'était fait, admis, fini, ce n'était pas très intéressant. Quelque chose d'autre allait requérir toute son attention. Mais que lui restait-il de si important à faire qu'elle veuille rester seule le plus longtemps possible, sauvegarder sa dernière nuit avec un étrange sentiment d'urgence, elle qui n'avait plus rien à perdre, et sans doute plus rien à sauver ? Comprendre, peut-être. Peut-on comprendre le pourquoi d'une chose pareille ? Elle aurait pu se convaincre assez facilement — et convaincre les autres plus tard — qu'il s'agissait d'un geste de colère qui avait mal tourné, d'un coup de folie subit, un accident, en somme. C'était assez simple, oui. Et plausible. Mais tout son être refusait, avec une honnête révolte, de maquiller ainsi la réalité car elle savait, elle sentait que ce geste n'était pas le fruit du hasard. Ça n'était pas un accident. Elle ne pouvait, ne voulait pas se le laisser croire. Une sorte de logique l'avait poussée jusque-là, elle en était sûre. Il fallait maintenant qu'elle remonte le fil qui avait mené tous ces mois, toute sa vie peut-être, pour tenter de dénouer l'écheveau dans lequel elle s'était emmêlée inextricablement. Retrouver la source, le début du malheur.

Mais, mon Dieu, tout cela était si pesant, si confus ! Elle aurait bien besoin de toute sa nuit et de toutes ses forces. Elle redressa les épaules et se dit : Je vais me faire un café et manger un peu aussi. Elle tourna résolument le dos au cadavre de Jean et, malgré la pénombre, se dirigea d'un pas ferme vers la cuisine.

Il y faisait plus sombre que dans le salon, mais elle n'alluma pas la lumière qui l'aurait ramenée à une réalité brutale qu'elle n'aurait pas supportée. Et puis elle se sentait très à l'aise dans le noir. Elle avait besoin de l'ombre pour mieux s'enfermer en elle-même. Elle avait déjà détourné la tête en clignant des yeux tant la petite lumière du réfrigérateur l'avait douloureusement agressée quand elle l'avait ouvert pour y prendre une tranche de jambon. Elle la mangea avec un morceau de pain, debout, dédaignant le repas qu'elle avait préparé et qui attendait, là, sur la cuisinière. Elle mâchait, avalait consciencieusement, comme un travail nécessaire qui doit être accompli. Puis elle fit chauffer de l'eau à tâtons, fit un café très fort et vint s'asseoir au bout de la table de la cuisine pour boire, à l'endroit même où elle avait attendu Jean, tous les soirs, pendant si longtemps. Elle commença à penser à eux, à leur rencontre, à la manière étrangement douce qu'ils avaient eue pour se choisir, se marier. Le mensonge, la faute venait-elle déjà de là ? Non. Bien des couples se trouvent de cette manière, sans doute, et vivent heureux sans en venir à des extrémités fatales — au contraire. Bien sûr, elle avait suivi Jean, épousé ses goûts, ses opinions, croyant sincèrement partir d'un même pas avec lui. Perdue pendant quelques années, seule, à l'aveuglette dans le monde des adultes, elle avait retrouvé une tutelle rassurante et plongé dans cette sécurité retrouvée avec un délicieux soulagement. Jean prenant la relève de ses parents. Elle savait tout cela, elle en avait fait le tour, accusant l'un, les autres, elle-même, pour remettre les choses à leur juste place. C'était vrai, mais ça n'était pas si grave, sinon la révolte et le malaise seraient apparus dans sa vie beaucoup plus tôt. Elle avait été heureuse, très heureuse avec Jean, et pendant très longtemps. Elle repoussa sa tasse vide avec impatience, laissa tomber sa tête en arrière. Mon Dieu, que ça allait être difficile ! Si long et si difficile. Elle se leva pour secouer son découragement naissant, prit la tasse, la cuillère, les lava soigneusement. Elle essuya les miettes sur la table. Elle allait sortir de la cuisine quand elle se ravisa, revint à la cuisinière, saisit les casseroles où attendait le repas inutile qui aurait dû être réchauffé. Elle jeta le tout à la poubelle, ferma le sac en plastique et lava aussi les casseroles. Elle était fort bien habituée à l'obscurité, à présent. Quand tout fut essuyé, rangé à sa place, elle eut un dernier regard circulaire pour s'assurer que tout était en ordre, le regard méthodique et froid que l'on jette autour de soi avant de quitter une maison de location, et sortit en fermant la porte derrière elle d'un geste définitif.

Dans le couloir, elle eut un moment de flottement. Où aller ? Où serait-elle le plus à l'aise pour penser ? A vrai dire le choix n'était pas grand. A part la cuisine et la salle de bains, l'appartement ne comprenait que deux pièces, bien suffisantes pour un couple. Ils ne s'y étaient jamais sentis à l'étroit. Et pourtant cette nuit-là cet endroit lui semblait trop petit pour sa solitude. Elle aurait eu besoin de s'isoler davantage, plus loin, de se mettre à l'écart de toutes ces choses familières chargées du souvenir de leur vie commune, souvenirs étouffants qui l'empêchaient de prendre du recul, qui ramenaient malgré elle son esprit à une quotidienneté pesante alors qu'elle aurait voulu survoler ce qui avait fait sa vie et l'avait amenée là. Comment arriver à retrouver la source, le sens, cernée par toutes ces choses, alors qu'elle avait tourné et erré dans cet appartement pendant des mois en vain sans trouver la moindre réponse ? Elle ne retournerait pas dans le living. Elle choisit d'entrer dans la chambre, l'endroit le plus éloigné du corps de Jean. Non pas que le cadavre lui fasse peur ou la répugne, elle s'était habituée à lui pendant toutes ces heures, mais, même immobile et privé de vie, c'était tout de même

Jean, et sa présence entraverait ses pensées. Elle s'assit dans le coin le plus reculé de la pièce, sur la chaise où il avait l'habitude de déposer ses vêtements avant de se coucher. Se coucher. Elle fit un terrible effort pour refouler les souvenirs, les détails intimes qui affluaient dans sa tête, mais le lit était là, juste en face d'elle. Le lit, symbole de l'union, de la complicité, du repos aussi, et qu'ils avaient choisi ensemble. Il semblait remplir toute la pièce, énorme, omniprésent, tranquillement posé là, attendant. Elle pensa que Jean qui rêvait d'une longue et paisible vieillesse ne mourrait pas dans son lit. Plus tard elle pensa aussi, sans la moindre émotion, avec une sèche certitude, qu'elle ne ferait plus jamais l'amour.

Un sanglot de rage lui échappa et elle se recroquevilla sur la chaise, la tête tournée vers le mur. Elle n'y arriverait pas, elle n'y arriverait pas. Elle avait beau tenter désespérément de s'abstraire de tout cela, de balayer les images et les pensées inutiles pour aller plus loin, plus profond en elle-même, elle n'y arriverait pas. Et le temps passait, les minutes, les heures s'enfuyaient, stériles. Il devait être bien tard déjà, il n'y avait plus aucun bruit là-haut. Sa nuit, sa précieuse dernière nuit se faisait de plus en plus courte et elle n'arriverait à rien. Sa tempe lui faisait toujours mal et elle se frappa la tête contre le mur à dessein pour aviver la douleur, qu'elle la distraie de ce rabâchage qui ne l'amènerait nulle part. Qu'avait-elle fait d'autre que ressasser tout cela depuis des mois, jusqu'à la catastrophe finale ?

Elle se leva, voulut bouger, arpenter la pièce pour donner du champ à ces idées, mais la chambre était si petite qu'elle tournait autour du lit comme elle tournait en rond dans sa tête, et ses pensées, loin de prendre leur essor, revenaient invariablement à ce lit, à ce piège lisse et doux qui semblait l'inviter à s'écrouler là et à s'abandonner à la défaite. Elle était si fatiguée, si douloureusement fatiguée. Non, il n'y aurait pas de répit tant qu'elle n'aurait pas atteint la limite de ses forces. Il fallait chercher, chercher encore, et dans un sursaut elle fuit la chambre, tous les souvenirs qui s'y attachaient et la dangereuse tentation du repos. Elle ferma brutalement cette porte-là aussi et s'y adossa un moment, épuisée, le souffle court.

Le couloir dans la nuit, long, étroit, qui se perdait dans l'ombre. Et dans cette ombre-là, tout au bout, l'entrée, la fuite possible. Mais elle ne fuirait pas, elle le savait bien. Brusquement sa poitrine se serra et les larmes lui montèrent aux yeux. Pour la première fois depuis des mois, une véritable émotion l'étreignait tant ce couloir lui semblait l'image même de ce qu'elle avait vécu, étouffant, cerné de portes fermées, avec au fond le néant, l'inconnu qu'elle n'avait pas eu le courage d'affronter comme elle n'avait pas le courage à présent de passer cette porte pour s'enfoncer dans la nuit. L'impasse. Elle n'était pas arrivée à en sortir et tout s'achèverait là. Le sentiment de sa propre misère la submergea soudain. Que pensait-elle avoir à chercher encore ? C'était fini, c'était trop tard. Elle-même avait construit les murs qui l'etouffaient, barricadé les portes et scellé son destin d'un geste définitif — emmurée avec l'irréversible.

Ele eut tout à coup infiniment pitié d'elle, pitié de Jean qui voulait vivre. Tous les mots simples et déchirants lui traversaient la poitrine, éclataient dans sa tête — fini, pour toujours. Trop tard. Adieu. Plus jamais. Plus jamais... L'horreur de ce qu'elle avait fait lui arracha un gémissement, la plia en deux au fond de l'impasse. Au milieu de sa détresse, elle s'étonna que le remords la saisisse si tardivement, après toutes ces heures froides. Elle voulut s'y engloutir tout entière, appela les larmes de toutes ses forces, elle qui avait désappris de pleurer. Elle voulait sentir cette chaleur sur ses joues et l'humidité vivante couler de ses yeux asséchés, plonger dans la douleur, s'y noyer. Elle en avait désespérément besoin. Non pas pour se pardonner — il n'y aurait pas de pardon, pas de rémission —, mais elle voulait ressentir une dernière fois la chaleur d'une véritable émotion. Elle laissait les petits mots terribles tourner dans sa tête — plus jamais, plus jamais. Elle pensait à Jean, au printemps, à sa mère, à l'enfance perdue, au premier corps étreint, à un mourant qu'elle avait embrassé sur les lèvres un jour à l'hôpital avant qu'il ne s'éteigne, au dernier regard de Viviane, au soleil. Elle pensa même à cet enfant qu'elle n'aurait jamais, qu'elle aurait tué s'il était venu, elle s'essaya d'imaginer la tiédeur de sa peau et la douceur d'une petite bouche sur son sein. Jamais, trop tard, fini. La douleur lui tordit le ventre et elle faillit s'écrouler sur place, terrassée.

Mais, malgré elle, la chaude émotion la fuyait, sa poitrine était serrée par un étau au lieu de se dilater. Elle souffrait d'une douleur stérile et glacée. Pour cela aussi, c'était trop tard. Elle ne se réchaufferait pas. Elle ne pleurerait plus. Elle se redressa, partit à la dérive en titubant dans le couloir et revint au corps de Jean, les yeux secs.

Elle resta longtemps debout au milieu de la pièce. Elle ne pouvait ni s'asseoir ni bouger. En fait elle n'avait plus rien à faire et nulle part où aller. D'où avait bien pu lui venir, au début de la nuit, cette impérieuse sensation qu'il lui restait un chemin à parcourir ? Un sursaut de fuite sans doute, une tentative dérisoire d'échapper à la réalité encore un moment. Quelle heure était-il maintenant ? Très tard sans doute, bientôt le matin. Elle avait réussi en fait à s'accorder un long sursis avant d'accepter enfin que sa détresse soit totale. Le chemin s'arrêtait là.

Elle regardait le corps de Jean à ses pieds. Elle pensa qu'elle devrait essayer de l'allonger à terre au lieu de le laisser dans cette position ridicule. Elle se baissa, tendit les mains vers lui mais suspendit son geste à mi-course. Elle ne pouvait pas le toucher. Elle tenta de surmonter ce qu'elle croyait être du dégoût, se pencha un peu plus et sa main s'arrêta encore. Elle ne pouvait pas. Elle ne pourrait pas. Ce n'était pas du dégoût, c'était plus fort qu'une répulsion, c'était… c'était du respect. Elle n'avait plus le droit de le toucher. Elle resta un long moment courbée sur ce corps, dans une attitude presque maternelle — ce corps qu'elle avait serré, regardé, caressé depuis dix ans, ce corps avec lequel elle s'était mariée jusqu'à le considérer comme sien, si familier, si intime, et dont il émanait à présent une étrange force qui la maintenait à distance. Non, elle n'aurait plus le droit de le toucher après ce qu'elle avait fait. Plus jamais. Il ne lui appartenait plus. Aux autres de l'allonger, le laver, lui redonner une dignité. Elle n'avait plus aucun droit sur lui, même pas celui-là.

Elle se redressa doucement, laissa retomber ses bras. Debout, à la même place, sans bouger, elle regarda lente-

255

ment autour d'elle. Ce n'était pas seulement le corps de Jean, c'était toute la maison qui la rejetait. Elle n'avait plus sa place ici. Surtout pas ici. Elle avait souvent eu l'impression auparavant que cet appartement, ces meubles lui devenaient étrangers et qu'elle était désespérément seule. Comment avait-elle pu penser une chose pareille alors que tout était encore possible, que tout lui appartenait encore ? Comment oser se sentir seule avant de faire l'expérience de la solitude définitive ? Comment en arriver là, mon Dieu, elle ne le saurait jamais. Elle s'aperçut à peine qu'elle pleurait enfin, que les larmes qu'elle avait souhaitées si fort ruisselaient sur ses joues. Immobile, bouche ouverte, elle pleurait, sans bruit, sans presque plus de désespoir et sans soulagement. Elle laissait simplement les larmes la quitter et avec elles la révolte, les questions, tout. Elle ne se défendait plus.

Elle se laissa pleurer un long moment puis se demanda où aller puisque sa place n'était plus ici. Il n'était pas encore temps d'offrir son geste en pâture au monde, il était trop tôt, tout reposait, tranquille. Il fallait attendre encore un peu. Elle piétina un moment sur place, perdue, incertaine, puis elle avisa la porte-fenêtre, le balcon. Le balcon. Oui, là était la seule place convenable — elle pensa vraiment CONVENABLE — qui lui revenait pour attendre le matin. Le balcon, qui n'appartenait ni tout à fait à la maison ni tout à fait à la rue, à l'écart, suspendu entre la vie qui continuerait sans elle et celle qu'elle avait saccagée.

Avant d'y aller, elle s'en fut rapidement prendre un vêtement dans l'entrée car elle se dit qu'il devait faire froid. Elle décrocha un manteau — un manteau bleu marine qu'elle mettait rarement et qui se trouvait là par hasard —, s'en revêtit et revint dans le salon. Elle le traversa presque sur la pointe des pieds, contourna le corps de Jean sans hésiter, passa la porte-fenêtre et la tira soigneusement derrière elle.

Tout de suite elle se sentit mieux, soulagée du poids des murs et des souvenirs, protégée de SA présence par la vitre aussi. Elle respira l'air frais, serra le manteau autour d'elle.

Il n'était pas bien joli ce balcon. Il ne l'avait jamais été

— carré de béton cerné de balustrades en fer. Ils avaient bien tenté de l'agrémenter de jardinières, mais cette année elles étaient restées vides et Jean lui-même s'était lassé depuis longtemps de renouveler les plantes qui mouraient chaque hiver. Seules quelques mauvaises herbes renaissaient chaque printemps et empiraient les choses. Tout au fond du balcon, dans l'encoignure du mur, il y avait un espace vide qu'ils n'avaient jamais cherché à combler. Claire s'en fut s'y asseoir en prenant soin de bien étaler le manteau sous ses jambes pour se protéger de la froideur du sol. Elle croisa ses bras sur sa poitrine, mains sous les aisselles, et cala, tant bien que mal, son dos contre les barreaux. C'était fini. Il n'y avait plus qu'à attendre. Elle était bien, là, tranquille. Le matin viendrait doucement sans plus de lutte inutile. Mais que ça avait été dur d'accepter et de s'abandonner ! Elle pensa un instant à la chèvre de M. Seguin et cette pensée stupide lui arracha presque un sourire avant qu'elle laisse tomber sa tête en arrière contre la balustrade.

A présent, une fatigue extraordinaire la submergeait. Elle ne sentait plus le froid, elle ne sentait presque plus son corps, envahi par la torpeur. Mais elle ne voulait pas dormir. Non, cela, elle n'en avait pas le droit non plus. Elle raidissait sa nuque pour résister au sommeil, se refusant à fermer complètement les yeux. Que c'était difficile maintenant de ne pas se laisser aller totalement. C'est drôle, elle retrouvait là une sensation connue. Elle avait la vague impression d'avoir vécu un moment presque semblable. Une voiture passa très loin, et le bruit du moteur troubla un instant le silence — un silence extraordinaire. D'ailleurs elle se rendait compte, maintenant qu'elle était dehors, que c'était vraiment une nuit extraordinaire, avec un ciel pur, étoilé, et la lune, énorme, qui dispensait une clarté diurne. Un ciel plein de promesses. Ils avaient annoncé un été magnifique, un été. un été comme Jean les aimait.

Elle ferma les yeux un instant, laissa passer la douleur, respirant à petits coups. Allez, il fallait s'habituer, maintenant. Du calme. Il ne servait à rien de penser qu'il n'y aurait pas d'été, pas de vacances en Camargue où Jean

257

était si heureux de retourner. C'était fini tout ça, fini. Elle bougea un peu, cherchant une place plus confortable pour son dos, appuya de nouveau sa tête en arrière, fermant les yeux à demi, rappelant à elle cette torpeur qui l'insensibilisait si bien.

La Camargue... Oui, c'est là qu'elle avait vu pour la dernière fois une nuit pareille à celle-ci, avec une lune aussi fantastique. Elle donnait à ce paysage aride un aspect irréel et lunaire, et chaque arbre, chaque touffe de jonc, se détachait comme une délicate ponctuation qui troublait à peine cette fuite infinie vers l'horizon.

Tout à coup, Claire ouvrit les yeux. Il se passait quelque chose. Elle se sentait l'esprit étrangement en éveil, alerté. Maintenant, seulement maintenant qu'elle avait abandonné, qu'elle avait accepté de passer au-delà de l'émotion, des images lui revenaient. Très vite elle referma les yeux, de peur que la réalité présente lui fasse perdre le fil de ce qui se déroulait en elle. Il se passait quelque chose de capital, elle le sentait, quelque chose d'infiniment précieux qu'elle avait appelé en vain au long de toute cette nuit. Il ne fallait laisser fuir ce moment à aucun prix.

Elle respirait à peine, tous les sens engourdis, s'enfonçant volontairement dans un état de perception somnambulique pour mieux laisser sourdre les images des profondeurs de sa mémoire, la laisser œuvrer sans entraves afin que le souvenir lui revienne intact, impitoyable. Le souvenir. A vrai dire elle n'avait nul effort à faire, il ne fuirait pas. Les images, floues d'abord, vagues perceptions, s'enchaînaient peu à peu, se précisaient presque malgré elle. L'aurait-elle voulu qu'elle n'aurait pu les refouler, les enfouir au tréfonds d'elle-même comme elle l'avait fait jusqu'à présent. Le moment était venu. Elle voyait.

Elle se revoyait dans cette voiture, avec Jean, roulant par une nuit semblable à celle-ci sur une route de Camargue, l'été dernier. La nuit chaude, bruissante, extraordinairement claire sous la pleine lune, et son envie de dormir proche du vertige au terme de cette trop longue soirée chez ces gens, où ils avaient trop fumé, trop bu. Et la route qui n'en finissait pas, qui s'enfuyait à perte de vue, hypnotique. Puis ce lapin que Jean avait failli écraser — il avait

dit : « Excuse-moi, je ne supporte pas d'écraser une bête. »
Le coup de frein l'avait sortie brutalement de la torpeur
qui l'envahissait peu à peu malgré sa résistance, malgré
ce besoin impérieux de rester vigilante auprès de Jean qui
détestait conduire la nuit. Mais elle était trop chaude, cette
nuit, elle appelait trop doucereusement au bien-être et à
l'abandon. Claire avait mal résisté. Elle avait laissé tomber sa tête sur le dossier, songeant voluptueusement aux
draps blancs et frais qui les attendaient. La route toute
droite, avalée par les roues dans la lumière des phares, le
vrombissement du moteur qui encourageait le sommeil à
la gagner. Le sommeil, le sommeil. Elle s'était laissée aller,
à mi-chemin entre le rêve et la réalité, tous les sens engourdis, regardant défiler les bas-côtés de la route entre ses cils,
les yeux presque clos, la tête inclinée sur l'épaule. Jean
pouvait croire qu'elle dormait. Et tout à coup cette tache
claire au loin, qui se rapprochait. Papier ? Rocher ? Elle
avait fermé les yeux un instant, s'abandonnant totalement
au bien-être, au rêve, mais elle les avait rouverts une
seconde. Une seconde et elle avait vu. Ce n'était pas un
rocher, pas un animal. Une fraction de seconde et elle avait
vu — image fulgurante — un corps jeté sur le bord de la
route, la tête mordant sur la chaussée. Juste le temps
d'apercevoir aussi une bicyclette renversée dans le fossé
et la voiture était passée.

Leur voiture était passée sans ralentir, sans dévier de
sa route. Et elle, toujours immobile, qui n'avait pas ouvert
la bouche, clouée à son fauteuil, tête renversée, muette,
et qui fermait tout à fait les yeux, le cœur battant. Ils
étaient passés sans s'arrêter.

Une seconde, moins d'une seconde et c'était trop tard.
Dire quelque chose, prononcer un mot, pousser un cri une
seconde trop tard, c'était accuser Jean, avouer aussi cette
seconde de lâcheté qui avait été sienne, complice, s'expliquer, revenir en arrière, honteux. C'était horrible. Mais
elle avait choisi pire — rester immobile comme une pierre,
laisser fuir la seconde irrémédiable en faisant semblant de
dormir. La pire lâcheté, le consentement muet et hypo-
crite pour éviter la mise en cause, sauvegarder la tranquillité. Pour aller se coucher plus vite, aussi. Et elle s'était

enfoncée dans ce pire comme elle s'était enfoncée cette nuit-là dans un sommeil de brute, un sommeil noir, sans rêves, un abîme de refus et d'oubli. Jean avait eu du mal à l'en sortir au matin.

Elle se souvenait, oui. Comment aussi un malaise diffus avait gâché cette fin de vacances. Le soleil était trop chaud, après cela, le paysage trop plat, sans refuge possible, l'inaction pesante. L'image revenait. Ils étaient passés sans s'arrêter, sans même hésiter à côté d'un blessé sur le bord de la route, et elle n'avait rien dit. Mais elle avait réussi, à force de promenades, de bains de mer et d'insouciance forcée, à refouler l'image, à l'enterrer au plus profond de sa mémoire jusqu'à ce qu'elle disparaisse. Et elle avait cru, en fuyant ce pays plus tôt, que tout était fini alors que tout commençait.

Claire, immobile sur ce balcon, serrée dans son manteau, était à la fois fascinée et effrayée qu'une telle clarté de pensée lui soit offerte seulement maintenant qu'il était trop tard. Elle comprenait tout. Elle suivait à présent avec une lucidité impitoyable le déroulement de tous ces mois où elle n'avait fait que fuir, se dérobant dès qu'elle risquait de toucher la source de sa véritable honte. C'était extraordinaire. Effroyable et extraordinaire. Elle avait cru chercher pendant tout ce temps la faille, le moment exact où sa vie avait basculé, alors qu'elle avait tout saccagé, tout détruit pour fuir la révélation de cette unique seconde de lâcheté. Ils étaient passés sans s'arrêter et il aurait fallu qu'elle ouvre la bouche. C'est cela. Simplement qu'elle ouvre la bouche. C'était si simple. Tout de suite, tout de suite il aurait fallu desserrer les lèvres et laisser échapper un son — un mot, un cri, qu'importe, Jean aurait immanquablement réagi et tout se serait enchaîné.

Elle avait trouvé la faille, elle en avait la certitude. Maintenant qu'elle avait fait tout le chemin, déchiré par un geste irréparable le brouillard où elle se débattait, elle revivait inlassablement cette seconde.

Un cri, un mot, et Claire pouvait faire l'inventaire de ce qui aurait suivi. Elle avait un grand choix de différentes scènes à sa disposition et toutes se terminaient sainement et logiquement par une simple marche arrière vers le corps jeté dans le fossé. Et qu'importe qu'entre-temps ils aient parcouru vingt mètres ou cinq kilomètres, tout était possible à partir du moment où elle aurait ouvert la bouche pour rompre le silence. Jean aurait pu feindre une distraction, jouer l'incrédulité ou, qui sait, être simplement sincère. Elle aurait fait semblant de le croire, aurait joué aussi un affolement tardif, ou même lui aurait demandé pourquoi il mentait. Qu'importe, vraiment. Questions, culpabilités, doutes se seraient dispersés dans l'action, s'y seraient trouvés fondus et enfin absous. La vie pouvait continuer.

Et si Jean n'avait rien vu ? Non, c'était impossible. Il avait vu un lapin, il devait voir à plus forte raison un corps d'homme presque sur la route. « Je ne supporte pas d'écraser une bête. » Mots simples et sincères devenus stupides et monstrueux quelques instants plus tard. Mais même s'il avait vu, tout pouvait s'expliquer, se comprendre et se pardonner, elle aurait douté de lui et d'elle-même, mais rien n'était irrémédiable tant qu'ils restaient dans la réalité des gestes, des mots et des sentiments. Mais elle avait commis l'irréparable erreur de garder les lèvres serrées, et Jean pouvait croire qu'elle dormait. C'était à elle de réagir. Une seconde, une fraction de seconde et c'était trop tard. Elle s'était murée dans son silence, et il lui avait été impossible de revenir en arrière.

Le pire, oui. Elle avait choisi le pire sur le moment, après et maintenant. Jean était mort parce qu'elle s'était tue et aussi parce que sa mort était le moyen parfait de se taire à jamais. Elle avait tué Jean coupable de lâcheté, mais elle avait tué aussi — et surtout — le témoin de sa propre honte. Elle pouvait même s'avouer que le fait que Jean ait vu le corps ou pas lui importait peu, c'était sa lâcheté à elle qu'elle avait fuie à tout prix. Elle comprenait clairement maintenant pourquoi elle n'avait jamais pu lui parler. Il aurait fallu remonter jusqu'à cette seconde, dévoiler ce moment. Avouer, et accuser aussi...

Alors toutes ces angoisses, cette remise en question de toute sa vie, pour ça ? En arriver au meurtre pour masquer cette simple, minuscule vérité ? C'était puéril. Pourtant elle était certaine d'avoir touché juste. A présent que l'unique témoin de cette seconde fatidique avait disparu, elle n'avait plus rien à se cacher, toutes ses manœuvres pour éviter de la dévoiler lui apparaissaient. C'était bien là le petit accroc, le trou de l'entonnoir par lequel s'étaient engloutis l'estime d'elle-même, son amour, et toutes ses possibilités de bonheur. Car à la lumière de cet incident, s'était éclairée la grande question : Qui est cet homme pour ne pas s'arrêter ? Et surtout qui suis-je, moi, MOI, pour l'avoir laissé faire sans ouvrir la bouche ? Mille manières s'offraient ensuite à elle pour remettre en cause sa vie et celle de Jean. Elle avait choisi la pire.

Claire laissa tomber sa tête contre les barreaux, au-delà de l'épuisement, tous les nerfs tendus. Son visage était crispé, livide. Sans s'en apercevoir elle secoua la tête de droite et de gauche, comme on chasse un mauvais rêve, et un soupir rauque, presque un râle, lui échappa. Il lui manquait quelque chose, un élément essentiel. Elle ne cherchait pas la paix, non. Il ne serait plus jamais question de paix, ni de repos. Elle voulait simplement comprendre. Et elle avait beau se débattre, enfoncer un à un tous les murs dont elle avait barricadé sa conscience, elle butait douloureusement contre un obstacle. Une clé lui manquait pour ouvrir la dernière porte vers la fin de sa route. Elle avait choisi le pire, soit. Mais pourquoi ? Pourquoi ? A cette heure où elle acceptait enfin de plonger jusqu'à la lie de sa mémoire, un bon sens recouvré, un reste de santé morale, se révoltaient contre cette folie. Comment n'avait-elle jamais pu rompre cet engrenage du silence ? Pourquoi s'était-elle enferrée si obstinément dans l'horreur, elle auparavant si saine et spontanée ? Ou avec quelle complicité ?

C'est alors que, revivant encore une fois le film de cette nuit-là, lui apparut soudain un autre détail — un tout petit détail passé inaperçu, noyé sous son trouble d'alors. Lorsque leur voiture était passée sans s'arrêter et qu'elle avait refermé les yeux, quelques instants plus tard, Jean avait posé la main sur son genou. Une main très douce, très tendre, qui s'était attardée sur sa peau nue en une caresse légère et néanmoins insistante. Ou rassurante.

Sur le moment elle n'y avait pas pris garde, toute à son

émotion. Le cœur battant, l'esprit en déroute, elle avait subi ce contact comme un petit choc supplémentaire auquel elle n'avait pas su accorder une signification. Geste incongru, déplacé, en cette minute. A peine se rappelait-elle avoir pensé, dans le désordre de ses sentiments, que Jean voulait peut-être s'assurer de son sommeil, et elle s'était figée devantage dans l'immobilité, retenant son souffle de peur qu'il ne s'aperçoive de sa confusion. A présent qu'elle revivait cet instant clairement, lucidement, comme au ralenti, ce geste prenait une tout autre résonance. Ce n'était pas un geste au hasard. Cette main ne s'était pas posée sur elle furtivement, simplement pour s'assurer qu'elle était inconsciente. Elle lui avait délivré un message qu'elle n'était pas alors en état de déchiffrer, mais qui lui était bien destiné à elle, Claire. Elle se rappelait parfaitement que la main de Jean était restée longuement sur son genou, l'avait caressé comme on rassure un animal, l'avait pressé légèrement avant de reprendre sa place sur le volant. Cette main lui avait parlé. Elle lui avait dit : « Ne t'inquiète pas. Je sais que tu ne dors pas. Nous ne nous sommes pas arrêtés, et alors ? Calme-toi, ce n'est pas grave. Je te connais. Nous sommes ensemble. Nous sommes d'accord. »

Certes, oui, il la connaissait bien et savait sans doute avant elle-même qu'elle ne bougerait pas. Une si longue habitude d'acceptation ne se brise pas ainsi. Avait-elle jamais contesté quoi que ce soit de ce qu'il faisait ? Pourquoi aurait-elle commencé ce soir-là ? Jean le savait, c'était évident, il avait bel et bien voulu la rassurer et établir avec elle une complicité. Je te connais... Nous sommes ensemble... Par la suite, Jean n'avait pas supposé une seconde que cela pût changer. Pourquoi aurait-il parlé ou l'aurait-il poussée à le faire ? Au contraire, toute son attitude avait encouragé Claire à se taire, et si un malaise subsistait au long de tous ces mois, il suffisait de le laisser se diluer dans le silence, le nier de tout le poids de son inertie, ne surtout pas cristalliser les questions et elles finiraient bien par retomber en poussière, bientôt balayées par le confort et les habitudes. Claire n'avait jamais eu de suite dans les idées, pas plus qu'un grain de révolte, et c'était bien ainsi.

Elle était charmante, malléable. Il suffisait de la conduire, d'infléchir sa volonté en douceur et elle était parfaite. Entièrement à sa main. Pourquoi aurait-il voulu qu'elle change ? Qu'elle remette en cause ce qu'elle était ? C'est celle-là qu'il avait choisie. C'est cette femme-là qu'il voulait, tellement faite pour lui, qui épousait si souplement sa vie et ses opinions, sans heurts, sans divergences. Une merveille.

Un dernier voile se déchirait devant les yeux de Claire. Il avait eu raison à son sujet dès le début. Pourquoi l'aurait-elle quitté ? Ils allaient si bien ensemble. Ils étaient d'accord. Elle avait tout accepté comme elle avait accepté cette main sur son genou — le silence, les faux-semblants, le mensonge.

Elle ne se leurrait pas, elle en était certaine. A cette heure, elle n'avait nulle complaisance à envenimer les choses pour se tromper elle-même, il n'en était plus temps. Elle était lucide comme elle ne l'avait jamais été. Les choses s'étaient bien passées ainsi, et le geste de Jean avait bien eu cette signification-là — une caresse apaisante à un animal domestique. Et ce geste devint la clé, le symbole même de tout ce qu'elle avait vécu. Elle le revivait encore, et encore, et ressentait presque physiquement cette caresse comme une brûlure. Au summum du dégoût, cette main rassurante posée sur son genou il y avait presque un an lui provoquait un véritable haut-le-cœur. Elle avait subi ce contact, cette horreur, sans bouger, sans se révolter, complice et consentante, comme toute sa vie. Et elle avait mis un an à accepter cette vérité sur elle-même que Jean savait déjà — les choix étaient faits depuis longtemps, elle ne valait pas grand-chose et elle se dit aussi que Jean ne valait pas mieux qu'elle.

Au petit matin, Claire se reconnut coupable au-delà de ce qu'elle aurait pu imaginer, et elle fit le dernier pas vers le bout du chemin : elle admit que tout était bien ainsi et qu'elle ne regrettait pas d'avoir tué Jean.

Le soleil commençait à se lever. L'aube annonçait une journée magnifique, couronnant les arbres du bois tout proche d'un friselis blanc et rose. Les oiseaux s'éveillaient et leur chant se répercutait démesurément dans les rues encore vides. Tout était tranquille. Il faisait frais.

Claire inclina la tête sur le côté et regarda sa rue. Très loin un homme courait, solitaire, vers quelque rendez-vous matinal. Elle le vit disparaître, le bruit de ses pas décrut, puis s'éteignit. Elle se redressa. Son visage était calme, pacifié. Elle n'avait pas froid, elle n'avait pas faim. Elle ne sentait plus rien.

Encore quelques instants et elle se lèverait pour aller calmement se présenter au commissariat le plus proche, sans hâte et sans crainte. Qu'importait le jugement des autres, et qu'importait la sentence.

Car seule, au terme de cette nuit, elle s'était condamnée pour toujours au silence et à la réclusion en elle-même pour avoir omis un jour d'ouvrir la bouche.

En cette même nuit étoilée M. Vignot, paisible cultivateur de l'Hérault spécialisé dans l'asperge et le haricot, rentrait chez lui à bicyclette, un peu éméché, revenant du bistrot éloigné de la ferme de quelques kilomètres où il allait se délasser tous les soirs après dîner.

L'année précédente, sur cette même route, il avait été renversé par une voiture, et le conducteur l'avait laissé là, évanoui, au bord du fossé.

Une autre voiture, immatriculée à Paris, un couple à bord, était passée sans s'arrêter…

Un peu plus tard, il émergeait de son évanouissement, et regagnait tout seul sa ferme — lui et son vélo intacts — car il n'avait que quelques contusions.

Depuis il vit toujours, heureux, regardant passer les saisons, et lui et sa famille ont complètement oublié cette histoire.

Achevé d'imprimer en janvier 2004 par
BUSSIÈRE CAMEDAN IMPRIMERIES
à Saint-Amand-Montrond (Cher)
N° d'édition : 25312/3. - N° d'impression : 040356/1.
Dépôt légal : mai 1995.
Imprimé en France

GROUPE CPI